风中有花香

夜空中有星

心中爱永存

不惧时光

七微

南风知我意

七微 著

湖南少年儿童出版社
HUNAN JUVENILE & CHILDREN'S PUBLISHING HOUSE

愿得一心人，
白头不相离。

图书在版编目（CIP）数据

南风知我意/ 七微著. —长沙 ：湖南少年儿童出版社，2014.6(2023.9重印)
ISBN 978-7-5562-0178-5

Ⅰ. ①南… Ⅱ. ①七… Ⅲ. ①长篇小说—中国—当代
Ⅳ. ①I247.5

中国版本图书馆CIP数据核字(2014)第089092号

NANFENG ZHI WO YI

南风知我意

七微 著

策划编辑：李　芳　　责任编辑：唐　龙
质量总监：郑　瑾　　特约编辑：邓　理
统筹编辑：彭朝霞　　装帧设计：杨　平
内文设计：罗静颖　杨　露　　封面绘制：蘑菇君

出版人：刘星保
出版发行：湖南少年儿童出版社
社址：湖南省长沙市晚报大道89号　　邮编：410016
电话：0731-82196330（办公室）
常年法律顾问：湖南崇民律师事务所　　柳成柱律师

经销：新华书店　印刷：湖南天闻新华印务有限公司
印张：16　　字数：320千字
开本：710 mm×1000 mm　1/16
版次：2014年6月第1版
印次：2023年9月第2次印刷
定价：42.00元

目录

CONTENTS

001 **第一章** 除了爱你，我没有别的愿望

016 **第二章** 你给过我一个拥抱，我用此生深情来回报

030 **第三章** 你像山上的夜月，你像假日的吻

049 **第四章** 她唱着一支孤独的歌，在荒野听如风筝

067 **第五章** 我多希望，我想念你的时候，你也正在想念我

086 **第六章** 我从未到过的地方，是你心上

104 **第七章** 明知爱令人伤筋动骨，可我们还是前仆后继

119 **第八章** 你才是天空中最亮的那颗星星，照亮了我的暗夜

139 **第九章** 你是我的梦，像北方的风

154 **第十章** 如果不能跟你共度，未来的岁月都没有意义

169 **第十一章** 终不舍

190 **第十二章** 你是我温柔的梦乡

207 **第十三章** 只要你在身边，我就天地不惧

232 **第十四章** 南风知我意，吹梦到西洲

248 **后　记** 但愿我和你，是一支唱不完的歌

第一章 除了爱你，我没有别的愿望

我不哭，
并不是我不难过，
为了跟你在一起，
这条路我走得很辛苦，
荆棘载途，
可这是我心甘情愿选择的，
我就会咬牙不悔地走到底。

关于她与他的婚礼，她曾想象过很多种情形，会不习惯穿裙子与高跟鞋，担心会狼狈地摔倒，会紧张，会兴奋得语无伦次，甚至想，自己前一晚肯定会失眠的，有黑眼圈怎么办呢？可种种情形，她绝没想过会是眼前这般——

此刻，她提着婚纱的裙摆，赤足奔跑在酒店的长廊上，焦急地推开一间又一间的房门。长长的走廊，柔软的地毯，踩上去没有一点儿足音，她匆忙的身影，在灯影下宛如一出默剧。她从第一间找到最后一间，又折回去，挨个房间再找一遍。

没有，哪儿都没有他的身影。

她站在新郎休息室里，微微喘气，额上已布满细密的汗珠，弄花了妆容。她垂着手，怔怔地望着正午时分洒进来的一室明媚阳光，满眼的茫然。

这个时刻，她不应该在这里的，她应该与他并肩站在证婚人面前，交换戒指，互相亲吻，许下一生的誓言。

可是，多难以置信，多可笑，她的新郎，不见了。

而一个多小时之前，她还偷偷跑到这里见过他的。她说她很紧张，他还温声安抚了她。

她不知道到底哪里出了问题。好好的一场婚礼，最后却闹成了一个天大的笑话。满场宾客议论纷纷，酒席自然是散了，外公震怒。老爷子一生纵横商场，最好面子，还从没丢过这么大的脸，又有高血压，急火攻心之下晕倒了，被送去了医院。

她慢慢地蹲下身，抱紧手臂，明明阳光很好啊，她怎么觉得这么冷啊。

一只手轻轻地搭在她的肩膀上。“软软……”风菱的声音里满是心疼，她望着顾阮阮的右脚，“你的脚受伤了，先跟我去处理伤口，好吗？”

阮阮低头扫了一眼自己的脚踝，肿得很高，带了瘀青。她生平第一次穿高跟鞋，适应了好久，才能行走自如，哪里能驾驭得了一路飞奔。上楼梯的时候摔了一跤，她踢掉碍事的鞋子继续跑，竟也没有感觉到痛。

阮阮摇了摇头，转身就往外走。

她还不死心。

风菱追过去，一把拽住她，虽有不忍但实在无法放任她的脚伤不管：“顾阮阮，你给我醒醒！傅西洲他逃婚了！他不在这里，就算你把整个酒店翻过来，你也找不到他的！”

她已经上上下下把酒店所有的楼层都找遍了，二十几层楼，连洗手间都没放过。最后又跑回这一层。

阮阮望着风菱，像是没听到她在说什么一样，微微蹙眉，眸中全是茫然。

风菱放软语气：“听话，我们先去医务室。”她握紧阮阮的掌心，牵她离开。走了两步，阮阮忽然蹲下身去。因为两个人牵着手，风菱没防备，一下子被阮阮扯得跌坐在地上，幸好走廊地毯柔软。

“叮当，你说，这是为什么啊？”阮阮声音低低的，自语般地问风菱。

风菱坐直身子，差点就脱口而出——还能为什么啊？一个男人从婚礼上消失，无非就是不想娶你了。她在阮阮面前向来直话直说，但此刻，这句话却哽在喉咙里，无法说出口。

“叮当，他一定是有什么重要的事情要去处理，对不对？”不等风菱回答，阮阮又开口道。也许，她压根不需要她的回答。

有什么事情会比这个时刻还重要？如果真有事，也可以说一声的啊，不告而别，还把手机也关掉，用意已经很明显了。

风菱望着好友，真想一耳光打醒她。在得知她决定跟傅西洲结婚时，风菱就对这桩突如其来的仓促婚姻并不看好，阮阮爱得太辛苦、太执着，而傅西洲，却始终冷冷淡淡的。

风菱让她好好考虑清楚，她还记得当时阮阮的回答，她说：叮当，是你说的，想要什么，就要尽全力去争取。我这个人对生活没什么野心，也没什么大的梦想，从小到大，就没有特别期待过什么，因为深知，不奢望，就不会失望。可自从遇见他，我第一次有了奢望，想要和他在一起，成了我的心愿。叮当，他是我的心愿啊。

他是我的心愿。

风菱被这句话击中，一腔说辞，通通无法说出口。随之而来的，便是对阮阮的心疼，以及担忧。她自然记得自己说过的话，大三上学期，她为了院里一场设计比赛，拼了命地努力，通宵达旦是常事。阮阮得知后骂她，她就对她说了这样一通话。可是，那是物化的东西啊。有些事情，你尽全力也许会得到想要的结果，如金钱、地位、考试中的好名次。可有些事情，就算你拼了命，也无法换来你心中所愿，比如，感情。

阮阮虽然随性，对什么都不太在意、不太上心的样子，可她并不是个草率的人，只是，她一碰到傅西洲，所有的理智就统统不见了。

风菱没有再劝她。她是明白阮阮所说的那种渴望的，而对于一个从未主动争取过什么的人来说，那种渴望，是非常具有杀伤力的，甚至会缠绕成一种执念。

在婚礼日期定下来的那个夜晚，阮阮抱着一整箱的啤酒去找她，在她租屋的天台上，她的欢喜雀跃尽显眉眼间，藏也藏不住。她打开一罐又一罐啤酒，拉着她开心地碰杯。在深夜里，像个疯子般，对着灯火阑珊的夜色大声喊："叮当，叮当，你知道的啊，他是我的心愿啊！现在，我如愿以偿了！我真的真的真的好开心啊！"

她从未见她那样快乐过。

可飘散在夜空里的笑声，还恍惚在眼前，欢喜未散去，伤害来得这样快。

风菱扶起阮阮，哄小孩般的语气："不管他是不是有什么重要的事情，现在，最重要的是，你必须跟我去处理脚伤，乖。"

之前所有的心思都放在找人上，没觉得痛，或许是脚肿得更厉害了点，她才走两步，便觉钻心的疼痛，忍不住"嘶"了声。

"能走吗？"风菱问，又蹲下身，"我背你吧。"

阮阮摇摇头："没关系，我能走。"

她看起来瘦，其实体重不轻，风菱还穿着高跟鞋呢，怎么背得动她。

风菱只好搀着她，慢慢地走向电梯。

这家酒店属于阮氏，外公疼她，专门辟了这一层楼给她婚礼专用，地毯特意换成了红色，每个房间外都装饰着鲜花与气球，其实她觉得有点夸张了，但外公说，你们女孩子不都喜欢这样的梦幻吗？她也就没再反对。

此刻，这些鲜花与气球，这红毯，刺得她不敢睁开眼去看。

等了许久，电梯才上来。

看着一层层上升的数字，她在心中默念，会是他吗？电梯打开，他会从里面走出来吗？

此时此刻，她依旧心存期待。

“叮”的一声，门开了，有人走出来，却不是她心心念念的那个人。

“哥哥，有没有找到他？”阮阮急切地问来人。

顾恒止咬牙道：“傅西洲那小子最好别出现，否则我真会杀了他！”

她眼神一暗，看来他依旧没有消息。

阮阮沉浸在自己的情绪里，没注意顾恒止的神色，站在一旁的风菱却看得清清楚楚，向来嬉皮笑脸没什么正经的他，愤怒起来竟是这么可怕，仿佛全身充满了杀气。

风菱轻轻对顾恒止说：“顾大哥，阮阮脚受伤了。”

顾恒止蹲下身，撩起阮阮的婚纱，他的脸色更难看了。他将自己的外套脱下，披在她身上，然后将她抱起来。

酒店附近就有家小医院，阮阮被顾恒止抱进医院大厅时，来往的人都往她身上瞅。也难怪，她一身洁白的婚纱，实在太打眼。

她闻着淡淡的消毒水味道，心里五味杂陈。大喜的日子，却来了医院。没有比她更悲惨的新娘了吧。她将头埋进顾恒止的胸膛，他抱着她的手臂，紧了紧。

同一时间。

莲城近郊的一家医院里。

三楼手术室外，长长的寂静的走廊上，穿着一身黑色礼服的男人伫立在窗边，指尖的香烟燃到了尽头，他仿佛未曾察觉，最后一丁点的火花烧到了手指，灼热的刺痛感都没有令他皱一下眉头。

坐在长椅上的乔嘉乐怔怔地望着他的背影，他已经保持这个姿势站在这里很久了，一直沉默不语，一支接一支地抽烟，窗台上丢满了烟蒂。

窗户洞开着，风扑面而来，五月初的南方城市，还有点冷，凉风一吹，令人清醒。他将烟蒂摁掉，低头间，看到胸前别着的新郎礼花，原本波澜不惊的眸中，有什么东西一闪而过，但很快，又恢复了那种沉寂。

他抬手，将那朵与这惨白四周格格不入的红色礼花摘下来，塞进了西装口袋里。

“西洲哥，对不起……”乔嘉乐走到他身边，低低的声音，“可是，那时候，我真的吓坏了，什么也没想，就给你打了电话。除了你，我实在不知道还能找谁……”她微微仰头望着他，娇艳的脸庞上，有泪水滑过的淡淡痕迹，眼眶微红。

他没有转头，也没有说话，静静地望着窗外。明明是同一个城市，城区与近郊，却是两种天气，市中心阳光明媚，而这里，却是阴沉的天，仿佛随时都有一场雨兜头而下。

乔嘉乐只穿了一件薄薄的连衣裙，风一吹，忍不住打了个寒战。她抱紧手臂，抬眸再望了眼他，默默走开。

比之凉风，站在这个男人身边，更令她觉得寒气逼人。

又过了许久，手术室的门被打开。

医生说：“病人已无性命之忧。但因为情绪太过波动，需要静养。请务必不要再刺激她。”

他点点头，握住医生的手：“谢谢。”

医生离开后，他也转身就走。

乔嘉乐望着他的背影，那句“你不看看她吗”涌到嘴边，又咽了回去。

医院地下停车场里。

傅西洲坐在车内，没有马上发动引擎，他看了下腕表，下午一点三十分。离他从酒店消失，已经整整两个小时了。离婚礼开始的时间，过去了整整一个半小时。副驾上的手机，静静地躺在那里。他取过，开机，“叮叮叮”的提示音，一条接一条，未接电话无数通，有傅家人的，有他秘书的，还有陌生号码，最多的，来自顾阮阮。

他望着屏幕上那三个字，顾阮阮，连名带姓，周周正正，就像通信录里无数个联系人，可能是同事，可能是客户，可能是合作伙伴，可能是朋友，却独独不像有着亲昵关系的人。

他手指滑过那个名字，从通信录里翻出秘书的号码，拨过去。

阮阮的脚崴得并不算严重，没有伤到骨头与韧带，只是带伤一路奔跑，肿得厉害，看起来很吓人。医生帮她做了处理，又开了治跌打和消炎的药，嘱咐她晚上用冰块消肿，就没什么大问题了。

阮阮让风菱先回家，然后让顾恒止送她去外公住院的医院。

风菱虽不放心她，但接下来她要面对的，是她的家人。自己在的话，会不方便，也帮不上什么忙。

风菱摸了摸她的脸："我晚点给你打电话。"

"放心，我不会有事的。"阮阮甚至还对她笑了笑。

风菱心里一疼，这个傻孩子啊，明明难过得要死，为什么还要强颜欢笑呢！她不忍再看她的笑脸，赶紧转身，离去。

原本顾恒止执意要陪她去病房见她外公，但阮阮坚持自己去。他指着她的脚，但更担心的是，她怎么收拾这个烂摊子。

阮阮说："哥哥，你不用担心我，我不是小女孩了啊。"她顿了顿，低声说，"你看，我都结婚了啊……"

顾恒止皱眉："阮阮，这婚事……"

"哥哥，我先上去了。"她打断他，急急地进了电梯。

她知道他想说什么，可是她不想听。

她靠在电梯内壁，独自一人的空间里，她终于累极地松垮下肩膀，像被抽走了所有力气般倚在电梯上。一股冰凉透过衣服传递过来，她忍不住瑟缩了一下。

外公的病房在走廊的尽头，从电梯出来，还要走一小段。她踮着脚，走得很慢，疼痛一阵阵传来，她咬牙忍着。

站在病房门口，她却迟疑了，久久没有伸手推门。

门忽然从里面打开，出来的人被她吓了一跳，拍着胸口狠瞪着她："你要吓死人啊！"

说了句抱歉，她微微低头，轻声问："舅妈，外公他……没事吧？"

陶美娟将门掩上，讽刺的语调："哟，你还记得老爷子啊！"

舅妈跟她说话，多数时候没有好语气，这么多年，她已经习惯了。

她侧了下身，想进去病房，却被陶美娟拽住了，拖得远离病房："老爷子刚刚睡着，你还想进去再气他吗？他现在最不想看到的就是你！害人精！"

阮阮还没吭声，陶美娟已经连珠炮似的教训起她来，说她给阮家丢了脸，现在整个莲城都在看阮家的笑话。

她默默听着，一句话也不想说。

陶美娟睨了眼她身上的婚纱，嗤笑了一声："怎么，被抛弃了，还舍不得脱下这身婚纱吗？还嫌不够丢人吗？"

见阮阮不吱声，她也骂过瘾了，打算走。离开时，忽又"哼"了声："也只有你，把傅西洲当个宝。姓了傅又怎样？私生子就是私生子，小门小户长大的，没教养，才做得出逃婚这种丑事！"

一直沉默的阮阮忽然厉声道："舅妈，请你说话注意点，他是我的丈夫！"

"哈哈！"陶美娟怒极反笑，"你把他当丈夫？人家可没把你当妻子呢！自作多情什么啊你！"

"够了你！"顾恒止的喝声忽然插进来，他快步走过来，揽住阮阮的肩膀，瞪着陶美娟。虽然是晚辈，但他向来对陶美娟没什么好脸色，阮阮顾忌她，他可不怕。

阮阮紧咬嘴唇，手指微抖。

陶美娟终于作罢，转身离开。

她努力让自己的语气平静，抬头问顾恒止："你怎么没走？"

他本来都驱车离开了，可又调头回来，他还是放心不下她。如他所料，她又被欺负了。

顾恒止没好气："傻啊你，她骂你，你就傻傻地站着，一句话都不说？你怕她做什么？"

"我不是怕她。"她只是不想跟她多说，"哥哥，你回去吧，我想进去陪陪外公。"

顾恒止说："你去吧，我在外面等你。你这个样子，等下怎么回去，我送你回家。"

家啊，哪个家呢？原本，她今天是要住进她跟他的新家的，可如今……哪儿还有家？

她推开病房门，轻轻地走进去。

阮荣升的秘书见她进来，对她点了点头，走了出去。

阮荣升打着吊瓶，睡着了，脸色有点苍白。

她在病床边坐下来，就那样静静地看着床上的老人。心里满满都是内疚，还有忐忑，不知道外公醒来后，会做出什么决定。

这桩婚事，外公一开始就不同意，甚至是强烈反对，是她执意求来的。她还记得外公当初对她说过的话，他说：傅西洲那个人，我有所了解，心思深沉，在商场上，做事狠辣，不择手段。他的家庭环境也太复杂了。他并不适合你。

阮荣升为了让她死心，说了很多傅西洲在商场上的事情，为了利益与他想要的，可以不顾一切。外公口中的他，是她完全陌生的，仿佛是另外一个人，可她心里的他，却并不是那样的。她一意孤行，只肯相信自己的心。

那段时间，在阮荣升面前从来都温顺乖巧的她，第一次与外公起了争执，还冷战了许久。阮荣升也是个固执脾气，任她怎么说，不同意就是不同意。最后她没再解释什么，只对他说：外公，我十八岁生日的时候，你曾许诺过我，可以满足我一个心愿，无论什么。我现在想要兑现这份生日礼物，我想嫁给傅西洲，这就是我的心愿。

她至今都忘不了老人当时的表情，很复杂，有震惊，还有心疼，最后是无奈地叹口气，摆摆手，说，罢了。

吊瓶快打完时，阮阮按铃叫护士来，声音放得很轻了，还是惊醒了阮荣升。

“外公……”她微微低头，讷讷着不知说什么好。

老爷子靠坐在床头，一脸倦色地摆摆手：“你什么都别说了，这桩婚事，就当没有过。”

“外公！”她腾地站起来，意识到这是病房，又压低语调，“您答应过我的！”

阮荣升冷声说：“出尔反尔的人是我吗？”

阮阮沉默了会儿，才低低地说：“也许……也许……他是有什么重要的事情。”

阮荣升哼道：“你自己都说得这么没底气。”

“我知道，今天我们给您丢了脸。外公，对不起。可是，”她抬头望着阮荣升，神色坚定，“我跟他的婚事，不能取消！”

闹出这种事，令他成为笑话，他是很愤怒，可是，他更心疼外孙女。一个在婚礼上消失的男人，这么没有责任心，是不会带给她幸福的。她是他一手带大的，五岁那年，她父母因空难双双去世，他接她到阮家生活。她乖巧，懂事，从来不用他操心。他很疼她，把对女儿的那份爱，全部转移到了她身上。像他们这种家庭，商业联姻是常有的事，但他从来就没有想过让阮阮嫁入豪门，卷入争斗。他希望她过平平淡淡的生活，可她说，嫁给那个人，是她的心愿。那是二十二年来，她唯一一次在他面前提要求。她那么坚定，他不忍拒绝。可如今，她受了这么大的委屈，他无论如何，都不会再同意这门婚事。

但这些，他不想解释给阮阮听，见她固执的神色，估计说什么，她都听不进。

阮荣升摆摆手，板着脸：“好了，什么都别说了。你今晚就回学校去，处理毕业的事。其他的，都交给我。”

“外公……”

“砰”的一声，门外忽然响起了骚动，似乎是有人重重地倒在了地上。接着，顾恒止愤怒的声音传来：“傅西洲，你还真敢出现啊你！”

阮阮一僵。

下一秒，她连脚伤都顾不得了，趔趄着跑出去。

她终于见到他。

傅西洲被顾恒止一拳打倒在地，他擦着嘴角的血迹，慢慢站起来。他还穿着那套黑色的礼服，衣服上起了些微的皱褶，肩膀上不知沾了什么东西，淡淡的印记。

不知道为什么，她跑出去第一眼，竟是那么仔细地看他的衣服，然后视线才慢慢转移到他脸上。他也正望向她，冷峻的脸，幽深的眼眸，看不出什么情绪。她似乎从来都无法从他冷冷淡淡的神色里，窥探出他的心情。

顾恒止不解气，已再次冲上去揪住他的衣领。

“哥哥！”阮阮大喊。

顾恒止顿了顿，放开傅西洲，转身就将阮阮迅速推进病房里：“你别出来！”他将门关上，对始终站在一旁静观的阮荣升的秘书说，“李秘书，麻烦你把门拉住，别让那傻丫头出来！”

“顾恒止！”她生气了，只有在生气的时候，她才会连名带姓地喊他的名字。

门外又是一阵响动。

顾恒止拳头带风，毫不手软。傅西洲始终没有还手，任他发泄。他踉跄着又被击倒在地上，嘴角的血迹愈多，但他连哼都没有哼一声。

阮阮奋力摇着门把手，可李秘书在外面拉得牢牢的，她压根打不开。她听着外面的动静，急得大喊：“顾恒止，你住手！李叔，您把门打开，求求您！让我出去！”

没有人理她。

阮阮转身望向病床上的阮荣升，他沉着脸，一声不吭。

“外公……”她带了哭腔，哀求地看着阮荣升。

良久。

阮荣升才出声：“恒止，够了！”

外面终于停止了，但她依旧打不开门。

傅西洲的声音在外面响起：“阮老……”

阮荣升打断他，甚至连话都不想跟他讲，只说：“让他走，我不想见他。”他睨着阮阮，“你也不准见他！”

阮阮靠着门，深深吸气，她知道外公的脾气，固执起来，说什么都没用的。她不再试图出去见他，缓缓滑坐在地上，才觉得脚好痛。

不知过了多久，门被推开，顾恒止与李秘书走了进来。

顾恒止见阮阮坐在地上，皱着眉将她抱起来，教训道：“地上这么凉，你是想生病吗？”

阮阮生他的气，别过头，不想跟他说话。

“傅先生离开了。”李秘书说。

阮荣升颔首，吩咐李秘书：“帮阮阮订今晚去宁城的机票，让那边的酒店安排人接她，她回学校处理毕业事宜期间，就住在酒店吧。”他看了眼阮阮的脚，虽然她没说，但见她走路的样子就知道脚受伤了。让她住在阮氏在宁城的酒店，一是有人照顾着，出行方便。另一层，就有点看管的意思了。

“好。”李秘书转身离开。

阮阮坐在沙发上，嘴角动了动，想反驳，终究作罢。

阮荣升掀开被子起身，对顾恒止说：“恒止，你去帮我办出院手续吧，医院住着难受得紧。”

一直回到阮家，阮阮也没跟顾恒止说一句话。任他怎么逗她，哄她，她都一概不理。他说送她去学校，她一口回绝，非常坚决。然后说自己累了，要睡觉。

顾恒止无奈，摸摸她的头发，告辞离开。

阮阮站在窗边，看着他发动车子离开。

也只有在他面前，她才会无所顾忌地任性，像多年前那个小女孩儿一样。因为她知道，哥哥不会责怪她，只会无条件宠爱她、包容她，为她愤怒地动手打人。其实她并不是真的怪他，她气的，是自己。明明委屈得要命，可见到傅西洲被打的时候，看见他嘴角的血迹，她还是很心疼，还想要冲上去保护他。

她是真的倦了，很累很累，裹着婚纱就蜷进被窝里。

她闭上眼，却怎么都睡不着。

她依旧不明白，这一切，是为什么？傅西洲为什么要从婚礼上不告而别？

当初，是她对他穷追不舍，缠着他，不顾一切想要跟他在一起，可最后，分明是他向她求婚的。

她永远都不会忘记当时的情景，夜幕下的江边，两岸灯火璀璨，四月的晚风里，他对她说：顾阮阮，我没有时间跟小女生谈恋爱，但是，你愿意做我的妻子吗？她傻傻的，过了许久，才反应过来。他不知道，那一刻，她的心跳得多么剧烈，又酸又胀。然后，眼泪泛滥成灾。是沙漠里走了很久迷路了的旅人，忽然看到一片绿洲的激动；是日日夜夜祈盼的心愿终于实现的狂喜。

想不明白的事情，就不要去想了，这向来是顾阮阮的人生哲学。她拉过被子，蒙着头。

风菱来的时候，阮阮刚从一场梦境中惊醒，迷迷糊糊终于还是睡了过去，却睡得并不踏实，不停地做梦，梦里是走马观花的场景，比醒着更累。

天已经黑了，风菱打开灯，见她还穿着婚纱，脸上的妆容彻底花了，便将她拉起来，去浴室帮她梳洗。

站在镜子前，风菱帮她脱下婚纱，阮阮抚着白纱，轻喃："叮当，可惜了你特意帮我设计的这婚纱呢。"

风菱学服装设计的，她在进入大学第一天，就对阮阮许诺了，将来她结婚，她亲手帮她设计婚纱。从四月份定下婚期，到五月酒席，才短短一个月的筹备期，又恰逢风菱忙毕业设计与找工作。这件婚纱，还是她熬了很多个夜晚赶制出来的。

洗完澡，她换了衣服出来，素颜，格子衬衣，牛仔裤，齐肩头发扎成马尾，她惯常的装扮，还是这样穿着，最舒服。

风菱从窗边回头，迟疑了下，说："傅西洲来了。"

阮阮怔了下，然后走到窗边，撩开窗帘一角，看见他正从车上下来，站在铁门外按铃。隔着一段距离，她依旧能清晰看见他脸上嘴角的伤，顾恒止下手很重，他的脸都肿起来了，嘴角有瘀血。

她的心又忍不住疼了。

她让风菱把房间的灯关掉。

过了许久，陶美娟才慢慢地走出去，却并不给他开门，隔着铁门，絮絮叨叨地说着什么，不用听清楚，阮阮也知道，舅妈肯定没有一句好听的话。

最后，陶美娟挥挥手，让他走，然后折身回了屋子。

他却并没有离开，过了会儿，他掏出手机打电话，很久，也没见开口说话，眉毛深深蹙起。

她知道，他一定是打给她，可她的手机，被外公强行收走了。

风菱问她："你要不要下去见他？"

很久，阮阮才轻轻摇了摇头。

风菱说："你就不想知道他为什么从婚礼消失？又为什么回来？"

见他的视线往二楼她的卧室望过来，她赶紧放下窗帘，转过身不再去看他。

"我怕。"她轻轻说，"我想知道那个答案，却又怕，那个答案。"她侧身，将头搁在风菱肩膀上："叮当，你说，我是不是很胆小，很矛盾。"

风菱伸手揽住她，低低地说："软软，你难过，你就哭吧。这里没有别人，你可以尽情地哭。"

阮阮摇头。

她是很难过，难过得要死。可她不会哭的，为了跟他在一起，这条路她走得很辛苦，荆棘载途，可这是她心甘情愿选择的，再难过，她也会咬牙不悔地走到底。

窗外响起汽车引擎声，过了会儿，阮阮撩开窗帘，傅西洲的车已经开走了。他在，她怕见他；他离开，她心里又是那样失落。

有人来敲门，李秘书的声音在外面响起："阮阮，我们该去机场了。"

风菱讶异："你要去哪里？"

"回学校。"

"这个节骨眼？"

"嗯，外公不想让我见他。"

风菱蹙眉："可是，这件事情，不是你避开他就能解决的啊！你们都已经领结婚证了，已经是合法夫妻。"

阮阮说："我外公的脾气你是知道的，他虽然疼我，但现在他正在气头上，身体也不好，跟他硬碰硬的话，事情一定会变得更糟糕。"

所以，她暂时离开这里，也许事情还会有转圜的余地。而且，离开了外公的视线，她想去哪里，想见谁，会方便得多！

傅西洲是被一通电话叫走的。

电话那端，不怒自威的声音只说了一句话，你赶紧给我滚过来！

他将车开得很快，可这个时候，是莲城最堵车的时段，抵达傅家老宅时，已经是一个小时后了。

他没有将车开进地下车库，而是停在距离铁门两百米的小道上，缓步走过去。

傅家老宅占地很大，傅凌天在别的方面不怎么讲究，但对住宅却非常大手笔。他将这半山腰上的三幢并排的别墅一并买下，然后重新规划，连成一片硕大的区域。

这条私家路上，原本种的是别墅区最常见的法国梧桐，但傅凌天钟爱玉兰树，便着人将法国梧桐全换成了玉兰。

五月天，玉兰花刚刚开苞，淡淡的幽香，在夜色里浅浅浮动。

入夜后，三幢屋子里上上下下灯火通明，这也是傅凌天的癖好，夜晚不管屋子里有没有人，都要把灯打开。远远望去，就像一座璀璨的宫殿。

傅西洲还记得十四岁那年，自己第一次踏入这里，他伫立在铁门外，望着这璀璨的宫殿，灯光辉煌，这样的灯火延绵，应是极为温暖的，可在他眼中，却只觉得全是冷意。

十六年过去了，这璀璨连绵的灯火，他依旧觉得是冷的。

傅凌天在书房等他。

推开门的瞬间，一个东西朝他扑面砸过来，他下意识侧身，还是慢了一步，紫砂小茶杯堪堪从他的额头擦过，额头上立即就肿起一块，很痛，他却咬牙一声不吭。

他缓步走过去，站在灯影里，恭敬地喊了声："爷爷。"

分明是怒极的动作，傅凌天的脸上却看不出一丝怒意，沉着脸，微垂着头，专注地将沏好的茶，缓缓地倒入杯中，再不慌不忙地端起茶杯，放到鼻端，轻轻嗅了嗅，才慢慢送入嘴里。

他专注品茶的模样，让人产生"他心情不错"的错觉，仿佛之前那个茶杯，不是他扔的。

沉默片刻，傅西洲再次开口："我……"

傅凌天终于抬起头来，打断他："不管你有什么理由，我都没兴趣知道。我想知道的是，你现在打算怎么办？"

已经发生的事情，再好听的理由，都无济于事。这是傅凌天一贯的处事原则，他永远只注重结果。

傅西洲沉默。

傅凌天又倒了一杯茶，袅袅升腾的热气里，他身体往前倾了倾，双手交握，先前闲适的神色全无，眼神严厉如刀，直刺傅西洲："我不管你用什么办法，与阮家那丫头的婚事，不能黄。否则，"他顿了顿，"西洲，你是知道后果的。"

机场。

风菱拥抱阮阮，在她耳边说："到了就给我打电话，照顾好自己。"

见她就这样离开，风菱实在是很担心她，想陪在她身边的，可她自己正准备毕业设计秀，到了非常关键的阶段，又在准备面试工作，实在忙得脱不开身。

阮阮点点头："别担心我。"

她转身走了几步，风菱忽然又叫住她："软软，你的心，依旧？"

没有言明，阮阮也知道她在说什么。几乎没有犹豫的，阮阮点头："嗯，依旧。"

风菱笑了笑，挥手："你进去吧。"

排队安检的时候，阮阮望着手中的机票，发怔。原本这个时间，她跟他应该已经在飞往意大利的航班上了。蜜月的地点是她选的，意大利的托斯卡纳，那个有着美丽静谧的村庄与明媚阳光的地方，她向往已久。

她的座位靠着窗，旁边是一位年轻的妈妈，带着女儿，小女孩坐在中间，四五岁模样，很活泼，嘴也甜，不用妈妈教，见到她主动就叫姐姐。

阮阮摸摸她的脸，赞她乖。

小女孩自来熟，话多，很喜欢她，总偏头想跟她讲话，若在平时，她一定会好好跟她玩，可此刻，她没心情。

机舱里空调开得很足，有点冷，她将卫衣的帽子拉起来套在头上，双脚缩在座位上，环抱着腿，埋头膝间。

一双小小的手搭在她肩膀上，奶声奶气却带着关切的语调在她耳边响起来："姐姐，你是不是很冷啊？"

她浑身一僵。

良久，她缓缓抬起头，望向小女孩。

"姐姐……你怎么哭了啊？"

汹涌的泪水，肆意爬满了脸庞，止也止不住，仿佛要把心里所有的难过、委屈、痛，统统哭出来。

在他从婚礼上不告而别时，她强忍着，没有哭；在脚受伤时，那么痛，她强忍着，没有哭；在医院里，再见他的那一刻，她强忍着，没有哭。而此刻，一句"你是不是很冷啊"，却击溃她心底的防线，令她泪流不止。

——你，是不是很冷啊？

——哇，十二，原来你不是哑巴啊？你会讲话的啊！

这句简简单单的对白，是她与他之间，一切的起始。

是她，爱他的开始。

第二章 你给过我一个拥抱，我用此生深情来回报

十几岁的时候，
我遇见了一个清风明月般的人，
我什么都没想，
我只想爱他。

风菱曾经问过她，阮阮，你爱的，究竟是傅西洲这个人，还是因为他是你第一个亲近接触的异性，所以产生了爱情的错觉？在风菱心里，爱情是现实的，是一个人了解了另一个人后，慢慢被他吸引，是循序渐进的一个过程。而阮阮的爱情，太像一场幻觉。风菱第一次听她提起这段感情，她说：我喜欢上了一个人，我们相处的时间很短，我甚至对他一无所知，连他的名字也不知道。有一天，他忽然消失了。但是，这些年来，我发现自己依旧还喜欢着他，非常非常想念他。

傅西洲也问过她类似的问题，他说，你说你爱我，可是你了解我吗？你知道我喜欢什么讨厌什么吗？你知道我最爱吃的一道菜是什么吗？你知道我最擅长的运动是什么吗？你知道我最喜欢的颜色是什么吗……你对我一无所知，可是你却说你爱我，顾阮阮，你到底爱我什么呢？

他们说的这些，都无可厚非。可是在阮阮看来，喜欢一个人，并没有那么复杂。在她心里，爱情，是一种忠于自我内心的感觉。她也并不是那种沉溺于爱情偶像剧中喜欢幻想的小女孩，至少她对傅西洲，不是一见钟情的冲动。当然，他们在那种情景下的相遇，也不可能一见钟情。

遇见他，是她十八岁的夏天。

高考结束后，阮阮受好友风菱所托，去她家里帮忙照顾生病的弟弟风声。

风家在暮云古镇，离莲城市区两个小时车程，交通不是很便利，乘大巴后还需要在县城转一趟小班车，下车后，再到码头换乘轮渡过河，才能最终抵达。古镇临河而建，有几百年的历史了，世代盛产土陶，轮渡是通往外面唯一的交通工具。也许是因为这里除了陶窑，也没有别的什么特别的东西，在古镇旅游开发泛滥的如今，暮云镇才得以保留了最原始淳朴的当地风貌。

风菱第一次带阮阮来家里玩，她就对这个古镇一见钟情，对风家的院子喜欢得不得了，住了两天，恋恋不舍地走了，约好高考后再来长住。可是风菱一考完，就找了份暑假工，忙得见不到人。

十三岁的风声患有先天性心脏病，身体羸弱，常年需要吃药，有时候连学校都不能去，大多时候在家休养。风家的情况阮阮是有所了解的，风家父母都是镇子上窑厂里的工人，领着微薄的工资，家里有个病人，风菱又上学，日子过得十分拮据。更不幸的是，风父在风菱升高中的那年夏天，因救河里溺水的小孩丧生。这样一来，风家的日子更难了。

阮阮要做的事情并不太难，给风声煎药，做一顿中餐，陪在他身边，以防他突然发病。风声很瘦，个子也没有同龄人那么高，面孔清秀，话不多，安静内向。他很懂事，每次阮阮端药给他时，他总是微笑着对她说：阮阮姐，谢谢你啊。

阮阮就摸摸他的头，递给他一颗陈皮糖。她是真的很喜欢他，把他当成自己的弟弟一般疼爱。

古镇的日子，安静、悠闲、恣意，却也很漫长。除了做饭煎药，剩下的大片大片时间，都需要打发。这里没有网络，阮阮也不喜欢看电视，风声睡着的时候，她就伺候院子里的菜圃与小花园，或者躺在葡萄架下的竹椅上看看书，睡个午觉。

风家的院子，是古镇人家常见的那种土砖结构，房子很旧了，只有一层楼，院子却宽敞。风母是个能干的人，在院子里开辟了一个小菜圃，蔬菜自给自足。菜圃的旁边，是小花园，开满了南方城市常见的容易养活的花花草草。院墙下，枇杷树、枣树、桂花树、桃树鳞次相连，甚至还有一棵小小的蓝莓树，在夏天里郁郁葱葱。而在院子角落里，茂密的葡萄架下，还有一口石砌的小方井，清凉的井水摇上来，可以直接喝。

傍晚时分，等太阳渐渐落下，天气凉爽点，阮阮就会陪风声出去散步，沿着小石板路，穿过弯弯曲曲的小巷，一直走到河堤去。夕阳下的暮河里，每天都有一群男孩子在河里游泳，十几岁的模样，意气风发地比赛谁能最快游到前方那座石桥下面。

风声看着他们，听着那些笑声与欢呼，满脸的羡慕与向往，同样的年龄，他可能一辈子都没办法像他们一样，在水里恣意地游荡。

阮阮看在眼里，很心疼他。她想了想，说："小声，你相信吗？我比他们都游得快！"

风声眼睛一亮："真的吗？"

阮阮点头，笑说："我去跟他们比一场，给你拿个冠军回来，好不好？"

虽然阮阮在古镇住了大半个月，却很少出门，古镇的少年们都不认识她，但因为风声，他们很爽快地接受她加入其中。

在古镇长大的少年们，从小在暮河边玩大的，个个都有好泳技，他们并不把阮阮放在眼里，更何况她是个女孩子。然而当她领先众人许多第一个冲到石桥下，站在桥墩上冲他们挥手时，陆续跟上来的孩子们都惊住了。每次在游泳比赛中都拿第一的叫作亮亮的男孩子有点不服，说是她运气好而已，要再来一次！

阮阮跟他单独比了两次，结果依旧是她赢了。亮亮这才心服口服。

风声站在石阶上，开心地鼓掌，朝她伸出大拇指。

他们不知道，游泳是她最擅长也是唯一喜欢的运动，她从小练到大，还去参加过比赛，能赢，一点也不稀奇。她没有要挫少年们锐气的想法，她只是纯粹为了让风声开心一下。

因为这场比赛，亮亮与他的伙伴们，每天傍晚都跑到风家的院子里邀他们一起去游泳，阮阮本来兴致不大，但见风声似乎很想跟他们在一起玩，所以就答应了。那群孩子都在上初中，比阮阮小了几岁，混熟了后，都随风声亲切地喊她阮阮姐。

遇见傅西洲，就是在某个游泳完打算回家的傍晚。

那天大家兴致高，在河里一直玩到天黑。正准备撤离时，一声巨大的声响令所有人都往后看去，暮色沉沉中，远处的石桥下荡起一阵激烈的水花，那是庞然大物从桥上落入水中才能产生的涟漪。

"哇，有人扔大石头！"有个男孩子叫了声。

阮阮第一反应也是有人从桥上扔了块巨石下来，她拍着胸想，这也太没公德心了吧，又庆幸大家都没在桥墩下。

"不是石头，是一辆车……"走在最后面的亮亮忽然呆呆地说了句，那辆车从桥上坠落下来的时候，他正从水里捡起自己的人字拖，抬头的瞬间，被那个场景吓呆了，简直就像电影里的惊险画面。

人群中有片刻的安静，少年们面面相觑。

是阮阮第一个反应过来，跑下石阶抓住亮亮的手问："真的是一辆车？你没看错？"

亮亮点头："绝对没看错，是一辆黑色的小车……"

他的话还没讲完，阮阮已纵身跳入水中，以比平常更快的速度往桥墩那边游去。

"阮阮姐！"站在石阶上的风声着急地喊了句，他明白过来，阮阮这是要去救人呢！她泳技是很好，可车子从高桥上坠落，肯定会慢慢沉入河底，而且，车里万一有好几个人，她一人怎么应付得来？风声急忙对还在呆怔的男孩说："亮亮，你们快去帮阮阮姐啊！"

亮亮反应过来，招呼同伴，又跑到岸边，捡了一块大石头，急匆匆地朝桥墩那边游过去。

暮河表面上看起来很平静，可实际水却很深，而且水底有暗沙。阮阮以生平最快的速度游过去，她却仍觉得自己很慢很慢，她对自己说，不要着急，不能着急，冷静点，才能救人！

她终于游到那巨大的涟漪中心，闭气，一头扎入水中。浑浊的河水中，她睁大眼，终于慢慢看清楚那辆车，如亮亮所说，是一辆黑色小车，此刻侧翻在水中，万幸的是，也许是车撞上了什么阻碍物，没有再继续下沉。

阮阮游过去，发现车窗是紧闭的，看不到里面的情况。她绕到车前方去，透过风挡玻璃，首先映入眼帘的，是一汪刺目的血色。

她一惊，里面的人受伤了，而且伤得不轻！车内已经浸入了河水，伤者的血漫延在水里面，触目惊心。

但庆幸的是，车内只有一个人。

她心里焦急万分，刚才只顾着快速来救人，却忽略了自己徒手压根打不开车窗玻璃的现实。

忽然，"砰"的一声响。

她回头，发现亮亮正举着一块石头，敲碎了车窗。阮阮舒了口气，游到窗边，朝他投去一个赞赏的眼神。

少年们合力将车窗玻璃彻底弄开，然后小心翼翼地将趴在方向盘上的人慢慢拖了出来。

水中瞬间殷红一片。

阮阮与亮亮一起，拽着伤者，缓缓浮出水面。

这个过程，看起来十分漫长，而实际上，却只用了五分钟左右。

游上岸后，阮阮瘫坐在地上，才发觉自己浑身力竭，双手也忍不住微微发抖。她喘着气，伸手探向陷入昏迷中的男人的鼻端，然后，轻轻舒了口气。

虽然他一头一脸的血，看起来十分恐怖，但感谢上帝，他还活着。

傅西洲在三天后才醒过来。

他觉得浑身酸软，头痛欲裂。昏黄的光线里，有人背对着他在讲话，是个女孩子的声音，软软糯糯的。

"朱爷爷，他为什么还不醒呢？"

穿着青色布衫的老人正站在一排药柜前，一边鼓捣着什么，一边慢悠悠地回答她："他伤了头部，伤口又在河水里泡了，引起发烧。性命是保住了，但什么时候醒过来，我也不确定。"老人顿了顿，转身望着女孩，"小姑娘，你得赶紧把他送去大医院，做全面检查，伤着头部可不能掉以轻心！"

阮阮转头望向小小的病床，刚想说什么，忽然"咦"了声，快步走到病床边，惊喜地说："你醒啦？"又转头去叫老人，"朱爷爷，朱爷爷，你看，他终于醒了！"

朱医生走过来，伸手探向他的额头："嗯，烧退了。"他问傅西洲，"你觉得怎么样？哪里痛？"

床上的男人却仿佛没听到一样，两眼呆呆，神色里全是茫然，怔怔地盯着天花板。

"喂，医生问你话呢！"阮阮凑近，伸出手在他眼前晃了晃。

没反应。

她又推了推他。

依旧没反应。

她转身，与朱医生面面相觑。

一个想法忽然就窜入她脑海，这个男人，不会是被撞坏了脑袋，傻了吧？

她还想再问什么，却被朱医生拉住："他刚醒，你让他缓一缓。我们先出去。"

走到院子里，阮阮小声地问朱医生："你说，他不会真被撞傻了吧？"

朱医生皱了皱眉："我也不确定，你明天带他上市区医院检查去。"

在天彻底黑下来的时候，阮阮再次走进诊所里，她打开灯，室内的灯是温暖的明黄色，不像大医院里那样惨白。暖暖的灯光，映着屋内陈旧的摆设，空气里弥漫着淡淡的草药味儿。而角落里唯一一张小病床上躺着的人，依旧以之前的姿势，怔怔地望着天花板发呆。

阮阮怀疑他都没有动过一下。

她站在门口，静静地看了他许久。而后走过去，微微俯身望着他。

“哎，你还好吗？”

“有没有哪里不舒服？”

“我叫顾阮阮，你呢？你叫什么名字？”

“你家人的电话是多少？”

……

床上的人置若罔闻，任她一人演着独角戏。

阮阮叹口气，继续问：“到底发生了什么事情？你的车为什么忽然掉到河里去了？”

他忽然转过头，望着她。

阮阮一喜，以为他终于要回答她时，他却只是看了一眼她，而后又转过头，保持原有的模样。

她泄气地坐到一边，心里想，他一定是被撞傻了！这可怎么办啊？

她回到风家，风母已经下班回来了，正在做饭，阮阮赶紧到厨房里去帮她。“阮阮，今天又辛苦你了呢。”风母对她说。

阮阮有点无奈，这句话，风母每天都要对她说一次。她跟风菱一样，总怕欠了别人。

“对了，我明天轮休，可以在家陪小声，你要不要回家一趟？这么久没见，你家里人也该想你了。”风母说。

阮阮神色一黯，她来风家快一个月了，只跟外公通了两次电话，还都是她主动打过去的，寥寥两句就挂了。外人都传阮氏的小外孙女最得宠，可实际上，阮荣升虽然宠她，但这种宠更多的是体现在物质上，而且到底是个大男人，心思没那么细腻，又很忙，永远也不会有像风菱跟家人之间那样的亲昵，隔两天就打个电话，嘘寒问暖。至于舅妈与表哥，关系更是冷淡，舅妈甚至恨不得她别回家了。

阮阮说：“阿姨，既然你明天休假，那我离开趟。我们救下的那个人，朱爷爷说让我送他去大医院检查下，他这里似乎出了点问题。”她指了指脑袋。

风母担忧地说：“阮阮，我知道你是个善良的孩子，可是，那毕竟是个陌生人啊，又是个大男人……你不如报警，把他交给警察来处理？”

他被她从河里救上来时，东西全都丢了，身上没有任何可以证明身份的证件，如今，他又像个哑巴一样，问什么都不回答。她对他，一无所知。风母所说，确实是最好的解决办法，可不知道为什么，阮阮却不愿意那么做。她想起他茫然的神色，以及朝她望过来时，眸中流露出的淡淡无措，那一刹那，她仿佛从他身上，看到了过去某一刻的自己。

她做不到对他不管不顾。

第二天早上，阮阮带傅西洲坐轮渡过河，去往莲城市区。在船上，她指着远处的那座石桥说："四天前，你就是从那里掉下来的，你还记得吗？"

回应她的，依旧是沉默。只是，他望着那座石桥，看了许久。

阮阮带他去了莲城最好的医院。

经过一系列的检查以及漫长的等待，阮阮被医生叫了进去。

"患者头部的伤倒没有大碍，只是，他对发生了什么完全不记得了，这是，"医生顿了顿，沉声说，"失忆的症状。"

虽然有想过这种情况，但那瞬间，阮阮还是觉得真狗血啊，这电视剧里才有的情节，竟然让她给遇上了。

她坐在医院外面的台阶上，抬头看着七月明晃晃的阳光，又看看沉默着坐在她身边的男人。

她掏出手机，110三个数字，按了一遍又一遍，最终还是没有拨出去。她叹口气，对他说，我们回去吧。

后来风菱问过她，你后悔做那个决定吗？没有将他交给警察，而是将他带回了古镇。

阮阮想也没想地回答说，不。

救下他，不后悔。

将他带回古镇，不后悔。

爱上他，也不后悔。

对她来说，做所有的事情，全凭心意，既然做了，就决不后悔。

古镇上的人虽然淳朴，但正常的警惕心还是有的，家里突然多了个陌生男人，风母怎么都放心不下。可阮阮恳求她说，就让他待到八月底，她离开的时候，如果他还没有记起来，她会把他送走的。风母实在不好拒绝，她走到卧室里去给风菱打电话。风菱沉默了片刻，说：妈妈，你就相信阮阮看人的眼光吧。风母这才同意让傅西洲留下来，收拾了一间房出来，又找了风父的旧衣服给他换上。

阮阮看着他穿着明显短了一截的衣服与裤子走出来，额头上还缠着纱布，那模样，实在很怪异。

她"扑哧"笑出声来。

他看了她一眼，沉默地走到葡萄架下的竹椅上坐下来，又开启了“自我世界”模式。

风声走到阮阮身边，对她耳语：“阮阮姐，他是不是哑巴啊？”

阮阮赞同地点头，捂嘴轻声说：“估计是。”

就算头部受伤，暂时失去了记忆，但也不会失去讲话的能力啊，估计他真的是哑巴呢。阮阮有点同情地看着他。

这么一想，阮阮也就不再逼他同自己讲话了。他似乎很喜欢发呆，总是沉溺在自己的世界里，安静得仿佛不存在。他每天很早就起床，似乎那是养成了很久的习惯。阮阮起来到井边摇水洗脸时，总见他已经默默坐在葡萄架下的竹椅上了。她对他说声早，他看她一眼，并不回应，但神色明显没有之前那么冷漠了。

他也不挑食，给什么吃什么，但吃得很少，甚至比风声这个病号胃口还差，几天下来，阮阮明显感觉他的脸瘦了一圈。

过了两天，他去朱医生那里拆了额头上的纱布，缝了针的伤口痊愈得还算快，也恢复得很好，只是，额头上靠近太阳穴那个地方，留下了一道打眼的疤痕。

“哇哦，留疤了呀！”阮阮伸手轻轻戳了戳他的疤痕，“不过没关系，脸依旧很好看呢！”她把他当小孩子一般安慰。

他却触电似的拨开她的手，似乎很不习惯别人的碰触。

阮阮笑了笑，转身悄悄问朱医生：“他的失忆症是不是不会好啦？”

朱医生说：“不一定，失忆症这种病，至今在医学上也是个谜团，也许一辈子，也许过几天忽然就好了。”

那天风母带着风声去医院复查，虽然只有两个人在家吃饭，但为了庆祝他的伤口终于拆了线，阮阮做了很丰盛的午餐，土豆牛腩汤、鸡汁萝卜、红烧排骨以及素炒西兰花。还特意拿出了风母自己酿的米酒。她将米酒倒入粗陶碗里，满满的一大碗，醇香怡人。她忍不住低头，深深嗅着酒香，一脸陶醉的样子。

阮阮端起碗，又将另一碗酒送到正沉默地看着她的傅西洲手中，“哎，这个酒哦，真的很香很醇的，也不醉人。你喝下试试看。”

他接过，看着碗中有点儿浑浊的液体，眉毛轻轻蹙起。

“哎，等一下！”阮阮放下碗，“你看，你不记得自己叫什么名字，我们也不能一直‘哎哎哎’地喊你是不是。如果你不介意的话，我给你起一个名字好不好？”

见他不语，阮阮赶紧说：“沉默就表示默认喽！嗯，我想想啊……十二……十二怎么样？”

她救下他的那天，是七月十二号。

他还是没有什么表示。

阮阮笑起来："那就这么决定啦。"她端起瓷碗，与他的碰了碰："十二，祝贺你痊愈。还有，欢迎你来到暮云镇。"

然后，她仰头，竟然一口气就喝掉了那大半碗米酒。

傅西洲端着碗，愣愣地看着她。这么多天来，这是他第一次仔仔细细地打量这个女孩子，她穿着一件很宽松的海魂衫T恤，牛仔短裤，人字拖，齐肩发随意扎成一个马尾巴，露出光洁的额头。她长得并不算漂亮，唯有一双眼睛，黑白分明，明亮清澈，望着你笑时，仿佛无数的星辰落入其间。

很多年后，傅西洲总想起这个夏日的正午，他们坐在郁郁葱葱的葡萄架下，细碎的光影从树叶间漏下来，那个眉眼弯弯的女孩，豪情地干完一碗酒，红晕慢慢染上她的双颊，映衬得她的眼眸愈加清亮。可是他，却在后来，让这双他见过的最清澈明媚的眼睛，染上了那么多那么多的哀愁。

自从帮他取了名字，阮阮就很喜欢喊他，哪怕他总是沉默以对，她也毫不介意。

"十二，中午我们是吃茄子呢还是丝瓜呀？

"十二，你看你看，这花长得多好呀！

"十二，这就是蓝莓树呢，你以前没见过吧？

"十二，让我来猜猜你多大了，唔，二十五？二十六？二十八？

"十二，你真的一点点也没想起来吗？

"十二，我真喜欢这里呀，你呢？

"十二，今晚的月亮可真美呢！"

……

她的声音软软糯糯的，"十二十二"地喊的时候，仿佛在温柔地叫一只小狗狗或者小猫咪，又好像在跟一个小孩子说话。阮阮也确实把他当作一个沉默的生了病的小孩儿，同风声一样。

每个夜晚，晚饭过后，阮阮把家里的竹躺椅都搬到院子中央，从小方井中取出在凉水里泡了整天的西瓜，切开来，冰凉爽口。三个人并排躺在竹椅上，吃西瓜、聊天。大多时候都是阮阮在说，她给他们讲书上看来的故事，却总爱把那些童话、神话故事改得面目全非。

风声就跟她呛声，说不对不对，你怎么乱讲啊！

阮阮就笑嘻嘻地说，这是"顾氏新编"！

而傅西洲，永远都是沉默着，不接腔，缓缓地摇着手中的老蒲扇，坐在她身边，给她赶走蚊子。

古镇夏日的夜晚，静谧而悠长，晚风温柔，头顶星空朗朗，月色无边。岁月就这样晃晃悠悠地到老，似乎也不错。

很多个时刻，什么都不记得的他，这样的想法，确确实实划过他的心头。

转眼就到八月份了。

阮阮如愿收到了宁城农大园艺系的录取通知书，八月底就要去报到。离开的日子越来越近，她看着没有一点好转的傅西洲，心里浮起担忧，却还是安慰他说："十二，你不要着急，慢慢来。朱医生说了，没准忽然有一天就什么都记起来了呢！"

她陪他散步到他出事的地方，无法走到桥墩那里去，就站在渡口远远地望着。她希望他能想起来一点点。可每一次，都是失望而归。

古镇的少年们已经不再在暮河里游泳比赛，他们找到了新乐子。他们不知从哪儿打听到，后山树林里有野兔出没，亮亮他们都兴冲冲地跑到山上去抓野兔了。

风声很羡慕，尤其当少年们竟然真的抓住了一只野兔，带到风家的院子来嘚瑟时，风声又羡慕又黯然的眼神令阮阮看了直心疼。她仿佛看到多年前的自己，周末的游乐园，别的小朋友都是被爸爸妈妈牵着手或者坐在爸爸的肩头，而她的手，永远都是在保姆阿姨的手心里。

她对风声说，不用羡慕，姐姐也去帮你抓一只回来。

说得信誓旦旦，临走时，又忐忑起来，她游泳能赢那群少年，可野兔，她却从来没有抓过啊！而且要去很远的后山树林呢！

她的目光望向葡萄架下的傅西洲，还没开口，他仿佛知道她要说什么，主动站起来，朝门口走。

"十二，你真够义气！"她笑嘻嘻地走上去，踮脚钩着他的肩膀，才发现，他可真高呀。

他瞥了她一眼，甩掉她的手。

后山树林离镇子有一段距离，他们走了很久，抵达时，天刚刚黑。可是对于抓野兔，夜越深越好。胆小的野兔总要等到很晚才会出来活动。

阮阮从背包里掏出一个大手电筒，拧开，莹白刺眼的光照着脚下的路。他们沿着一条小路慢慢地走，一边走一边用手电的光四处照，野兔看到强光，就会跑出来。

渐渐地，脚下的小路已经没有了，他们只能在一丛丛低矮的灌木丛里穿梭，树林茂密，寂静无声，只有两个人轻巧的“沙沙”脚步声。路并不太好走，本来她走在前面的，他将她拉住，抢过她手中的电筒，走到她前面去。

望着他沉默的背影，阮阮勾了勾嘴角。

夜愈深，他们不知走了多久，连野兔的影子都没看见一只。

阮阮有点泄气。

她拉了拉傅西洲，然后一屁股坐在地上。“饿死啦！” 其实还很累，不知道是不是太久没有走这么远的路了，又是难走的山路，她的腹部竟然有点隐隐作痛。一个不好的预感划过她心头，但很快她又打消了这个念头，不会的，还没到日期呢！

她从包里掏啊掏，掏出饼干、牛奶，甚至还有一包鸡腿。她犹豫了下，将鸡腿与牛奶递给了他。

他看了她一眼，从她手上抓过那包饼干，拆开，慢慢地吃起来。饼干很干，看他艰难吞咽的表情，阮阮将牛奶硬塞到他手里：“你喝一半，留一半给我。公平！”见他微微蹙眉，她忍不住笑起来：“我都不介意呢，你介意什么啊！”

吃了干粮，又继续往树林里走。

天边一弯上弦月缓慢地从云层里爬出来，透过茂密的高高的树枝洒下淡淡的清辉。

她跟随着他的脚步，却越走越慢，那半盒凉牛奶，让她腹部的疼痛频率越来越密，越来越强烈。手按在腹上，她微弯着腰，慢慢跟上。

他终于发现了不对劲，回过头，手电的光芒朝她扫过来。

阮阮站直身子，决定放弃继续寻找野兔，“十二……很晚了，估计今天找不到了，我们回去吧。”

他静静地打量她，发现她一切如常，之前觉得她有点异样大概是他看错了吧。他想。

这块树林浓密而辽阔，他们在林子里穿梭，注意力都放在了寻找野兔上，没有记方向。往回走了很久，却发现越来越不对劲，怎么都找不到出口。

他们迷路了。

阮阮沮丧地蹲在灌木丛边，腹部的酸胀疼痛令她没有力气再继续往前走。

头顶的上弦月越来越亮，阮阮抓过他手腕上的表看时间，十一点了。他们在树林里，已经待了整整四个小时。

“十二，”她轻轻地喊他的名字，脸微微红了，“我……我想解手……可以麻烦你往前走一点吗？”她真的快窘迫死了，低着头，不敢看他。

他一愣，将手电筒放在她身边，然后快步走开。

阮阮伸手到小包的内袋里摸了摸，然后舒了口气，感谢自己有任何时候都随身带两片卫生棉的好习惯。

她猜得没错，不应该在今天到来的大姨妈竟然提前来了！在这样一个时刻。

她简直想哭了！

又休息了一会儿，阮阮抚着腹部站起来，去找他。

见了她，他看了她一会儿，似乎是想确认她是否有异样，可阮阮站得笔直，对他微笑着说："我们快走吧。"

她其实很难受，可她实在无法对他启齿，自己"亲戚"来了，肚子很疼。她只想快点找到出口，回家。

她依旧走在他身后，他反正看不见她，她放心地弯着腰，抚着腹部慢慢地走。

虽是八月盛夏，可深夜的山上气温低。阮阮的体质偏寒，经期时免疫力特别低，凉风一吹，她忍不住微微发抖。当疼痛越来越剧烈，甚至有轻微痉挛时，她实在没有办法再强撑。

"十二，我们休息一会儿再走，好吗？"她蹲在地上，声音微抖。

他站在不远处，用手电筒照着她，只见她低着头，身体蜷缩成一团，手指按着腹部，身体在微微发抖。

他走到她身边蹲下来，犹豫了一下，伸手按上她的肩膀。

"你，是不是很冷啊？"

声音清冷中带着沙哑，那是太久没有说话的人忽然开口时的感觉。

阮阮猛地抬头，震惊地望着他，她被这突如其来的声音吓着了。她的脸色有点苍白，可很快，那苍白的脸上浮现出浓浓的惊喜来，她的嘴角咧得大大的，眉眼弯弯，紧紧抓住他的手臂："哇，十二，原来你不是哑巴啊？你会讲话的啊！"

那一刻，她欢喜雀跃得甚至忘记了身体上剧烈的疼痛。

他皱着眉，又重复了一句："你是不是很冷？"

阮阮怔了下，低下头，轻声说："我来那个了……肚子好疼……走不动了……"

身体忽然被腾空抱起。

她呆住了，仰头愣愣地看着他。

他却并未看她，嘀咕了句"搂住我脖子"便迈步往前走，他手上还抓着手电筒，灯光一晃一晃的，照不到路，他只得放慢脚步。

阮阮呆呆地伸出手，缓缓钩住他脖子。他紧了紧手臂，她的脸便贴上了他的胸膛。

一片红晕立即蔓延上她的脸庞，她动了动，将整张脸都埋到他怀里，生怕被他发现了她红透的面孔。十八年来，她第一次与异性靠得如此近，也是第一次被异性以如此亲密的姿势拥抱。她咬住唇，怕自己忍不住发抖。

夜色寂静，上弦月静静地洒下来，淡淡的清辉笼在他与她的身上。他抱着她，一步一步，走得缓慢却稳重。她听着他平缓的心跳声，她听到自己剧烈的心跳声，在这静谧的夜色里，心仿佛要从胸腔里跳出来。

直至这一刻，她才意识到，这个被她一直当作小孩子般照顾的人，是个可以令她忽然间慌乱了心跳的大男人。

那个夜晚，他抱着她在树林里走了许久，最后被风母与亮亮他们打着手电找到，回到家时，已经是凌晨一点多。

阮阮喝了风母泡的红糖水，裹着薄被躺在床上，一直失眠到天亮。她把手放在心脏处，剧烈的心跳已经变得平缓，可他带来的那种温暖，却始终不曾离去。

是的，温暖。悸动过后，他带给她的，最最震撼的，是温暖。从他身上传递到她身上的温度，令她温暖得想哭，想要紧紧拥住，再不放手。

那种温暖，就好像，痛经的女孩儿，得到一杯热乎乎的红糖水，以及一双温柔的手轻轻地给她揉一揉腹部。

就好像，寒冷的冬夜里，躺进厚厚软软的充满阳光味道的被褥里。

就好像，凄冷的雨夜里，遮在头顶的一把伞。

就好像，难过哭泣时，一个温暖的怀抱。

从她来初潮起，一直都有痛经的毛病，可每一次，她得到的，只有保姆阿姨泡给她的红糖水。她在心里多么期盼，在她疼痛难忍的时候，会有一双温柔的手，给她揉一揉腹部，会有一个温暖的怀抱，轻轻地抱一抱她。

可没有，从来没有。

她躺在床上，望着窗棂外的上弦月，弯起嘴角，眼泪无声地滑落。

她对他的心动，始于一个拥抱。

她对他的爱情，是她关于温暖的全部向往。

哪怕多年后，他们再次重逢，他变成了她完全陌生的冷漠模样，可在她心里，他始终是那个在月色下，弯腰温柔地抱起她，在迷路的树林里，走很远很远山路的人。

沉默寡言，却温暖柔情。

令她心动得落泪，令她念念不忘。

而一念情深，终成执着。

第三章 你像山上的夜月，你像假日的吻

以前我没有喜欢过别人，
也不知道该怎么去喜欢一个人，
甚至像这样拼尽全力去做一件事也是头一次，
所以，
请别责怪我的笨拙与鲁莽，
好吗？

当阮阮打开酒店的门，看着站在门口的身影时，她第一反应是，闭上眼，再慢慢睁开。然后再闭上眼，再睁开。如此反复了三次。她神色里有惊讶、难以置信，还有一点点惊喜。

傅西洲的心莫名有点痛，他伸手，覆在她的眼睛上。

“阮阮，是我。”叹息般的声音里，情绪复杂。疲惫、内疚，还有一丝淡淡的心疼。

自己到底对这个女孩子做了什么？让她忐忑到这个地步。

阮阮闭着眼，眼皮上传来他指尖的温度，凉凉的触感令她清醒，这不是幻觉，也不是做梦。此刻，他真的站在她的面前。

“十二……”她喃喃，她不想哭的，也在心里告诉自己，别哭啊千万不要哭啊，不能在他面前落泪。她知道，很多时候眼泪是女孩子有利的武器，可她此刻真的不想用眼泪来控诉他。

“对不起，阮阮……”他的手指依旧覆在她的眼睛上，她的泪仿佛火焰，灼痛他的手指。此时此刻，他实在没有勇气直视那双染了雾气的眸子，他怕自己连“对不起”也说得没有底气。

转身进房间的时候，阮阮第一件事情就是望向墙上的挂钟，23点40分。狠狠舒了口气，她嘀咕：“还好，没有过零点……”

“什么？”她声音很低，傅西洲没听清楚。

她擦掉眼角的泪痕，嘴角微微翘起：“没什么。”

他不知道，她有多庆幸，他在新婚之夜的零点之前出现在她面前。在暮云古镇的时候，她曾听风菱的妈妈提起过，民间有一个习俗，新婚之夜分房而居的夫妻，这辈子难以相守到老。

她也觉得自己傻，简直傻得无可救药了，这个男人，在婚礼上离她而去，此时他在零点之前找到她，她竟然还觉得庆幸。正常的人，应该是将他痛骂甚至狠狠地抽他两个耳光，将他轰出门外，那样才解气，才足以告慰她心里那么重的难过。

这些，她心里全部都清楚，可她拿自己的心毫无办法，拿他毫无办法。当他静静站在她面前，当他叹息般地喊她的名字，当他的手指覆在她的眼睛上，她就已经原谅了他。

因为她清醒地知道，在原谅他与推开他之间，选择前者，会让她心里好过一些。

他是她逃无可逃的命运。

那就做个傻瓜吧，世界上聪明的人那么多，不差我一个，就让我做个自得其乐的傻瓜吧。阮阮叹息般地闭了闭眼。

“你的脚怎么了？”傅西洲终于发现她走路的姿势略怪异。

“哦，崴伤了，没有大碍。”她轻描淡写地答，转身问他，“你要喝什么？有茶与果汁。”

傅西洲拉住要去小厨房帮他拿东西喝的阮阮，将她按在沙发上坐好，撩起她的睡裤，她青肿的脚背赫然映入他眼帘，他皱眉：“有冰块吗？”

“有。”

他去厨房冰箱里找到了冰块，又从浴室拿了一块小毛巾来，包着冰块，他在她身边坐下来，将她的脚平放在他的腿上，她忍不住缩了缩，却被他牢牢地抓住。这样突如其来的亲密，令她的脸微微一红。

从他们重逢，到他求婚，才短短半年时间，而真正确定关系到如今，也不过两个月，他们最亲密的接触，仅限于牵手，次数也不多。

他看了她一眼，又垂下头，手上的冰毛巾轻轻地在她青肿的脚背上移动。

小客厅里只开了一盏落地台灯，暖黄色的灯光，打在他的身上，他侧着脸，微低着头，手腕轻轻地起落，专注而温柔的模样，令她心里酸涩得涌起泪意。

整个世界都安静了下来，只有他。

她仿佛看到多年前那个沉默柔情的他，又回来了。

这才是她的十二。

傅西洲放下冰块，抬眼时发现她正怔怔地凝视着他，他轻咳了下，用指腹轻轻压了压她的脚背，“我再帮你揉一揉，需要活血。”

他已经尽力控制了力道，但阮阮依旧觉得疼痛钻心，可她咬牙忍住。

他看了她一眼：“痛的话你就说。”

她摇摇头：“不痛。”

他在心里叹了口气，怎么会不痛呢，换作别的女孩子，只怕早就咧嘴大喊了，她也真能忍。

“怎么受的伤？”他问。

她迟疑了片刻，才轻轻答：“找你的时候，摔了一跤。”

他手上的动作一僵。

“对不起……”顿了顿，他缓慢地开口，“你怎么不问我原因？”

他一直等她问，可是她却始终没有开口。

阮阮想起她对风菱说的话，是的，她心里有多么想知道那个答案，也就有多么害怕知道那个答案。

可是此刻，他主动提起来，她便顺着问出来：“为什么？”话一出口，心里的忐忑便接踵而至。

他停下手中的动作，抬起头与她对视，她背光而坐，整张脸都笼罩在一团阴影里，看不太清表情，但那双眼，却亮若星辰，此刻正眨也不眨地直视着他，那里面，有期待，也有忐忑。

他忽然就想起多年前，在古镇的夜晚，他们坐在院子里看星星，那晚星空璀璨，她仰着头认真而耐心地指着夜空里一颗颗遥远的星星，告诉他，那是小熊星座，那是北斗七星，那是天蝎星座。她说，十二，你知道为什么我喜欢这里吗？因为简单纯粹。这里的人，这里的一山一水、一草一木，都让我觉得简单而纯粹，令我觉得舒坦。我啊，最怕麻烦复杂的事情了呢！

他脑海里又回响起傅凌天最后说的那句话——西洲，你是知道后果的。

他望着她，久久的，最后，涌到嘴边的话变成了：“因为，我忽然接到疗养院的电话，我妈妈……自杀了。”

他将视线转开，不再看她。

“咚！”

提起的一颗心，狠狠地掉下去。可紧接着，她的心又提得高高的，像是在坐过山车一般。

她张大嘴，久久才恍过神，急切地问道：“啊，那她现在怎么样了？”

关于他的母亲，她其实了解得并不多，还是从外公阮荣升那里听到的只言片语，这个女人宁肯背负着骂名，也要生下这个不被傅家承认的孩子。在傅西洲十四岁那年，她精神失常住进了精神病院，后来又转入了疗养院。阮阮只见过她一次，在他们婚期确定下来的第二天，他带她去疗养院探望。见到她的第一眼，阮阮非常惊讶，怎么形容呢？她从未见过那么美丽的女人，应该有五十岁了吧，可她的五官真的很美，但脸色苍白得吓人，眼神空洞，了无生气，宛如一个没有灵魂的漂亮木偶。在他们婚礼前夕，她曾问过他：“你的母亲会来吗？”见他脸色微变，她才意识到自己大概问错了。在这样一个公共场合，傅家大大小小的亲朋好友全部出席，但唯独，不会有他母亲的位置。

见他不语，阮阮心下一凛，慌乱抓住他的手：“你妈妈的情况到底怎么样了啊？”

明明隔着厚厚的衣服，他却觉得手臂上她手心的温度简直灼人，他不着痕迹地拨开她的手，轻轻说：“已经脱离危险了。”

她狠狠舒了口气，又蹙眉：“这个时候，你怎么能不陪在她身边呢？她才是最需要你的。”

所有的难过、委屈与忐忑，这一刻统统烟消云散，而后化成了对他母亲的担忧。

傅西洲望着她神色里真真切切的担忧，心里五味杂陈，他心烦意乱地站起来，收拾桌子上的冰毛巾，抛下一句“她最不想见到的人就是我”，然后走进了浴室。

阮阮望着他的背影，想说什么，终究作罢。她知道，他母亲，一直是他心里的禁忌。

傅西洲站在镜子前，拧开水龙头，哗啦啦的水流声好像能掩盖所有的慌张，是的，他慌张了。他望着镜中的自己，这一刻，里面那个慌张与心有不忍的男人，是那么陌生。他也不知道自己是怎么了，这么多年来，以为一颗心早就在宛如战场的傅家练就得百毒不侵，坚硬如铁，可看到那张那么相信他的脸，他竟然觉得自己很残忍，心里升起了从未有过的负罪感。大概是，她实在太单纯太傻了吧。她不是他所熟悉的那个冷漠、残忍、嗜血的世界里的人。

可是，这一切，都是她期盼的，不是吗？是她执意要闯进他的世界来，他拒绝过，推开过，警告过，是她不听。

他捧起冷水，狠狠地拍了拍脸。

再睁开眼时，镜中的那个人，又恢复了他熟悉的面孔。

阮阮听到浴室里传来的水流声，她望了眼紧闭的浴室门，朦胧的灯光里，可以看见他正在脱衣服的动作，她的心漏跳了一拍，赶紧转过头，抓起桌子上的座机给风菱拨电话。

已经十二点多了，但她知道，夜猫子风菱一定没有睡。

“见到他了吧？”风菱的声音有点疲惫地传来。

阮阮说：“叮当，我就知道是你告诉他我在这里的。”

“不用感谢我，如你所愿而已。”

阮阮想起在机场时，风菱忽然叫住她问的那句话。原来如此！她咬住唇，心里又软又酸：“我以为你会阻止我继续这桩婚姻。”

风菱说：“如果换作是我自己，我肯定不会再继续。可是，软软，你第一次这么疯狂地想要得到一样东西。我虽然会为你担心，但如果这是你想要的，我会支持你。”

在风菱心里，好朋友就是这样，哪怕她做的事情你觉得很傻很傻，但如果那是她想要的，就算担忧，也会支持她。那么至少，在全世界都嘲弄她、反对她的时候，还有一个人，是站在她身边的，随时可以给她一个拥抱，对她说，你去做吧，只要你觉得值得。

“叮当，我爱你。”

风菱笑起来：“噘，肉麻！留着对你老公说吧！”

老公……

阮阮在心里默念了下这个词，脸颊忍不住微微发烫。

“好啦，别浪费时间给我打电话啦。”风菱逗她，“春宵呢，祝你们洞房花烛愉快啊！”

“喂——”她的脸颊更烫了，压低声音嘀咕道，“叮当，我有点儿害怕……”

这是他们的新婚夜，接下来要发生什么，她心里很清楚。在此之前，她不是没有幻想过这一刻，可这一刻真的到来时，除了期待，她还有点忐忑。这也许是每一个女孩子，在变成女人之前，都会有的小忐忑。

风菱静了静，说：“软软，别怕啊，他不是你很喜欢很喜欢的人吗，女孩子的第一次，给自己喜欢的人，你应该感到高兴呀……”风菱的声音忽然压得很低，阮阮沉浸在自己的思绪里，也没有太留意。“好啦，我还要赶设计图，先挂了呀，晚安。”

“你在发什么呆？”他的声音忽然响在头顶，阮阮回过神来，有点慌乱地起身，“噢，没什么……啊！”她痛呼出声，慌乱中竟然忘记脚伤，差点儿站不稳摔倒，幸好傅西洲眼疾手快，一把将她捞住。

他皱了皱眉。

她抓着他的手臂，低着头有点不好意思，真是笨蛋啊，这样也能摔倒。

下一秒，他手臂一抬，将她打横抱起来，朝卧室走去。

“轰——”阮阮的脸立即烧成一片，心扑通扑通狂跳。他穿的是酒店的睡袍，柔软的触感，贴在她的脸颊上，鼻端传来他身上沐浴过后的清香，与她身上的味道一样，淡淡的花香，很好闻。她忍不住深深呼吸，闭上眼，双手缓慢地环绕上他的腰，她忽然有点儿想哭，仿佛时光倒流回多年前的那个月夜，他抱着她，走在深夜的树林里。

他的第二个拥抱，她等了这么久。这是令她想念的温度，再次温暖地将她包裹。

忽然间，所有的忐忑与害怕都消失了，她的心在这一刻变得安静而柔软，一丝期待，一丝甜蜜。

当他的吻落下来时，她还是没有忍住，眼泪簌然滑落，他感觉到嘴角的凉意，顿了顿，微微退开，看着她，她也正睁开眼，泪眼婆娑地望着他，见他皱着眉，知道他误会了她的意思，她哭，并不是不愿意，这一刻的眼泪，仅仅是因为觉得开心。

她伸手，钩住他的脖子，微微仰头，主动吻上他的唇，既生涩又热烈。

十二，你知道吗，你是我一场美梦。

我祈求，这梦，永远不醒。

凌晨三点，傅西洲从梦中惊醒，他又做了那个许多年来一直缠绕他的噩梦，梦中，一条幽暗阴森的长长的走廊，各种凄厉的声音从走廊上无数间紧闭的房间内穿透出来，交织成一种魔音，灌进他的耳鼓里。他看到自己在走廊上气喘吁吁地奔跑，捶打着一间间紧闭的房门，他在大声喊着什么，在焦急地寻找着什么，可他听不清自己喊的是什么，找的又是什么。那条阴森的走廊，仿佛没有尽头，他怎么努力地奔跑，也找不到光亮的出口……

他想从床上坐起来，身上的重量令他一怔，低头，发现阮阮整个人都缠绕在他身上，手臂紧紧地抱着他的腰身，脸颊贴在他胸口，头发散乱地覆在脸上。

他静静地看着她，良久，他伸手，将她散乱在脸颊上的头发轻轻拂开，微弱的光线下，他看到她的嘴角微微翘起，仿佛正做着一个甜美的梦。

忽然间，他竟然对她生出了一丝嫉妒。

能在睡梦中微笑，于他，这是一件多么奢侈的事。

他移开目光，试图起身，他一动，她手臂不自觉地抱他更紧，脸还往他身上蹭了蹭。

他顿了顿，然后将她的手臂挪开。

起床的时候，他不小心将床头什么东西扫到了地上，他弯腰捡起来，不禁一怔。

是一块男士手表。

他转头朝床上的人望了一眼，握着那块手表走出了卧室。

暖黄的灯光下，那块很旧了的手表静静地躺在茶几上，时针转动的“嘀嗒”声在寂静的夜色里，仿若时光的回声。

这块手表，他认识，不，是非常非常熟悉，这是他的手表，当年他从暮云古镇不告而别时，留给她的谢礼。

那年，他是在从树林归来后的第五天的早晨离开的，他走的时候，阮阮并不在古镇。寻找野兔的第二天清晨，她被一通电话叫走，她外公突发高血压，住进了医院。

她离开得很匆忙，那天早上他已经起来了，如往常一样沉默地坐在葡萄架下，看着她的背影消失在院门口，过了一会儿她忽然又跑了回来，气喘吁吁地站在他面前，对他说：“十二，你等我回来噢，我有很多话想对你说。”

他依旧没有开口说什么，只是深深地看了她一眼。

她离开后的第四天，恰逢中元节，暮云古镇很重视这个古老的传统节日，在这一天的傍晚，家家户户都会扎很多纸船到渡口去放，以祭亡人。天黑的时候，小孩们还会放飞很多只孔明灯许愿。

那天傍晚，他陪着风母与风声一起去渡口放纸船，一直待到天彻底黑下来，又陪风声放飞了两只孔明灯才回去。河的岸堤狭窄，也没有路灯，他打着手电，与风声一前一后地走着。那时候归家的人很多，有小孩嬉闹着从他们身后追过来，推搡间，眼见着要将前面的风声撞倒，他迅疾地伸出手，将他拉住然后往里面一推，电光石火间，他自己却跌下了岸堤。

在风声的惊叫声里，他只觉得头昏目眩，最后身体稳固在一块软绵绵又湿润的河滩上，额上传来尖锐的刺痛，有液体缓缓流进眼睛里……闭眼的瞬间，在强大的疼痛与昏眩中，记忆如浮光掠影，一帧帧地挤进了他的脑海里……

他没有摔死，却记起了所有。

那天晚上，他躺在朱医生的诊所里，怔怔地望着天花板发呆，犹如当初他从昏睡中醒过来一样。

而这一个多月，就像一场梦。

如今梦醒了，他知道，是离开的时候了。

离开的前一晚，他一夜无眠，坐在葡萄架下的竹椅上怔怔发呆。他抬头望着天上圆而皎洁的月亮，月色的清辉映照着这院子里的一草一木，那样静谧而温柔的模样，是与他的世界迥异的一片天地。

第二天清晨，他将手上戴了多年的旧手表摘下来，压在那张写了“谢谢”二字的字条上，没有与风家母子打招呼，乘坐第一班轮渡离去。

这一个多月的记忆，虽然美好，但他却打算忘却，他必须忘却，在他的那个冰冷的世界里，这些柔软的记忆，对他来说，没有什么意义。而这些相处的人，与他也是两个世界的人。他不想，也不愿意，将他们拖进他的世界里来，尤其是那个有着清澈笑容、清亮双眸的女孩儿。

只是他无论如何也想不到，在三年后，他会再遇见她。

是在机场的停车场外，大雨中，她拼命地追着他的车跑。

那天他从外地出差回来，因为供货商出了很严重的问题，他亲自飞过去处理，三天的谈判，像是打了一场生死攸关的大仗，他整个人疲惫不堪。上了车，他闭眼休息。

秘书迟疑的声音将他吵醒：“傅总，有个女孩子似乎在追我们的车。”

他睁开眼，从后视镜中望去，外面正下着雨，又是灰蒙蒙的初冬，后视镜中的影像模模糊糊的，看得并不太清楚，只隐约看见一个橙色的身影在雨中奔跑，一边跑一边挥着手，嘴里还大喊着什么。

他收回视线，淡淡地说：“也许追的不是我们。”

前方100米就是收费站出口，前面停了好几辆车等待缴费放行，秘书将车停下来，忍不住朝后视镜中望去，然后发现他猜得没错，那个女孩子，径直朝他的车跑了过来。

她站在车窗外，弯腰敲着车窗玻璃。

秘书降下车窗，惊讶地望着她，凄清的雨中，雨水自她头顶倾泻而下，狼狈地淋了一脸，湿漉漉的头发贴在脸上，可她神色里却满是终于追上了的欣喜。她气喘吁吁地指着后座的傅西洲，语无伦次地开口：“他……他……”

“小姐，你有事吗？”秘书问。

“十二，十二，是我啊！”她将身体趴在车窗上，将脑袋探进车内，声音又急又欣喜。

秘书微微侧身，提高声音：“喂，小姐，你到底在干什么？”前面的车辆已经开始缓慢通行，后面的车不耐烦地在按喇叭。秘书转身望着被打搅神色不耐烦的傅西洲：“傅总，你认识她吗？”

他想也没想便回答道：“不认识。开车吧。”

“可是……”秘书为难地看着趴在车窗上的顾阮阮。

傅西洲皱眉，终于凝神打量起那张被雨水淋得狼狈的脸来。

“十二，是我呀，阮阮，顾阮阮！”她喊道。

——十二，你记住啦，我叫阮阮，顾、阮、阮！

记忆中的声音突如其来，是她！他终于想起来了。世界这么大，人与人之间偶遇的概率那么小，可他们竟然再次相逢了。在他几乎已经忘记那段记忆、忘记生命中曾经出现过这样一个人的时候。

见他怔神，她起身，从身后的背包里掏出一个东西来，在他面前晃了晃：“这块表你认识吧？是你留给我的。”

“上车。”他敛了敛神，静静地开口。车后的喇叭声已经此起彼伏，而窗外的雨，越来越大，她淋成了落汤鸡。

上了车，她才终于感觉到冷，忍不住哆嗦了下，抱着手臂打了个喷嚏。秘书体贴地将空调开高，又翻出纸巾给她：“快把外套脱了吧，擦擦头发。”

“谢谢。”她脸色有点苍白，可依旧挂着笑容。处理完一头一脸的雨水，她才终于面向着傅西洲，语调里满是欣喜：“我还以为看错了，没想到真的是你呢！十二，很高兴再见到你。”说着，她轻轻舒了口气，是庆幸，是高兴。

听到这个名字，傅西洲皱了皱眉：“你难道不知道，在车道上这样乱跑，很危险吗？”

“呃……”她抱歉地低了低头，说，“我一时心急，没想那么多。”

他不知道，当她看到他坐在车内一闪而过的身影时，心里多么震惊，多么激动，什么也没想，便冲进了雨中。她拼命地奔跑，仿佛知道，错过了这一次，可能再也没有相遇的机会。

他没有再说话。

一路无言，车厢内安静得令人无所适从。

她忍不住抬眸偷偷看他，想要开口说些什么，心里那么多的话呀，想问他，当初为什么不告而别？想问他，这几年你在哪里，过得还好吗？你的记忆都恢复了吗？想问他，有没有哪怕一次，想起过我呢？可是看到他沉默冷峻的脸，浑身散发出的“生人勿近”的冰冷气息，一腔话语，通通不知道该如何开口。

久别重逢的惊喜，大概只是她一个人的感觉吧，她想。可是，就算他令她觉得有一丝陌生，但这个人啊，是她想念了三年多的人，哪怕在梦里，也希望能再次相逢。既然上天眷顾，给了她这样的机会，她无论如何也不会再次错过他。

所以下车的时候，她问他要电话号码，在他沉默的片刻，她不给他拒绝的机会，故意说：“喂，你不会是怕我以救命恩人的身份敲诈你吧？”

话说到这个份上，秘书也在听着呢，他无法再拒绝，便将电话号码输入她手机里，迟疑了下，他在姓名那里写下了“傅西洲”三个字。她看着手机屏幕，轻轻念他的名字：“傅西洲，十二，原来你叫傅西洲呀。”她回拨过去，微笑着扬了扬手机：“这是我的号码，你存好啦，我会再联系你的！”

他并没有存她的号码，原本以为那句“再联系”也不过是说说而已，毕竟他们之间隔了三年多的时光，曾经的相处，只是人生里一段小小的插曲，他以为她跟他一样，早已将那段记忆稀释、忘怀。

然而几天后，他真的接到了她的电话，她说要请他吃饭，那晚他正好有个应酬，就算没有应酬，他也会找理由拒绝的。后来她又打过几个电话，每一次都被他用各种借口婉拒了，再傻的人都能感觉到他是故意的，偏偏她一点也不介意的样子，不知道她是真傻还是装傻，电话依旧，到最后他都烦了，索性对她的来电视而不见，清静了几天，在他以为她终于死心了后，某个中午，他走出公司，她站在大门口隔着老远就冲他招手，大声喊：“十二！”

也不知道她是从哪儿打听到的消息，竟然神通广大地找到他的公司。他实在是低估了她的耐心与执着。

有一次他心情很不好，她带着自己做的便当又来公司找他，他没来由就对她发了脾气，那是他第一次对她发脾气，厌恶之情那么明显，她的眼眶里蓄满了泪水，但她竭力克制着不让它们掉下来，她背过身深深呼吸，过了一会儿才转过身，对他说：“十二，我以前没有喜欢过别人，也不知道该怎么去喜欢一个人，甚至像这样拼尽全力去做一件事，也是头一次。但是我会努力学习的，所以，请你别责怪我的笨拙与鲁莽，好吗？”

她将便当盒推到他面前，说：“心情再不好，也要吃晚饭的，否则胃会变坏。”

说完，她就匆匆地离开了。

看着她仓皇离去的背影，他一腔怒火，忽然就泄气了，随之便是深深的无力感涌上心头。

自那后，她用她的方式，再一次走进了他的世界，令他困扰却避无可避。那时候她大四，学的是园艺专业，没有考研的打算，对工作也没有很大的野心，只求顺利毕业，因此多的是时间。而当一个人把所有的时间与精力都用在一件事一个人身上时，那种执念带来的杀伤力是非常强大的。更何况，那个人在她心底三年多，一千多个日日夜夜的想念，原本以为这辈子都无法再见，在茫茫人海中却奇迹般地重逢，她不舍得，也绝对不愿意再次错过。

二十一岁的顾阮阮，比之十八岁时，变了很多，身体长高了一点，头发长长了一点，面孔漂亮了一点，世界变得辽阔了一点，唯独她的感情世界，仍旧停留在十八岁的那个月夜，那个温暖的拥抱，以及那人胸膛的温度与她自己的狂乱心跳声里。

所以，她明知道傅西洲已经不是她记忆中、她心里的十二，却仍然无法阻止自己坚定地、不顾一切地朝他走过去。

她天真如十几岁情窦初开的小女孩儿，以为只要努力，付出便会有所得。

“十二，十二！”

傅西洲被惊慌的叫喊声吵醒，他睁开眼，便看到阮阮赤裸着身体站在过道里，见到沙发上躺着的他，狠狠舒了口气，脸上慌乱的表情瞬间换成欣喜，而后，意识到什么，双手掩胸，像只惊慌的兔子般，逃回了卧室。

他愣了愣，忍不住笑了。

然后，一丝苦涩涌上心头。是他，让她如此忐忑、惊慌、患得患失，而这才是他们新婚的第二天。

阮阮蒙在被子里，羞愧欲死。

但那一刻，睁开眼发觉他不在她身边的那一刻，她的睡意全无，慌乱跳起来就喊着他的名字往外跑。

她以为他又消失了。

他不知道，那一刻她是多么害怕。而在看到他的那一刻，又是多么欣喜。

阮阮的脚虽然消肿了，疼痛感也消失了，但走路还是有点不便，傅西洲打电话让服务生将早餐送到房间来，电话接通还没开口，就被阮阮将话筒抢了过去，快速订了早餐，挂掉电话对一脸诧异的傅西洲眨眨眼：“这酒店上上下下全是我外公的眼线呢！”

傅西洲不禁失笑："你想将我藏起来？"

"呃，不是啦，你也知道呀，我外公现在在气头上呢，你昨天来这里，他应该还不知道。"

她这是典型的掩耳盗铃呢，除非他一直待在房间里不出去，否则怎么可能瞒得住她外公那只老狐狸！更何况，他也没想隐瞒，发生的事情也不是隐藏或者敷衍就能一笔带过的。

他转移了话题："你护照带了吗？"

阮阮摇头："没有。"走得那么匆忙，心不在焉的，哪儿还记得带上护照签证，她对意大利的蜜月之行本也没抱期望。

"让你朋友帮你快递过来吧。"

阮阮想了想，说："蜜月地点我们换其他地方好不好？"

他点点头，也没问是去哪里，说："你安排吧，不过我只有七天假期。"

阮阮说："够了。等我的脚伤彻底好了，我们再出发。"

吃完早餐，她让他陪她去了学校，宁城农大在近郊，离酒店很远，傅西洲叫了酒店的租车服务。

阮阮的毕业论文写得差不多了，来学校其实并没有什么事情，她只是想带他来看看，这是她生活了四年的地方。

她带他去花圃基地，看她亲手培育种植的花，有的刚刚发芽，有的已经开了花，她蹲在那些花花草草前面，专注地为它们浇灌、用毛巾仔细地擦拭叶子，又温柔又虔诚，仿佛对待自己心爱的孩子。

在傅西洲的世界里，植物是办公室里净化空气的装饰品。他在花圃里转了一圈，蹲在她身边，问她："你为什么会选择念园艺专业？"在他看来，这个专业，没什么大用处。

阮阮侍弄着花草，头也没抬地随口道："因为喜欢啊。"

这是个情理之中的答案，但她从小在阮家这样一个商业世家长大，阮荣升竟然允许她念这个专业，她可真受宠，也真幸运。他想起很多年前，自己的大学与专业，都别无选择。

阮阮转头望着他，又认真地补充道："相比复杂的人，我更喜欢与植物打交道，虽然它们不能说话，你开心的时候不能同你一起笑，你难过的时候也不能开口安慰你，但它们是有灵性的，真的，你对它好，付出一百分的用心，它也一定回报你百分百的诚意，给你它最美的一面。而人呢，却并不一定能这样。"

在此刻，傅西洲听着她这番关于花草的话，只觉得是一个热爱植物的女孩子的一腔傻话，这些脆弱的花花草草，哪来的什么灵性啊？花有期，一岁一枯荣，甚至更短。要到很久后，他才蓦然醒悟，这番话，仿佛谶言，她和他之间的谶言。而说出这番话的女孩，她不是傻，她的心性，又通透又纯粹。是他终其一生，再也遇不到的简单纯粹。

午饭他们就在学校食堂吃的，她带他去的是口味最好的三食堂，这里的大师傅烧的红烧鱼，是阮阮的最爱。她有一阵子没吃过了，说起来竟然忍不住吞了吞口水。

傅西洲看着她的模样，忍不住笑了。他打量着食堂里三五成群、嘻哈喧闹的学生们，这个世界，青春张扬，既热闹又相对简单，阮阮属于这里，而他，置身其间，只觉得浑身不自在。但他还是让阮阮坐下来等，他端着盘子去排队打饭。

阮阮撑着手臂，视线追随着他的身影。他不同于平时的西装革履，休闲的开衫毛衣与裤子，很简单的装扮，在一群学生里，身姿依旧出众耀眼。他跟着人群慢慢挪动，他在为她排队打饭，就好像无数普通的校园情侣，下了课，一起来食堂，她点好自己爱吃的菜，然后坐在餐桌边等，他耐心地去排队买回来，无限温柔地将餐盘放在她面前，眼中带笑宠溺地说一句："快趁热吃吧。"

她傻傻地笑起来。这一幕啊，她曾幻想过无数无数次。

饭后，阮阮本来想带他在学校里逛一逛的，他看了眼她的脚，说："下次再逛吧。"

下午回到酒店，阮阮接到了阮荣升的电话，她叫了声外公，就将话筒放得远远的，结果预想中的教训并没有传来，那边沉默了片刻，一声浓重的叹息："你啊你！"

阮阮眼眶一酸，知道外公是原谅了她。

"你把电话给傅西洲，然后去卧室待着。"阮荣升正声说。

那通电话并没有讲很久，五分钟后傅西洲就推开了卧室的门，她急问："外公怎么说？有没有骂你？"

"没有。"他淡淡地说。

她狐疑，试图从他的表情里看出些什么，可什么也看不出来。

她还想再说什么，他已经转移了话题："晚饭就在酒店餐厅里吃，好吗？"

阮阮点点头，忽然就涌上一股无力感。

她以为经过昨晚，他们应该会变得亲近一点，可她却沮丧地发觉，身体上再亲密，她似乎还是走不进他的世界，因为他拒绝她的靠近。人果然是贪心的，对吗？以前，她只要能与他在一起，能每天看到他，就满足了。可现在呢，她想要走进他的世界，想要了解他所有的过往，想要分享他的喜怒哀乐。

“我有点累，想睡一会儿。”她躺下来，拉过被子蒙住头，悄悄地叹了口气。也许，还需要一点时间吧。只有这样安慰自己，心里才能好受一点。

通话后，阮荣升找人把阮阮的手机还给了她，禁足算是解除了。

过了两天，阮阮的脚伤终于彻底痊愈。

她选的新蜜月地点，就在宁城郊外的一片竹林里，竹林深处有一座千年古刹，还有一个瀑布。

山上没有住宿的地方，傅西洲听到他们要搭帐篷露营时，有些震惊，她的蜜月方式，也太独特了吧！但既然他说过了，一切由她做主，便也没有反对。

车子开了快两个小时，终于抵达山脚，他们需要步行一段路上山。攀过一段弯弯曲曲的石阶，便进入了竹林，这是一片辽阔而稠密的竹林，清晨的阳光从树叶间丝丝缕缕地洒下来，光影斑驳，空气里弥漫着竹叶淡淡的清香，微风一吹，阮阮忍不住闭眼，深深呼吸。

她转头，对身后的傅西洲说：“我第一次陪教授来的时候，就特别喜欢这里。”

如果不是机缘巧合跟教授一起来过，她也不知道在繁华喧闹的宁城还有这样一个宁静美妙的地方。她上一次来是去年盛夏，教授与竹林寺庙里的住持是老朋友了，因此得以在寺庙里留宿了一晚。那个夜晚，她在竹林间，看到了有生以来最美的夜色。

他们找了个地方扎营，傅西洲与阮阮都是第一次户外露营，帐篷是临时租的，虽然在户外用品店看着店员演示了一遍，但实际操作起来，还是手忙脚乱的，折腾了许久才终于弄好。

阮阮疲惫地往软垫上一躺，打了个滚儿，开心道：“哇哦！终于实现了野外露营的心愿！我求了风菱好多次，她就是不肯陪我一起。”她坐起来，望着看她打滚而神色怪异的傅西洲，嘻嘻笑着说：“十二，还是你好，走，我请你去喝最好喝的茶。”

竹林深处的那座古刹里，除了大殿壁上刻着的年代久远的珍贵华美的壁画，最令阮阮念念不忘的，就是住持师父煮的茶了。上一次离开的时候，住持师父对她说过，小姑娘，你任何时候来，我都煮茶给你喝。事后教授说她有福，要知道住持师父的这杯茶，不是谁都能喝到的。

第一次见面时，她还是跟在教授身边的小女孩儿。时隔数月，再次见面，她已嫁为人妇。

廊檐下，阮阮静静坐在石凳上，看着住持师父手起手落，缓慢地从陶罐里拿出茶叶，缓慢地将水注入陶杯中，水是山涧的泉水，清澈冰凉。她看了一眼站在回廊尽头的傅西洲，轻轻问住持："师父，您可以帮我抽一支签吗？"

住持师父手中动作不停，也没有抬头看她，嘴角依旧挂着淡淡的微笑，语调波澜不惊："既然一开始就信你自己，那么，就继续信自己的心吧。"

第一次来的时候，教授问她，要不要抽一支签，这里的签，很灵的。她想也没想，就婉拒了，她还记得自己当时的回答，她说，不用了，相由心生。

阮阮微微一笑："是，您说得对。"

住持师父泡好了茶，站起来，对她说："小姑娘，这壶茶，就当贺你结婚了。"

"谢谢师父。"

古刹有一种不动声色的力量，令人不由沉静、安宁，时光变得缓慢悠长，傅西洲站在回廊下，静静地望着远处的密林。

"十二。"她软软糯糯的声音从身后轻柔地传来。

他回过头，看到廊檐下，石桌旁，袅袅升起的茶雾中，那个女孩儿正朝自己望过来，亮若星辰的眸中盛着盈盈笑意，温柔地看着他。空中有清风拂过，吹动廊檐上的铜铃，叮当！叮当！一下一下，清脆而曼妙。

他的心，在那一刻，忽然被一种陌生的情绪击中，变得轻盈、柔软。那些缠绕在他心里纷纷扰扰的事情，仿佛都变得不重要了。

他微微笑着，朝她走过去。

来之前，阮阮就说过，竹林里有大惊喜。他追问，她神秘兮兮地不肯告诉他。

晚餐他们是在古刹里吃的素食，一份豆腐、一份蔬菜、两碗米饭，简简单单。阮阮吃得很香，傅西洲却没什么胃口，他是肉食主义者，口味也重，不太习惯这样的清淡。

夜色愈深，古刹里没有通电，还保留着原始的照明方式，灯笼映照出的灯火影影绰绰，山峦寂静，才八点钟，仿佛已是夜深人静。

阮阮从背包里掏出一只大照明灯，在傅西洲面前晃了晃："走喽，带你去探竹林夜色里的秘密。"

她打着手电筒，照着脚下的小路，他跟在身后，深一脚浅一脚地慢慢走着。恍惚间，好像又回到了多年前，在暮云古镇的树林里，他们一起去为风声捉野兔。

"风声的病好了吗？"他忽然问道。

阮阮愣了下，这是他第一次主动说起那段记忆里的人与事，她轻快地答道：“嗯，好很多了，后来他做了手术。”

他“嗯”了声，又沉默了。

“他一直记得你，还总问我你的消息呢。”阮阮说。

沉默了片刻，他说：“有时间去看看风妈与他。”

“真的啊？”阮阮惊喜地转头望着他。

他点点头。那段记忆，随着她的出现，已经不可能被抛弃、被忘却。

“嘘！”她突然停下脚步，指着前方不远处的密林，欣喜低声喊道，“十二，你快看！”

他抬眸望去，瞬间一呆。

只见高耸茂密的竹林间，成群结队的萤火虫飞舞其间，发出星星点点的光亮，轻盈地舞动着，画出一条条宛如银河的光带，在这夜色里，美得如梦似幻。

阮阮关掉手电，又打开，朝夜空中晃了晃，如此反复。片刻，大片大片的萤火虫循光而来，聚集在他们的上方，飞舞着、盘旋着、闪光着。

他见过世界各地的璀璨夜色，却从不知道，有一种夜色，可以美得如此寂静、轻盈、曼妙，令人心思一点点沉静。

他侧头去看她，只见她仰着头，嘴角微微扬起，眉眼弯弯，视线随着那些飞舞的精灵轻轻转动。仿佛感觉到他的视线，她偏头望向他，轻声似呢喃自语般地说：“十二，你知道吗，当我去年第一次在竹林里看到这么美的画面时，我就在想，将来我一定要跟我爱的人一起来看萤火虫，这是我觉得最最美的夜色，我想跟他一起分享。十二，谢谢你。真的。”她牵过他的手，紧紧握在手心里，不等他回答，已偏过头去，仰望着夜空。

是在这一刻吧，傅西洲侧头久久凝视着她，将她恬静的微笑收入眼底，在心里做了一个决定，他不能把她拉进他的世界里来，那个世界里，有阴谋、争夺、背叛、冷酷、虚情假意、尔虞我诈，甚至鲜血横流，唯独没有温情，更容不了简单的一颗心。

他自以为是对她的保护，却不知道，这恰恰是他残忍的地方，他从来没有问过阮阮，她是否愿意走进他的世界里。

因为在他心里，他始终没有把她当作患难与共的妻子。他们的婚姻，是她的执着，是他的顺势而为。

同一时间，莲城，傅家老宅。

灯火通明的宅子里，唯有最边上那栋房子的三楼书房里，灯光昏暗，只开了一盏落地台灯，光影下，散乱着一摞照片。最上面那张，场景是酒店餐厅，流光溢彩的水晶灯下，照片里的女孩子笑容比灯光更璀璨，正抬起手，拿着纸巾帮对面的男人擦拭残留在嘴角的东西，男人似是不习惯这样的接触，头微微一偏。

书桌后的男人静静地看着桌上那摞照片，面无表情。许久，他拿起最上面那张，又看了看，忽然笑起来，那笑却是极冷的。他伸手，轻轻弹了弹照片上那张面孔，玩味地低喃："顾阮阮，你到底是个怎样的女人呢？是真傻呢，还是装傻呢？"

放下照片，他拨了通电话，沉声吩咐道："让乔嘉乐明天上午到公司来见我。"

第二天，他们又走了很远的路，去寻找瀑布。在山上露营到底很多不便，她是无所谓，但她担心傅西洲不习惯，所以行程只安排了两天一夜，看完瀑布就回市区。

上次来的时候，因为时间关系，她没有去过瀑布，找住持师父问了大致路线，他分明说不远的，可他们走了整整两个小时才找到！

浑身疲惫，在看到阳光下澄澈的水花飞舞时，她又瞬间元气满满了。她蹲下身，掬了一捧水就喝起来。

"这个水能喝吗？"傅西洲皱眉问。

"很甜呀！你要不要喝一点？"

他赶紧摇头，他的肠胃不太好，几乎不能喝生水。

她哈哈笑，说："你帮我拍一张照片吧！"

她掏出手机，正准备递给他时，一条彩信跳进来，她顺势打开，是一张照片。

"啪嗒"一声，手机从她手中跌落，径直掉进了水里面，沉入水底。

"阮阮？"他正等着她递手机给他，没想到转眼她的手机就掉进了水里，而她，却仿佛没有意识到一样，呆怔地蹲在那里，脸色苍白无比。

"阮阮？"他又叫了她一句，走到她身边，将她拉起来，"怎么了？"

"啊……"她终于回过神来，看着他，一脸的失魂落魄。

"发生什么事了？"

"哦……没、没什么啊……"她呆呆地说，试图露出一个笑容，可没有成功。她不太懂得掩饰情绪，所有的喜怒哀乐都明明白白写在脸上。

他自然不信，但他知道，大概也问不出个所以然来。他回头看了眼手机跌落的地方，说："手机就算捞起来，也不能用了。回头买个新的吧。"

"嗯。"她点点头，"我忽然有点不舒服，我们回去吧。"

说完，她转身就往回走。她步子迈得飞快，他在身后喊她的名字，她不理会，只是拼命走，拼命走。

她不敢回头，她不能回头，她不想让他看到她此刻满脸的泪痕。

她不知道到底怎么了，在她刚刚感觉到一点幸福时，就总有意外跳出来，击碎她的心，张着血盆大口嘲弄着她：你看，你看，你感觉到的幸福，压根就是不真实的，就是一场梦，虽美，却脆弱。

莲城，凌天日化集团。

乔嘉乐站在二十九楼的副总办公室里，举起手机，对着三分钟前发送出去的一张照片，按下Delete键。

她抬起头，对临窗而坐背对着她的男人说："傅总，我可以走了吧？"

片刻，傅云深才淡淡出声："明天就来凌天设计部报到吧。"

乔嘉乐转身，走到门口时，忽又折回，她仰起妆容精致的脸庞，说："别以为一个小小设计师的职位就能让我为你办事，我说过的，我做这一切，全是为了我姐姐。"说着，她咬紧嘴唇，眸色渐深。

傅云深没接腔，只挥了挥手。

乔嘉乐瞪了眼他，转身出去。

屋子里静了下来，只有他的手指轻轻叩着椅子边缘的声音，一下一下，耐心而有节奏。

过了许久，他终于转身，缓缓移动着轮椅，滑到办公桌后，轻轻敲了下电脑键盘，待机的屏幕亮起来，一张照片赫然映入他眼帘。

他看着那张照片，嘴角勾起一抹淡笑，顾阮阮，这一次，你又将做出什么决定呢？你还会再次原谅他吗？

我忽然好期待呢！

第四章 她唱着一支孤独的歌，在荒野听如风筝

这世间虽有千百种爱的诠释，
可对她来说，
爱一个人就是，
明知爱他会令自己伤筋动骨，
却依旧无法停止。
爱是情不自禁，不由自主，
他静静站在那里，什么都不用说，
你就想朝他走过去。

刚进酒店，大堂值班经理就朝他们走了过来，“顾小姐，傅先生，阮董来了，在等你们。”

阮阮一愣。外公怎么来了？忽然想到了什么，她脸色微变。

经理领他们上去，进了电梯，阮阮按了他们住的楼层数，说：“我想先回房间去洗个脸，十二，你等我，我们一起上去。”

站在浴室里的镜子前，看着镜中人苍白的面孔，她从包里翻出一支口红。她是从不化妆的，这支口红是风菱去年圣诞节时送她的礼物，两人一人一支，一模一样的。她就在圣诞节那天用过一次。这支口红的颜色很娇艳，她抹在毫无血色的嘴唇上，令她的气色瞬间好了许多。她伸手捏了捏脸颊，扯动嘴角，露出一个笑容来，然后转身走出去。

傅西洲看到她擦得娇艳的红唇，愣了愣，蹙眉说：“这个颜色太艳了，不适合你。”

阮阮低了低头，说：“走吧。”

阮荣升在酒店顶层有专门的休息室，阮阮推门进去，他正站在落地窗边，背对着他们，对他们的招呼声置若罔闻。

阮阮走到他身边，笑着问："外公，您怎么突然来了啊？也不说一声。"

阮荣升没有接腔，转身拿起书桌上的一摞东西，"啪嗒"一声，重重地砸在桌面上，他望向傅西洲，怒道："你给我解释下，这些是什么？"

阮阮离书桌很近，一眼扫过去，散落在桌面的数张照片全数映入眼帘。其中一张照片，同她手机上收到的那条彩信，一模一样。

她身体忍不住微颤了下，咬紧嘴唇，如她所猜测的那样，外公果然也知道了，他是为此而来。

傅西洲走到桌边，拿起那摞照片。

他脸色瞬间就变了。

照片里的人物与场景，他一点也不陌生。医院的门口，他从救护车上抱下一个年轻女子，女子脸色惨白，紧闭着眼，长长的卷发垂落在他手臂。他抱着她匆匆走在医院大厅里。他在窗口办理住院手续、缴费。他低着头在手术同意书上签字。他倚在手术室外的走廊窗台上抽烟……一张张照片，一帧帧连拍，将他一系列的表情都生动地抓拍了下来。

照片右下角有显示拍照时间，正是他们举行婚礼的那天。

房间里一时静得可怕。

阮荣升一掌拍在桌子上，吼道："你说你没能出席婚礼，是因为你妈妈出事了。这照片里的人是你妈妈？傅西洲，我都不知道你什么时候有个比你还年轻的妈妈了！"他指着傅西洲，手指发抖，脸色因愤怒而微微潮红。

两个男人离得很近，阮荣升的手指都快扫到傅西洲的脸上。

阮阮走上前，挡在傅西洲身前，"外公，您先别生气，您身体才刚好呢，别气坏了身子。"

阮荣升瞪她："你给我让开！"

她站着不动，侧身从傅西洲手里拿过那摞照片，一张一张看过去，然后抬起头冲阮荣升笑着说："您就为这几张照片这么生气啊？我知道这件事呀，西洲已经跟我解释过了。"她的语气又轻松又随意。

傅西洲一怔。

阮荣升也是一怔："你知道？"

她依旧笑着："是啊，我知道。而且，也是我让他跟您说，他之所以没能出席婚礼，是因为他妈妈出了事。外公，您别怪他，要怪就怪我吧。"她低下了头，一副做错了事的模样。

她背对着他，傅西洲看不到她的表情，但她低头温顺的瘦削背影，令他心里忽然就有点难受。

阮荣升沉吟了下，厉声说：“丫头，抬起头，看着我的眼睛。”

阮阮握紧手指，抬起头来，直视着老人宛如豹子般的冷厉眼神，“扑哧”笑了。她靠过去拽着他的手臂：“外公，您干吗呢，玩心理战呀？别说我啦，任何人在您的眼神下，都会主动投降的！”她其实很少对阮荣升撒娇，她也不擅长做这种事，但此时此刻，她顾不得了，也别无他法。

见她这样，阮荣升表情柔和了一点，外人都传他冷酷，就连对唯一的孙子都毫不手软，确实是这样，但对阮阮这个外孙女，却例外。

他望向沉默不语的傅西洲，哼道：“我不是小女孩儿，别以为三言两语就可以把我糊弄过去。”他指着照片，“你说，这女人到底是谁？”

傅西洲刚想开口，就被阮阮打断了。

“啊……”她低呼一声，手捂着腹部，弓着身子蹲在地上，神色痛苦。

“阮阮？”傅西洲蹲下身去，扶着她的肩膀。

“丫头，你怎么了？”阮荣升急问。

“我……肚子……好痛……”她说得极为吃力。

阮荣升急声吩咐：“快，快，把她抱到床上去。赶紧叫医生。”

傅西洲抱起她正准备送到卧室的床上，阮阮忽然抓住他的手，在他手臂上使劲掐了下，微喘着气说：“外公……我要回我的房间……”

傅西洲一愣，然后全明白了。

阮荣升不疑有他，只说：“那快抱她下去，我打电话叫医生。”

出了门，一切疼痛症状自动消失。她舒了口气，想下来，却被傅西洲紧紧抱住。

他一言不发地抱着她走进电梯，下楼，进房间，然后放到床上。

她躺在柔软的被子里，让绷紧的身体一点点放松下来，她闭眼，轻轻地叹了口气。

她不擅长撒谎，更别说在阮荣升面前演戏了，她紧张得手心都出了汗，如果再不离开，她真的担心自己无法继续演下去了。

心里明明那么难过的啊，还要假装微笑，这实在太难了。

她睁开眼，对上傅西洲的视线。他坐在床边，正眨也不眨地望着她，幽深的眸中，看不清他的情绪。

她轻轻地开口："你知道吗？这是我第一次对外公撒谎。"她扯了扯嘴角，露出一个自嘲的笑："我最讨厌的就是谎言，没想到我自己有一天竟然也可以如此自如地说。我忽然发现，有的时候，谎言能让事情变得简单。"

"对不起，阮阮。"傅西洲低声说，他双手掩面，这句"对不起"连他自己都觉得无力，他似乎总是在对她说对不起，可仍旧一次又一次带给她伤害，"那些照片……"

"十二！"她打断他，"医生怎么还没来？我是真的有点儿难受，大概是昨晚露营的时候着凉了，你先去帮我买点感冒药，好不好？"

"阮阮……"

"快去啦，酒店附近就有个药房。"她翻了个身，用被子蒙过半张脸，"我头晕，先睡一会儿。"

他沉默地看着她，过了很久，才起身去买药。

脚步声渐渐消失在房间里，阮阮从被子里探出头来，她望着天花板，呆呆发怔。

她承认，自己就是个胆小鬼。不是不想，而是不敢听到他的解释。照片上那个女人是谁？她疯了般想知道，可她又那么害怕听到答案。能让他抛下他们的婚礼而赶过去的女人，答案不言而喻。

她闭了闭眼，强忍了许久的泪水，终究不争气地滑落下来，打湿了枕头。

她不是没仔细想过他们之间的关系，她的热情，他的冷淡，她的郑重，他的漫不经心。她以为他性格如此，总有一天，她会打动他。她想过很多种情况，但却从没有想过最最重要的一点，也许曾想过，但她选择了忽略，那就是，他并不爱她。

直至这一刻，她才忽然醒悟。

原来，他的心里早已有了另外一个女人。

可是，令她更痛的是，她明知如此，却依旧无法不去爱他，无法放开他。"爱"这个字，写起来如此简单，这世间却有千百种诠释，别人是怎样的她不清楚，可对她来说，爱一个人就是，明知爱他会令自己心痛、落泪、伤筋动骨，却依旧无法停止。

爱是情不自禁，由不得自己做主的一件事。他静静站在那里，什么都不用说，你就想朝他走过去。

傅西洲站在药柜前，导购小姐殷勤询问的声音忽远忽近，他心里有点乱。他以为她会质问，会发脾气，可她却什么都没做，甚至在她外公面前撒谎维护他，最后选择了逃避与缄默，这令他更难受。

电话铃声打断了他的神游。

掏出手机，他看了眼来电显示，脸色瞬间变得铁青。他走到药店外面，才按下接通键。

轻笑声透过手机传过来："我亲爱的弟弟，可还满意我送你的结婚大礼？虽然有点迟了，但我总算也没食言呢。"

傅西洲咬牙切齿："傅、云、深！"如他所料，那些照片，是他让人偷拍的。

"不用太感谢我哦！应该的。"

"有什么冲我来，我警告你，别动她！"

"哟，这话一听，不知情的人还以为你对她多深情呢！阮家那小姑娘，就是被你这种假惺惺的态度蒙蔽了双眼吧。"

傅西洲冷声说："很好，你没忘记，她是阮家的。你以为你对她动手，阮老会放过你？"

傅云深继续笑着说："我想，阮老应该会感谢我吧，帮他认清你的真面目。"他顿了顿，叹息般地说："我亲爱的弟弟啊，这世上怎么会有两全其美的好事呢，又想佳人在怀，又想事业得力……"

傅西洲狠狠地按了挂断键。

回到酒店房间，阮荣升同医生正准备离开，虽然看见了他手里的药袋，但他还是忍不住责怪道："明明知道阮阮不舒服，你还让她一个人待着。"

他还没说什么，阮阮的声音就从卧室里传出来："外公，是我让他去帮我买药的。"

"你呀！懒得管你了！"阮荣升气呼呼地离开了。

他倒了开水，拆开药片，喂到她嘴里。

阮阮皱着眉吞下药片，"好苦啊。"

他伸手探了探她的额头，有点发热了，她的脸色也比之前更苍白，"感觉怎么样？要不要去医院？"

她摇头："不要。刚刚医生也看过了，只是有点小感冒而已，吃颗药睡一觉就好了。我讨厌去医院。"

他帮她盖好被子，"你好好休息，我就在外面。"

他起身的时候，她忽然伸手拉住他："十二。"她往床里面移了移，仰头望着他，大概是生病的缘故，她的声音娇娇的："你陪我。"

“好。”

他上床，顺手将床头的台灯关掉，还是傍晚的光景，但因为放下了厚重的窗帘，灯一关，房间里立刻漆黑一片。

他们并排躺在床上，阮阮拉着他的手一直没有放开，她也没有靠近他，就只是那样牵着他的手。她手心温热，而他的指尖却是凉凉的，她握着好久，却怎么也握不热。

她没有说话，他也没有开口。

静谧漆黑的空间里，只有彼此绵长的呼吸声。

良久，她低低的声音响在他耳边。

“十二。”

“嗯。”

“仅此一次。”

他知道她在说什么，沉默地等待着她的下文。

“我这个人很笨的，决定相信一个人后，就会一直相信他。”

“所以，请你不要再骗我。”

“永远，永远都不要。”

他听到了哽咽声，虽然她已经竭力在控制，但她的泪水不可遏制地涌出来，汹涌地爬满了她整张脸庞。

她咬紧唇，任眼泪在黑暗中肆无忌惮地流淌。

忽然，她脸上一重，他的手掌覆在她脸上，接着，她整个人都被他捞到了怀里。

他抱着她，闭了闭眼，沉沉的声音在她头顶响起：“好，我答应你。”

人在某种特定的情境下，很容易就走神，做出一些连自己都觉得意外的事情来。后来傅西洲总在想，那个傍晚，自己为什么会对阮阮许下那样一个承诺。要知道，谎言在一开始就在他们的世界里存在了，而在往后，要做到永远不对她撒谎，哪怕是善意的谎言也不能说，这几乎是让他把自己赤裸直白地敞开在她面前。

于他来讲，这真的是个非常非常沉重的承诺。但他在那一刻，听到她轻如羽毛般的声音，听到她压抑的哽咽，手掌覆在她汹涌的泪水上，她蜷缩在他的怀抱里、紧紧地抱着他时，她传递而来的那种信任与依赖，令他走了神，令他心里忽然变得特别柔软。而说出那个承诺的男人，仿佛是灵魂出窍的另一个他。

而阮阮，因为他的拥抱，以及这个承诺，她再一次选择了原谅。

她要的真的不多，只是难过时的一个怀抱。这个傻傻的女孩儿，只要给她一点点温情，她就可以在伤害中满血复活。

阮阮的感冒不是很严重，吃了药，睡一觉起来，就恢复了。

她去学校交论文初稿，她的成绩虽然不是最拔尖的，但这四年来，从不缺课，每次作业也交得及时且又完成得还不错，加上她性格温婉安静，带她的林教授对她印象很好，见了她，就忍不住多聊了几句，见她没有留校考研的打算还有点惋惜。

“以你的成绩，努力一下，升本校研究生完全没有问题的。”林教授说。

阮阮说：“我想回老家。”

林教授表示理解：“那工作呢？你有什么打算？”很多大四生不是在实习，就是已经签下了单位。

“莲城有中南地区最大的花卉培育基地，我想去那里工作。”

林教授说：“你说的那个基地，我有个老同学正好在那里工作，要不要我帮你写个推荐信？”

阮阮摇头：“谢谢老师，不用了，我想自己先投简历试试看。”

这个安安静静的女孩子，真的是让她刮目相看，从来都是不卑不亢，不奉承也不强争，林教授欣慰地点点头：“论文我看了再联系你吧。”

阮阮转而去了女生宿舍。自从她与傅西洲重逢后，就长时间待在了莲城，宿舍里其他三个女孩子在大四下学期纷纷找到了实习的单位，也很少待在宿舍里。她与她们的关系，和睦但不亲密，就连她结婚，都没有告诉室友们。她看起来很好相处，会加入女生们的话题，谁需要帮忙只要在她能力范围内的她二话不说，但却再也没有人能如同风菱一般，走进她的内心深处，与她无话不谈。

这么多年来，她只得风菱一个密友，但于她来说，足够了。

宿舍里如她所料，没有人在，四张床位，只有一张下铺是铺着被子的，但看情形，它的主人也有好多天没有回来住过了。阳台上她们一起种植的盆栽，倒是依旧郁郁葱葱的。

阮阮在宿舍里转悠了一圈，给所有的植物一一浇过水，然后将宿舍打扫了一遍，才离开。

她下楼，去宿管处退了宿舍钥匙。她站在小径上，回头望着这栋住了快四年的房子，离愁就那么猝不及防地涌了上来。

再见了，我的青春时光。

傅西洲与阮阮当天下午就飞回了莲城。

刚下飞机，傅西洲就接到傅凌天的电话，让他带阮阮回傅家老宅吃晚饭。婚礼一事，傅家自知失礼，但以傅阮两家在莲城的声望，隔着几天又补办一场婚礼，也是不太可能的。因此傅凌天才会亲自在家设宴，向阮家赔罪。

傅西洲说："我先回公司处理点事情，你也回家把要搬过去的东西收拾一下。我晚点过去接你。"

阮阮点点头，其实要搬去他们新家的东西在婚礼前一晚就都收拾好了，她的东西不多，就一些随身衣物。

司机先送傅西洲回公司，下车时，阮阮忽然叫住他。

他问："怎么了？"

她朝驾驶室望了眼，而后伸手搂住他的脖子，飞快地在他嘴唇上亲了一下。

他身体一僵。

她已迅速退开，低着头轻声说："我等你。"

风菱听说她晚上要出席家宴，便主动跑过来帮她选衣服与化妆。

阮阮觉得她有点隆重了，一家人吃个饭而已，干吗还要特意打扮啊？

风菱瞪她一眼："就说你傻吧，傅家那种家庭，最注重脸面，哪怕在家吃饭，那也得打扮得漂漂亮亮的啊，这是礼仪！"她顿了顿，说："更何况，这也算是给你与傅西洲补的一个小仪式吧，正式见家长呢！你必须漂亮！"

"真麻烦。"阮阮受不了地坐下来任她折腾。

风菱帮她带了件裙子来，草绿色长裙，款式简洁却不失精致，不会显得很成熟，但也不失淑女风范，纯粹的绿色很衬阮阮白皙的皮肤。齐肩黑发披散下来，安安静静的秀逸，仿佛初夏里一抹清风。

风菱忍不住"哇"了一声："快请我做你的私人设计师吧，大小姐！"

阮阮嗔道："才华横溢的风大设计师，我可请不起哦！"她扯了扯裙子，浑身不自在："还是衬衣牛仔裤舒服啊。"

风菱白了她一眼，帮她整了整裙子，摸着她细瘦的腰身说："怎么感觉你又瘦了？还有脸，感觉也瘦了。人家度蜜月回来都是面色红润，你怎么气色这么不好啊？"风菱想到什么，附在阮阮耳边坏笑道："你家老公虐待你了？瞧你这小身板……"

"什么呀！"阮阮的脸忍不住红了，瞪着风菱，"你呀，是一日不见如隔三秋吧，太想我了，所以觉得我这也瘦了那也瘦了。"

“是啊是啊！”风菱哈哈大笑，忽然想起什么，“对了，你赶紧给你哥哥打个电话吧，他联系不上你，就不停地找我，我都快被他烦死了。”

因为顾恒止对这桩婚礼的反对，以及他对傅西洲的态度，阮阮离开后就一直没有同他联系。

这下被风菱说起来，她倒真的有点内疚了。

电话打过去，她刚叫了句“哥哥”，顾恒止就在那端哼道：“哥哥？谁是你哥哥啊？别乱喊。”

“好啦，我亲爱的哥哥，我知道你最最最最好啦，我错了，你就别生我的气了好不好？”也只有在顾恒止面前，她才用这种小女孩般的语气撒娇，仿佛小时候那样。

风菱在一边听得直抖鸡皮疙瘩。

每次犯了错或者有求于他，她总是用这样的语气，偏偏顾恒止拿这个时候的她最没有办法。每次她这样，他都毫无抵抗力，他在心底叹口气，这些天来所有的坏情绪顷刻都消失了。

他恶狠狠地骂道：“你这个没良心的臭丫头！”

阮阮知道他是原谅了她，嘻嘻一笑：“哥哥教训的是！”

“今晚请我吃大餐谢罪，哼！”顾恒止说。

阮阮说：“今晚不行，傅西洲的爷爷请吃饭，我外公也在，我不能缺席的。”

顾恒止一听，什么都没说，“啪”的一声挂掉了电话。

半个小时后，顾恒止出现在阮家。

他看到阮阮换好了礼服，还特意化了个淡妆，神色更冷了几分。他对正在收拾化妆包的风菱说：“风菱，麻烦你先出去一下，我跟阮阮有话说。”

“哥哥，叮当又不是外人。”阮阮皱眉，其实顾恒止想说什么，她心里很清楚。

风菱拉了拉她：“软软，你们聊吧，我先走了。”

阮阮看着顾恒止，严肃又郑重地说：“哥哥，我知道你想说什么，但我不想听。”

顾恒止提高声音：“阮阮！”

“那个人，是我自己选择的。这桩婚姻，也是我心甘情愿的。哥哥，请你尊重我，并且祝福我。”她微微仰着头，神色坚定。

他看着她，眼前这个一脸倔强的女子，真的是他心里那个任何时候都淡然、散漫，对很多东西都不争、无所谓的小丫头吗？

这一刻的她，令他觉得好陌生。

一腔说辞，忽然就变得很无力。

他转身，甩门离去。

“哥哥……”阮阮叹了口气，她知道他是担忧她，心疼她，可是，很多事情，如人饮水，冷暖自知。

顾恒止将车开得飞快，傍晚时分的莲城，主干道上的交通已经开始拥堵，他被堵在路中间，看着前面长长的车队，不耐烦地狂按喇叭，可车子依旧以龟速在移动。

他猛拍了下方向盘，掏出烟盒点了支烟。

在烟雾缭绕中，他深深呼吸，心里的烦闷却依旧不减。

他微微闭眼，便想起阮阮倔强的脸。

从什么时候开始，他心里那个小丫头已经悄悄长大了。他一直把她当作小女孩般照顾、呵护、宠爱，他一直对自己说，她还小，再等等，再等等。可最后，等来的却是，她欣喜地对他说：哥哥，我要结婚了。

犹如一记惊雷，将他的心炸了个鲜血横流。

他掏出手机，拨通一个电话：“喂，下班没有？喝一杯？”

电话那端不知道说了什么，他苦笑着说：“就当陪哥们儿，算我欠你个人情。嗯，老地方见。”

他跟着车流慢慢移动，抵达约定的小酒馆时，已是华灯初上。

这是一家日式小酒馆，环境清雅、安静，照明用的是日式酒屋常见的灯笼，温暖的灯光扑下来，令人放松，这里有最正宗的清酒与日本料理。顾恒止很喜欢这里，想喝一杯的时候，都会与朋友约在这里。

他约的人已经到了，临窗而坐，正望着窗外，端着一杯酒小酌。

“在想什么呢，傅情圣！”他拉开椅子，在对面坐下来。

傅希境回过头来，打量了他一眼：“谁惹我们顾大少心情不好了？”竟然以欠他个人情求他陪他喝一杯。

顾恒止给自己倒了杯酒，慢慢饮了一口，说：“阿境，没想到我们有一天竟然还做了亲戚。”

“嗯？”傅希境愣了下，而后才恍然，哦，刚刚嫁入傅家的那个小丫头姓顾，似乎是顾恒止的堂妹。而傅西洲，说起来，也算是他的堂哥。傅凌天与傅希境的爷爷是堂兄弟，商业世家，利益至上，上一辈就有些恩怨，莲城傅氏是个大家族，但一代代下来，又有各自的事业领域，交集不多，血亲关系渐渐就变得淡漠了。

他叹道："是啊，绕来绕去都是亲。"

顾恒止问："傅西洲那个人，你了解吗？"

原来找他喝酒是幌子，实际上是打探情报。傅希境挑眉："怎么？怕你妹子吃亏？"

顾恒止冷声说："新郎在婚礼上逃婚，吃的亏还不大吗？"

因为出差了，那场婚礼傅希境并没有去参加，但这事情被传得沸沸扬扬的，他自然也听说了。

傅希境说："我跟傅西洲没怎么打过交道。但是，圈子也就这么大，多少有所耳闻。用一句话形容他，傅西洲这个人，对别人狠，对自己也狠。"

对别人狠的人并不可怕，而连对自己都能狠得下心的人，才真正可怕。

顾恒止眸色一沉，握着杯子的手紧了紧。

抬手，他一口喝掉杯中的酒，放下杯子时，神色已恢复往常那种嬉皮笑脸，转移了话题："听说你还在找你那个小女友，有消息了没？"

傅希境动作微顿，神色黯然："没有。"

顾恒止勾了勾嘴角，摇头："这都找了有三四年了吧，啧啧，你还真是个情圣！"

"你还喝不喝酒了？"傅希境瞪了他一眼。

"喝，不醉不归！"

站在别墅外，阮阮打量着这一片灯火辉煌，暗暗咂舌，真是奢华呀！这么大的屋子，住着该有多清冷啊，她喜欢小一点的房子，空间够用就好，她在厨房里做饭，探出头就可以看到他坐在客厅里看电视，或者她一喊，书房里的他就能听到，跑出来。有个大阳台是最好的，她就可以养花。

阮阮这是第二次来傅家老宅，第一次是傅西洲对她求婚后，他带她来见傅凌天，那时候她还傻傻地问，为什么我们是见你爷爷，你爸妈呢？

她还记得当时他的反应，本就没什么表情的脸上，更冷了几分，沉默了一会儿才回答她说，傅家的事情，一向由我爷爷做主。

她虽好奇，但也没有多问。后来她从外公口中得知他的身世，说起傅西洲的父亲傅嵘，外公脸上带着淡淡的鄙夷，口气也有点不屑，说，他们傅家的男人，个个都是厉害角色，除了傅嵘，懦弱！

傅嵘是否懦弱阮阮不好妄下断言，毕竟她只见过他一次，傅西洲的眉眼跟他父亲很像，只是傅西洲更显冷峻凌厉，而傅父柔和多了。他们一起吃了顿饭，他对她很和气，找话题跟她聊天，他也很想跟傅西洲多说几句话，可傅西洲对他却始终冷淡，甚至有点不耐烦。

至于傅家的正牌夫人姜淑宁与傅西洲的大哥傅云深，她从未见过。

阮阮想起外公说的话，傅夫人是个很厉害的角色，你跟她能不碰面就别碰面，还有傅云深，千万别惹他。

她还记得自己当时笑话外公太草木皆兵，她又不住在傅家老宅，她的性格又懒，最不喜欢跟人争，我不犯人，人不犯我，和平共处就好了。

阮荣升叹口气说："你啊你！还是太天真了！"

刚走进屋子，就听到朗朗的笑声，也不知傅凌天跟阮荣升说了什么好笑的事情，两个人都开怀不已。

傅凌天看到他们，说："哟，阮老，两个正主儿终于来了。"

阮阮走过去，先叫了声外公，阮荣升指着傅凌天，嗔骂道："你这丫头，还不快叫人。"

阮阮望着傅凌天，有点不好意思地开口喊道："爷爷。"

"唉！"傅凌天朗声应了，从茶几上取过一个文件袋，递给阮阮，"给，结婚礼物，本来婚礼那天就应该给你的。"他瞪了眼傅西洲，说："是西洲浑蛋了，丫头，我会帮你教训他的。"

阮阮接过："谢谢爷爷。不过，请爷爷别再责怪西洲，我已经惩罚过他了。"

傅西洲深深看了她一眼，又很快别开眼。

傅凌天朗声对阮荣升赞道："你这个丫头啊，懂事！"他转头吩咐保姆阿姨："去叫他们过来，准备开饭。"

傅家老宅的三栋房子，傅凌天住一栋，傅嵘夫妇住一栋，傅云深住一栋，但平时吃饭却是在一起的，这也是傅凌天的要求，不准单独开伙。

一会儿，傅嵘走了进来，见了阮阮，也给她递了一份礼物，是一只首饰盒。

傅凌天见只有他一个人，便问："淑宁呢？"

傅嵘说："她说有点不舒服，不吃晚饭了。"

傅凌天哼道："不舒服？下午还好好的！我说过的，这是家宴，必须出席！"

傅嵘不敢接话。

傅凌天吩咐保姆："你再去叫她！"

过了一会儿，保姆回来，怯怯地说："夫人已经睡下了。"

傅凌天脸色更难看了，怒斥道："她真是越来越没规矩了！"

气氛一时变得有点僵。

阮阮望向傅西洲，见他神色不变，淡然地喝着茶。她又望向外公，阮荣升脸色不悦，但下一秒，他笑了起来，抬手对傅凌天说："算了，傅兄，既然儿媳妇不舒服，就别勉强了。今天是家宴，没那么多规矩。"

傅凌天说："阮老，让你见笑了。"他又问保姆："云深是怎么回事？"

话刚落，就有个声音插进来："抱歉，我来晚了。"

阮阮闻声望过去，看到来人，第一反应就是愣了愣。

那人也正望着她，眼神直接、炽热，带着打量。

阮阮赶紧回神，低了低头，为自己赤裸裸的惊诧眼神感到羞愧。从没有人告诉过她，傅云深是坐在轮椅上的。

"阮阮，叫人，这是我……大哥。"傅西洲揽了揽她的肩膀。

阮阮抬眼，神色已恢复，微笑着开口："大哥好。"

"弟妹，久仰啊！"傅云深勾了勾嘴角，轻笑，不知怎么的，阮阮觉得那笑里意味太多，而他的眼神，审视的意味很浓，令她有点不舒服。

她移开与他对视的目光。

傅凌天起身："我们去用餐吧，阮老，请！"

晚餐很丰盛，傅家的厨师有好手艺，阮阮埋着头专心于美食。反正餐桌上讨论热烈的话题她不懂，也不感兴趣，说的都是商场上的事。她零零散散地听了些，才知道原来外公在凌天日化集团有股份。阮氏做酒店起家，如今称得上是莲城酒店行业的老大，连锁店遍布全国，甚至国外也有。没想到在日化行业他们也有涉足。不过这些她不懂，也不关心，那是男人们的世界。在这个世界里，她发现傅西洲能言善辩，跟生活中他的沉默与清冷完全不一样。

她偷偷打量他，见他侃侃而谈时笃定自信的模样，忍不住就花痴了一下下，这个时候的傅西洲，真的很迷人呢！

她侧头，就撞上坐在她对面的傅云深的视线，他正饶有兴趣地盯着她，似笑非笑。

她皱了皱眉，低下头去，继续吃菜。

她不喜欢傅云深。哪怕她只跟他讲过一句话，并不了解他，但她相信自己的直觉。

饭后傅凌天泡了茶，继续餐桌上未完的话题，阮阮其实想离开了，但又不好拂了外公与傅西洲的兴致，她无所事事，就提出去外面花园里散步，顺便参观下别墅。

傅家的花园很大，被打理得很好，花团锦簇的，很美，只是，阮阮觉得大得有点冷清了，被明亮的路灯照着，冷艳不可方物。她还是喜欢风家的小花圃，拥拥挤挤地盛开在一块，人间烟火般的小热闹，让人觉得温暖。

她转了一圈，正打算进去，转身，就看到迎面滑动着轮椅过来的傅云深。

傅家的花园小径没有铺常用的鹅卵石，而是一条平坦的水泥路，轮椅滑动起来很方便，轻轻的滚动声，在安静的夜色里尤为凝重。

这里只有一条路，阮阮想躲开也没有办法，索性慢慢走过去。

“大哥也来散步呀。”就算不喜欢他，基本的礼仪她还是懂的。

傅云深不答她，指着不远处的璀璨灯火，说：“那屋子里，看起来是不是特别明亮，特别温暖？”

阮阮沉吟了下，如实回答：“是。”

傅云深轻笑了一声，抬眸望着她：“可实际上，谁知道呢！”

阮阮没作声。

他继续说着：“人也是一样，表里不一的。不，人心可比房子复杂多了。所以呀，阮家小丫头，你可得睁大眼睛，仔细看清楚了，不要被表象所迷惑。”说着他还叹息了一声。

阮阮皱眉：“我姓顾。”

傅云深一愣，随即哈哈大笑：“对，你姓顾，但你的外公是阮荣升。”

“你到底想说什么？”

“没什么，送你一句警示名言而已。”他眨眨眼，“新婚礼物。”

“阮阮？”傅西洲的声音忽然响起。

阮阮回头，看到他正朝这边走过来，她朝他挥挥手。

傅云深说：“弟妹，不介意帮我一下吧？”他指了指轮椅。

阮阮还没开口，这时傅西洲已经走到她身边了，他揽过她，替她拒绝道：“我帮你叫人。”

傅云深挑眉：“这么急着找来，怎么？怕我欺负小丫头啊？”

傅西洲淡淡地说：“以大哥的雅量，当然不会欺负一个小姑娘。阮阮，我们回家了。”

“嗯。”阮阮对傅云深点点头，“大哥，再见。”

她牵过他的手，快步离开。她一点也不想跟傅云深继续待下去。他的话里似有深意，却又句句虚虚实实的。她很不喜欢。

傅云深望着两人相携而去的背影，他轻揽着她，她依偎着他，远远看去，好一对情浓意浓的爱侣。

可实际呢？

他侧目望一眼屋子里连绵的璀璨灯火，看起来多么温暖啊，他却从未感觉到一点点暖意。

“十二。”

他专心开着车，“嗯”了声，

阮阮犹豫了下，还是决定说出来：“以后，我们能不能少来这边吃饭？”

傅凌天的专制，傅嵘的软弱，装病缺席晚餐的傅夫人，以及傅云深莫名其妙似是而非的话与探究的眼神。阮阮这个时候才终于有点明白了外公所说的话，傅家啊，太复杂了。而她，最怕麻烦与复杂的事情。

傅西洲又“嗯”了一声，“我也是这个意思。”

“十二，你真好！”阮阮倾身，开心地在他脸颊上亲了下。

“你……我在开车呢！”傅西洲微愣，偏头扫了她一眼，不过语气却不是真的气恼。

亲密的动作，她做起来，好像越来越自如了呢。

她低了低头，偷笑。

他们结婚前，阮荣升让人带阮阮去看房子，别墅、洋房、江边高层，莲城的楼盘随便她挑，送她做嫁妆。阮阮拒绝了外公的好意。傅西洲有一套江边公寓，三居室的小跃层，卧室里有大大的落地窗，窗外江岸风光一览无余，视野开阔。他们确定关系后，她去过一次，坐在宽大的露台上。看夕阳缓缓落进江面，风徐徐吹来。她瞬间就喜欢上了这个房子。更重要的是，这是他生活多年的地方，家里每一个角落，都充满他的气息。她才不要再去住一个更大更空旷却冷冰冰的新房子呢！

“十二。”

“嗯。”

阮阮看着缓缓上升的电梯，说：“我忽然有点儿紧张。”

他望她一眼：“紧张什么？”

她仰头看着他，小声地说：“马上就要到我们的家了呀，又期待，又紧张。”

他不禁失笑：“你呀，还真是个小姑娘呢！”他伸手，揉了揉她的头发，连自己都没发觉，那表情与动作有多自然亲昵。

阮阮嘟囔：“是真的嘛。叮当说，女孩子这一辈子，有两个家，一个是从小跟父母生活在一起的家，另一个呢，就是嫁人后，与爱人的家。你住在这个家的时间，远比父母的家更长更久。这是我要生活一辈子的家啊，十二，我当然期待又紧张。”

一辈子的家……

傅西洲怔了怔，一辈子，多么漫长、遥远、未知。而她，却这么轻易地说出来，这是我要生活一辈子的家啊。她对他的信任与依赖，到了如此地步。

他看着她，忽然就没了语言。

电梯“叮”一声，到了。

他打开门，做了个请的手势，情不自禁地说道：“请进，傅太太。”

阮阮一左一右提着两个行李箱，她坚持要自己拿进去。她抬头，对他俏皮一笑：“是，傅先生。”

她将行李箱里的衣服一件件拿出来，挂进主卧里的衣帽间，他的衣服移到左边，她的占据右边地盘，她拨了拨，一一整理好。她退开一点点，看着他的衣服与她的亲密地并列在一起，嘴角微微翘起来。

她换了新的被套床单，嗅着床单上淡淡的洗衣液的清香，仿佛还带着一点他身上的味道，她忍不住开心地在床上打滚，头埋进枕头里，深深呼吸。

“你在干吗？”他洗了澡出来，讶异地看着她的怪异姿势。

她弹起来，嘻嘻笑：“没什么！我去洗澡！”一溜烟跑到浴室去。

洗完澡出来，她擦着湿漉漉的头发走到露台上，已经过了立夏，气候渐渐回暖，夜晚的风微凉但是不冷。临近月中，夜空中一轮圆月，月色盈盈地照在江面，江面上波光粼粼，偶有货船驶过，汽笛呜呜声响起，又很快远去。公寓远离闹市区，很安静，也没有连绵闪耀的霓虹灯，因此这样的月色，无比静美。

这样美的月色，她忽然好想喝酒。

她翻了翻冰箱，哇哦，有啤酒！她取出两罐，到书房去找他，她晃了晃手中的啤酒：“十二，我想喝酒，你要不要陪我喝一杯？”

他正在阅读邮箱里的一份工作报告，看了眼屏幕上繁杂的数据，又看了眼她明媚的笑脸与她手中的酒，他站起来，一边说：“大晚上的喝什么酒。”一边已经抢过她手中的啤酒罐。

她好笑地在他背后做了个鬼脸。

啤酒微微苦涩，阮阮其实不是特别喜欢，她喜欢口感纯正朴实的米酒。

她喝了口啤酒，咋了咋舌：“好想念风妈妈的手工米酒哦。”

傅西洲仰头喝一大口酒，才慢悠悠地说：“不要贪心。”

“是！”她大力点头，与他的酒罐碰了碰，“干杯，为这月色！”

他失笑着摇头。

一罐啤酒很快就喝完了，阮阮兴致高，又跑去取，把冰箱里剩下的几罐全抱了过来。傅西洲曾见她大碗喝过米酒，知道她的酒量好着呢，也懒得管她。

她喝酒上脸，几罐啤酒下肚，脸色就酡红一片，其实没醉，却一副醉眼蒙眬的憨态。她将腿盘起来，任身体缩在柔软的单人沙发里，裹着毯子，歪着头看他，对他絮絮叨叨地说着："我五岁的时候，爸爸妈妈空难去世，外公将我接到阮家，他是对我很好，在吃穿用度上从来都给我最好的，但他很忙，开不完的会，老是加班、出差，周末也经常不在家，一个礼拜能跟他吃上两顿饭，就很不错了。更别说能同你好好聊天、谈心。"

"我从小就由家里的保姆照顾，而保姆，听命于我舅妈。在阮家，虽然我外公一言九鼎，但家里生活上的事情，都由我舅妈做主。她不喜欢我，或者说，她很讨厌我，从我第一天住进阮家起，她就讨厌我。我也不知道我哪儿做错了。但后来我明白了，当一个人讨厌你时，就跟喜欢你一样，是没有原因的……"

"十二，你知道吗？我做梦都想拥有一个真正属于自己的家。不管我多晚回去，可以不用脱掉鞋子小心翼翼地走路，我开心时，可以毫无顾忌地开怀大笑，我难过时，可以不用蒙着被子无声地哭。"

"我呀，想在里面养花就养花，我的屋子里一年四季都有花香。还要养一只小萨，小萨你知道吗？就是萨摩耶啦，微笑天使。我有一次在公园里看到有人在遛小萨，真的好可爱呀！可是我舅妈讨厌狗……"

"而遇见你之后，关于那个家，我希望里面还有你。"

"十二，谢谢你，愿意给我一个家。"

她微眯着眼眸，平日里清亮的眸子，此刻像是蒙上了一层淡淡的雾气。露台上没有开灯，只有月色淡淡地洒在她身上，像是笼着一层温柔的光晕。

傅西洲微微仰头，喝光最后一点啤酒，他起身："很晚了，睡觉吧。"

他快步离开露台，她的话语与构造的那个世界，太过温柔，这柔美的月色下，他怕自己一不小心，便跌进那个温柔的世界里。

在他的记忆里，关于家，永远只有灰暗与冰冷，破旧的阁楼里，厚重的窗帘不分昼夜地放下来，狭窄昏暗的屋子里，混杂着松节油的浓烈气味、廉价刺鼻的酒精味以及母亲烂醉后呕吐物的秽气。这些气味，充斥着他的四季，弥漫着他的整个年少时光。

而爱情，于他来说，是年少时，他看到母亲脸颊上永不离去的纵横的眼泪，是母亲沉溺在酒精麻痹带来的短暂虚幻里，是母亲一日比一日地消瘦苍白，是她悲剧命运的开始，令人衰败，疯魔，坠落深渊，万劫不复。

他不相信，也不需要。

第五章

我多希望，
我想念你的时候，
你也正在想念我

你知道茉莉的花语是什么吗？
你是我的生命。

“傅总，恭喜啊！”“傅总，祝贺！”“傅总，新婚快乐！”……

傅西洲走进公司，收获了一路的祝贺声，他微微颔首，沉默无言，甚至连给一个笑容都吝啬。

凌天的员工们也早就习惯了他这个样子，私底下给他取了个绰号，叫“煞神”。相比这位二爷，大家更喜欢太子爷傅云深。同为公司副总，一个分管研发部，一个统领业务部，管理着公司里最重要的两个部门，地位相当，但在性格上，两人却是天壤之别。傅西洲冷漠，一副生人勿近的模样，行事手段也是冷厉而毫不留情的。而傅云深，温和太多，一张笑脸不知迷倒了多少女员工。

傅西洲刚进办公室，林秘书就立即跟了过去，简单汇报了上周的工作，末了说：“会议室已经准备好了。”

傅西洲点点头：“通知各部门，十分钟后开会。”

林秘书出去后，敲门声又响起，是B秘小姚送咖啡与土司进来，他每天早晨的习惯，一杯黑咖，两片土司，当作早餐。

小姚跟在他身边两年，煮咖啡的功力已是炉火纯青，现磨的咖啡，香气四溢。傅西洲看了眼面前这杯黑乎乎的东西与冰冷的土司，皱了皱眉，说："拿出去吧，我吃过早餐了。"

已转身正打算离开的小姚愣了愣，随即了然，头儿现在可不比往昔，已经是有家室的男人了，又是新婚宴尔，傅太太自然会为他亲手准备早餐。她应了声，便将东西撤走。

傅西洲还在愣怔中，他刚刚在想什么？黑乎乎的东西？那可是自己最喜欢的黑咖，每天两杯。

他皱了皱眉，哦，"黑乎乎"这个词，是从阮阮口中听到的。

他没想到，他们一起生活的第一天，她就亲手为他做早餐。

他习惯早起，睁开眼，却发现身边没人，以为她去了洗手间，也没在意，当他看到厨房的灯光与餐桌上的果汁壶、碗碟时，微微一愣。

等他回过神时，阮阮正端着两个小碟子出来，冲他笑："起来啦，我正准备去叫你呢，快去洗漱，来吃早餐。"

早餐很简单，现磨的热豆浆，蟹黄小笼包，牛肉蒸饺，还配了小碟爽口的橄榄菜。他从未在家里吃过早餐，微微有点不适应，但在她期待的目光下，他喝了一口豆浆，浓稠醇香，胃一下子变得暖和起来，于是他又喝了一大口。他一抬头，见她正手肘支在桌面上，捧着豆浆也不喝，傻傻地瞧着他，嘴角微微翘起，一副吃到了什么好吃的东西的满足感。

他忽然想起什么，问："怎么会有新鲜的豆浆？"他又指了指小笼包与蒸饺，"还有这些？"

他会做饭，但极少在家里开伙，厨具成了摆设，冰箱用来放纯净水与啤酒，并没有黄豆、包子之类的东西，昨天她也没有机会去超市购物。

阮阮眨眨眼："从你爷爷家的厨房拿的。"

原来如此！难怪昨晚上她在厨房里磨磨蹭蹭的，原来是泡黄豆去了。也难怪她临睡前问他几点起床，她要算好时间，先他起来，为他准备早餐。

他抬腕看了下手表，才七点半，估计她大学四年也没起来这么早过。她还穿着睡衣，头发微乱地散在肩头，大概是睡眠不足，眼周有淡淡的青，她皮肤白，便显得格外打眼。

他夹过一只蟹黄包，低头咬了口，说："早餐我都在公司吃，秘书会准备好咖啡与土司，你不用特意赶早做。"

她立即皱眉："天呐，十二，那种黑乎乎又苦又涩的饮料，你也爱喝？还有土司！是冷的，伤胃。”

他还没接腔，她又说：“早餐可是很重要的，不能马虎！以后我做给你吃，明天我们吃小米粥好不好？你喜欢吃包子还是饺子，或者煎蛋？还是喜欢吃面？以前在暮云的时候，你似乎很喜欢吃青菜鸡蛋面哦！”

他其实对食物不挑剔，十八岁高中毕业，被傅凌天送去美国留学，同宿舍的华人对土豆、汉堡、可乐痛恨至极，他却两三天就习惯了。并不是喜欢，只是当你无法拒绝的时候，唯有接受。这个道理，他从小就懂。当年在暮云古镇，风妈妈每天早上都会帮他们三个做好早餐才去开工，因为风声与阮阮爱吃面，因此早餐大多时候都是青菜鸡蛋面，他不怎么爱吃面，但风妈妈手艺好，又是寄人篱下，他自然不会挑三拣四。

“你真的不用……”

阮阮打断他：“你别担心我会睡眠不够，我现在无所事事的，你上班后我还可以睡个回笼觉。”

他无奈地叹气，她的固执他领教过，她喜欢的话，就随她去吧。

而且，比之黑咖与冷冰冰的土司，他的胃，似乎更喜欢香浓的热豆浆与温热柔软的小笼包……

晃了晃神，傅西洲起身，朝会议室走去。

凌天日化这些年来一直墨守成规，旗下产品主要是洗浴与护肤类，傅西洲野心勃勃，已不满足于此，他计划推出香氛系列，这个提案已经被傅凌天通过了。他打算在原有团队里，组建出一支新团队，从原料成分到包装设计到广告策划的相关人员，都要最专业最优秀的。

今天的这个会议，便是为此。他走进会议室时，各部门人都到齐了，他坐下，扫视一圈，视线落在设计部那一排时，忽然愣住了，正襟危坐目不斜视的人群中，有人也正朝他望过来，视线相触，她似乎微微笑了一下，很快，又转开了视线。傅西洲也很快移开了视线，开始主持会议。

会议很短，二十分钟后就结束了。

傅西洲回到办公室，拨了通电话，三分钟后，乔嘉乐出现在他面前。

领她进来的小姚在退出去时，忍不住多看了乔嘉乐两眼，一个刚来三天的新人设计师，傅总找她干吗？因为她才华出众吗？

“傅总，您找我？”乔嘉乐笔直地站在他面前，口吻恭敬，真的就像新进员工在面对大BOSS时一般。

傅西洲深深看了她一眼，皱眉说："你怎么会在这里？"

她波澜不惊地答道："我给凌天投了简历，被聘用了。"

他有点不耐烦："我是问你，为什么你会在凌天，而我毫不知情。"

乔嘉乐扯了扯嘴角，那笑容里有一丝嘲讽，但一闪而过："哦，我前阵子跟你提过的，但你太忙了，不是忙着准备婚礼么，想必忘记了。"

他听出了她话中的嘲讽，眉头皱得更深了，冷声说："嘉乐，别闹了。我说过，不希望你来凌天，你明知道这是什么地方……你赶紧给我辞职！"

"我不要！"乔嘉乐也不装腔作势了，嘴一嘟，连称呼都换了，"我当然知道这是什么地方，所以我才来的。西洲哥，虽然你从不说，但我知道，这些年你在凌天走得有多艰难，所以，我要来帮你！我也可以帮你！"

傅西洲斥道："别胡闹！"语气虽然依旧是冷冷的，但却没有怒气，更像是兄长对妹妹式的训斥。"你是学设计的，可以继续深造，我送你去巴黎。"

"我不去巴黎，我哪儿也不去，我就待在凌天设计部。"

傅西洲看她仰着头，神色坚定，分明是个才走出校园的小女孩儿，却把自己当战神，帮他？呵，一旦卷入他与傅云深的战争，她连自己怎么死的都不知道。他知道她心高气傲，在设计上也略有才气，正因为如此，他才不想把她卷入傅家的争夺战里来，已经损伤了一个，够了……想到那个人，他神色黯然，声音也难得地和软下来："嘉乐，听话，想必你姐姐……也不希望你卷入其中。"

乔嘉乐一怔。她没想到他会忽然提到姐姐，这些年，在她面前，他是从不主动提及的。

空间里有片刻的沉寂。

乔嘉乐摇摇头，说："不，你错了，姐姐出事前接到了凌天设计部入职的通知。来这里上班，是她的心愿，我现在在帮她实现，她又怎么会反对呢？"

傅西洲觉得烦闷又无力："嘉乐……"

乔嘉乐低低地打断他："西洲哥，你去看看姐姐吧。她很不好。"

傅西洲脸色微变，他想起那天，他站在医院走廊上，看着手术室的指示灯，时间一分一秒流逝，他一支接一支地抽烟，心里说不出什么滋味，不是恐慌，也不是绝望，只觉得疲惫，深深的疲惫，他知道，如果里面的人没有抢救过来，这一生，他都要背负内疚与罪恶。

那一刻，他第一次对她，生了怨恨。觉得她真残忍，也真不自爱，竟然会选择那么决绝的方式。

“西洲哥……”

他挥挥手，又恢复了冷声：“你出去吧。尽快辞职。”

乔嘉乐咬牙：“我不会走的。”她转身，走到门口，忽然停住，并没有回头，只是声音轻而冷：“人可以无情，可以狠心，但绝不能没有良心，你说对不对，西洲哥。”说完，她头也不回地走了出去。

傅西洲身体一僵。

这天他在公司一直忙到很晚，堆积的工作总算告一段落。他揉着眉心站起来，走到落地窗边，从二十九楼俯瞰城市夜景，窗外灯火通明，连绵成一片璀璨的灯河。这是莲城最繁华的地段，他这个办公室，也是整个凌天日化集团最佳的观景位置，当初与傅云深为了争这个房间，也是好一番暗潮涌动。争的并非是窗外这一城的景致，不过是心理上的优越。从他十八岁回到傅家，这样的争抢，就从未断过。

乔嘉乐说他在凌天走得不容易，外人不过轻巧一句话，而这些年来的艰辛与疲累，终究只如人饮水。

他关掉电脑，离开办公室。

他的车子往家的方向开到半路，忽然调头，往反方向驶去。

一个小时后，他的车停在近郊的一栋建筑外。这栋建筑很多年了，由一个废弃的旧厂房改建，灰白色的外墙，因岁月侵蚀，墙灰剥落，每到夏天，爬山虎肆意地爬满了墙壁，衬得楼房阴凉森然。

他熄掉车灯，静静地坐在车内，望着几米外的铁门，昏黄的路灯光影打在铁门边那个陈旧的牌匾上，上面的字迹半明半暗，那几个字，不用仔细辨认，他闭着眼睛都能描绘出它们的轮廓。从十四岁那年第一次看到，便刻骨铭心——莲城精神病医院。

他下车，去铁门旁边的小屋子里登记。负责登记的人依旧是十几年前的那一个，当年身强力壮的中年男人，被岁月侵蚀得厉害，如今老态龙钟，微佝着背，笑脸上满是皱褶：“傅先生，好久不见了。”他态度和蔼地跟他打招呼，语气亲切如老友。

傅西洲只淡淡点了个头，脸上有着不易察觉的厌恶，这个男人，大概早已忘记，多年前，他是怎样凶恶地对待一个十四岁的少年，阻止他进入，甚至仗着体力优势，对他动粗。

医院建筑虽陈旧，但院子里的绿化却是做得极好，走过长长的花园小径，便是病房区域。他刚进大厅，便见两个护士从护士站跑了出来，有个护士大概正在吃饭，嘴里还咀嚼着食物，一边吞咽一边骂骂咧咧地说：“这个405，真是没一天安分的！她属狗的吗？怎么又咬人……”“哎哟，就该把她关起来，不让她出来活动！”两人匆匆往病房区跑去。

傅西洲脚步一顿。他走到病房公共活动区时，那里正乱哄哄的，尖叫声、哭泣声、叫喊声、欢笑声、护士的训斥声，以及电视里发出的声音……惨白的灯光照着一群姿态各异的病人，他站在外围看着，这多像一出荒诞的话剧。

人群中心，两个护士强力架着的那个人，卷发凌乱，遮盖住半张面孔，她的嘴角，有殷红的血迹流淌而下，她俯视着蹲在地上捂着脖子的一个女人，嘴角露出胜利般的微笑，那笑容诡异得令人心惊。

蹲在地上的女人忽然跳起来，朝她猛扑过去，护士惊叫一声，拉着她后退，她却借势抬脚，疯狂地踹向来人。

“疯了，疯了！”护士尖叫，其中一个护士赶紧跑去拉另一个。围观的病人，有人喊着“加油”，有人鼓掌，有人吹着口哨。场面一团混乱。

傅西洲走过去，将双脚还在乱蹬的卷发女子箍住。

“嘉琪……”他的声音宛如叹息般，轻轻地响在她耳边。

她的疯狂在这一声叹息里，忽然就停了下来。

先前架着她的护士，赶紧从口袋里掏出针筒，扎在她的手臂上。

她抬头望着他的眼，缓缓、缓缓地，闭上。身子一软，倒在他的怀里。

“麻烦你请谢医生过来一趟。”他偏头对护士说，然后将她抱回了房间。

镇静剂使她陷入了沉睡，躺在床上，她却无法舒适地伸展开身体，而是将自己蜷缩成一团，眉头紧皱，脸色苍白，唯一的色泽，是她嘴角残留的别人的血迹。

他取过纸巾，为她拭去嘴角的血迹。

“傅先生。”

他转身，向来人微微颔首：“你好，谢医生。”

谢医生看了眼床上的乔嘉琪，轻轻叹道：“自从上次她出事后，情绪就变得特别不稳定，状态越来越差，每晚病人一起活动时，她总是与人发生冲突，厮打、咬人、歇斯底里。”她顿了顿，说：“傅先生，就算你今天不来，我也正打算通知你过来一趟，乔小姐这个状态，看来，我们只得将她暂时隔离了，用药物控制。”

他沉默片刻，轻声说：“麻烦你了。”

“傅先生，我知道你忙，但如果可能，请多来看看她。”谢医生说完，转身离开。

傅西洲走到窗边，将窗户打开，初夏的夜风吹进来，稍稍吹散病房里的抑闷。医院里的窗户都是往内开的，为了防止病人砸碎玻璃跳出去，在玻璃窗外，又加固了一层铁栏杆。明明是医院的病房，却更像是监狱。

他转头，看了眼沉睡的乔嘉琪，对她来说，这里，确确实实是监狱，而且是一生的禁锢。

他闭了闭眼，仿佛又看到多年前，他跟她走在这医院昏暗的走廊上，一路走，一路听到从病房里传出来的各种古怪惊悚的声音，她拉了拉他的衣袖，一向无所畏惧的她手指竟然微微发抖，她低低地说：西洲，如果让我一辈子住在这样的地方，我宁肯死。

我宁肯死……

她从小就是心高气傲的女孩子，漂亮、优秀，围在她身边的男生甚多，她却唯独对他肯多看几眼。不，不只是多看几眼，她的眼中只有他。甚至为了他，不惜装疯卖傻，只为名正言顺地进入精神病院，好让他可以跟随着混进来，看一眼住在里面的母亲。

那年他的母亲被关在这里，他来过无数次，都被登记处的人阻在门外，他知道这是傅夫人的报复，使了手段阻止他们母子见面，他愤怒，可十四岁的少年，人微力薄，除了愤恨，别无他法。

后来乔嘉琪就想了那个装疯的法子，十四岁的少女，都是爱美又要面子的，可她却统统抛却。她性格娴静，天知道她是怎么让自己做出一副疯疯癫癫歇斯底里的样子来的，为了逼真，她还弄了道具，嘴里不停地吐泡沫，手脚抽搐，像羊痫风发作一样，逼真得连他都觉得这不像是在做戏。

多年前的一场戏，一句话，没料到却一语成谶。命运有时候真的很荒诞，也很残忍。

傅西洲回到家时，已是深夜十二点。

打开门，他有片刻的怔忪，屋子里有灯光，暖黄的一角。

他才忽然意识到，这个家，已经不是他一个人居住。

阮阮蜷在沙发上睡着了，身上没有盖东西，怀里抱了个抱枕，她的头靠在沙发扶手上，落地台灯暖黄的光晕打在她的脸上，在她长长的睫毛下投下一小片阴影。

他在她身边轻轻坐下来，侧头看着她。不知道她做了什么梦，嘴角微微嘟起，似是有点小不开心。他弯腰，将她抱起来，刚碰触到她，她睫毛一颤，缓缓睁开眼，有一瞬的迷茫，随即对他一笑，声音娇娇软软的："你回来啦。"随即伸手圈住他的腰。

"嗯，你怎么不去床上睡。"他抱着她，往卧室走。上台阶时，他瞟了眼餐桌，发现桌子上摆着很多菜，整条未动过的红烧鱼，蒜蓉西蓝花，还有盖着盖子的汤盅，以及两副碗筷。

他皱了皱眉："你没有吃晚饭？"

阮阮往他怀里贴了贴："嗯，我一直等你嘛，你手机也打不通，然后我看书看着看着就睡着了……"

"我手机没电了。以后，不要等我吃晚餐，我这阵子公司很忙。"他说。

她咕哝道："真讨厌，你跟外公一样，都有忙不完的工作，没完没了的应酬……"

他听着，觉得这就像需要大人陪伴的小孩子的抱怨，她比他小了八岁，在他眼里，她可不就是个小孩。

他帮她盖好被子，轻拍了一下她的头："睡吧。"

她伸手拉住他："这么晚了，你还要去书房工作吗？不准！"

他失笑："我去洗澡！"

她这才满意地放开他："快去，我等你一起睡哦！"

等他洗漱完毕，却发现她又睡着了，侧对着他的那一边，嘴角弯起微微的弧度。他放轻动作上床，刚躺下，她却忽然"唰"地睁开眼，清亮眸中盛着浓浓的笑意，两个人面对面，离得极近，她忽然睁眼，令他一惊。看他似乎被吓到的模样，她忍不住"扑哧"笑出声来："笨蛋，骗你的啦！我说过等你的嘛！"

他愣愣的，有点跟不上她的节奏，也有点不适应。从小到大，他就一直活在严谨中，她的小俏皮，与他的清冷，实在是迥异的世界。

见他沉默着皱眉，阮阮微微心慌，抱着他的手臂小声地说："十二，你真被我吓到啦？对不起哦，我跟你开个玩笑而已。"

她声音越说越低，傅西洲心里一酸，他叹口气，伸手揽过她："阮阮，我没有生气，我知道你是跟我开玩笑，我只是……有点不适应。"顿了顿，他说："而且，这样的小事情，你不用说对不起，知道吗？"比之他带给她的伤害，这句对不起，于他，实在太沉重。

阮阮舒了一口气，翻身趴在他身上，伸手抚上他皱着的眉头，手指轻轻地抚过，似乎想要把那些褶皱一一抚平："十二，你知不知道，你有多爱皱眉头！我听人说哦，爱皱眉的人老得很快的！你看，你本来就比我大几岁，再老得快的话，等两年，我还是青春美少女，你就要变成中年大叔了，哼！"

"扑哧——"任凭傅西洲这样冷清的人，在听到那句"我还是青春美少女"时，也忍不住笑出声来，这丫头，还真是……

阮阮看他笑了，得意地搂住他的脖子，凑到他嘴边亲了一下，嘻嘻笑着说：“当然，我家十二就算变成大叔，也是帅大叔！我依旧会为你犯花痴的！”

他敛了敛笑，将她拉到怀里，盖好被子，“好了，很晚了，别闹了，睡吧。”

“遵命，十二叔叔！”她俏皮地回答，在他怀里换了个舒适的姿势，伸手抱紧他，脸贴在他胸膛，轻轻呼吸着他身上的味道，沐浴液的植物清香混合着他身上的气味，真好闻。她闭眼，嘴角微微翘起。

忽然想起什么，阮阮又开口道：“十二，我开始找工作了，我给那个花卉培育基地投了简历，不过那地方蛮远的，如果去那上班了，就不能回来做晚饭了。”

傅西洲轻轻“嗯”了声，说：“你自己喜欢就好。”他闭上眼，不再说话，是真的有点疲惫了，但先前凝重的心情，却被阮阮的俏皮嬉闹渐渐冲淡。连他自己都没有发觉，沉入睡眠时，他不再紧蹙着眉，嘴角也微微上扬。

等了几天，阮阮投出的简历如石沉大海，其实在意料之中，那个花卉培育基地最近并没有招聘，她因为想要去，所以才投过去试试看的。她也不急，一边修改毕业论文，有空就泡在招聘网站上四处转悠，她这个专业，对口的工作也不少，比如园艺设计、画图、预算员等等，但她更爱跟种子与花花草草打交道。

她在网上泡了几天，没想还真有意外收获，莲城郊外有一家刚开辟不久的有机农场在招人。如今食品安全隐患多多，绿色天然的大米蔬菜深受都市人青睐，因此国内的有机农场越来越多。阮阮看到的这个有机农场不是莲城第一家，但面积却是最辽阔的，不仅种植蔬菜、水稻，还有鲜花培育基地。

阮阮当即就投了一份简历过去。面试电话第二天就打了过来，通知她的是个男人，声音很好听，还很细致地告诉她前往的路线，那地方很远，没有直达车，需换乘两趟公交车，再步行十几分钟。

阮阮花了快两个小时，才找到那个地方。接待她的就是电话里那个声音的主人，也就是这家有机农场的农场主，叫齐靖。阮阮微微惊讶，没想到他这么年轻！更令她惊讶的是，他竟然是她的同校师兄！去年刚从宁城农大研究生毕业。划为农场的这片地，有三分之一是他自己家的，其他三分之二由他承租下来。他做有机农场，一半是看中这个行业的市场潜力，一半，是为情怀。他是在郊区长大的，吃的大米与蔬菜，都是父母亲自种的，绿色，天然。他怀念小时候的味道。

阮阮为他的情怀所动容，虽然他给出的待遇一般，但她毫不犹豫就签下了工作合同，负责鲜花、绿植的培育工作。也许是从小衣食无忧，让她对钱财没有太大的野心，工资能养活自己即可，她真心喜欢做才最重要。

齐靖带她参观农场，虽然才开始没多久，但已像模像样，蔬菜地里一片绿油油，长势极好。农场里的工人，多是齐靖家的亲戚，或者邻居，他们种了一辈子的菜，种菜得心应手。农场不远处，屹立着一些平房，红墙黑瓦，那就是他们的家了。

本来齐靖要求阮阮住在农场里的，但这显然是不可能的，她拒绝了。她说，自己有车，上下班也方便。

她想起那辆4S店送过来后就一直放在停车场从未开过的车，摇了摇头，在农场上班，开那么好的车，不合适。那是一辆白色宝马，最新款，傅凌天送给她的结婚礼物。看来得换辆车了。

回到市区，她打车到傅西洲公司楼下，打他的手机，却一直没人接。她转而打办公室的座机，小姚接的，说傅总在开会。

想一起吃晚餐庆祝她找到工作的打算，只能作罢。刚挂掉电话，风菱的电话就打了进来，约她一起吃晚餐。

两人约在风菱学校外面的一家小餐厅，她们对这里的腊味煲仔饭百吃不厌。

一落座，阮阮就哼道："风大设计师，风大忙人，您终于想起我了吗！"风菱刚进了莲城最大的服装公司，忙得不可开交，阮阮约她几次，她推几次。

"啧啧，瞧你这怨妇般的小委屈样。"风菱伸手捏了捏她的脸。

阮阮也捏回去："啧啧，瞧你这小脸，都瘦得要脱形了，还有这黑眼圈，叮当，你又在熬夜吧！"

风菱云淡风轻地说："习惯了，刚进公司，压力有点大。"

阮阮哼道："好想抽你们老板，压榨员工！"

风菱忍不住笑了，端起茶杯，与阮阮的碰了碰："今晚还要赶设计图，就不喝酒了，以茶代酒，祝贺你找到喜欢的工作。"

阮阮眨眨眼："也祝你早日成为顶级设计师，压榨老板！"

风菱问她："你们怎么样？"

阮阮微愣，随即反应过来，说："挺好啊。"

风菱盯着她看了几秒，像是想从她的神色里看出什么端倪，但见她神色淡然，不像撒谎的样子，她这才稍微放心，轻声说："有什么事情，要告诉我。"

傅西洲当初从婚礼上消失的原因，后来她问过阮阮，她说是他妈妈临时出事了，具体是什么事情阮阮没细说，她也没有追问。在她看来，什么原因并不重要了，阮阮这个傻姑娘，心意那样坚定，这桩婚姻，无论如何她都会继续下去的。除了为她心疼，她什么都不能做。

她们没有再继续这个话题，饭很快送了上来，阮阮低头深呼吸，赞道：“依旧如此诱惑啊！”

风菱好笑地看着她，依旧还是孩子心性呢，竟然就结婚了。其实得知阮阮要结婚，她多少还是有点怅然的，阮阮比她还小了一岁，又因为性格单纯，她总把阮阮当小孩般照顾着。

正吃着饭，旁边桌忽然响起孩子的哭声，阮阮侧头望，相邻的餐桌坐了一对双胞胎，三岁左右的男孩子，他们的妈妈大概去了洗手间，眨眼的工夫，两兄弟就打起来了。一个握着勺子哭，嘴里的饭菜都漏了出来，一个咧嘴得意地笑，指着哭的那个大声说“哈哈，你漏饭，羞死啦”。哭的那个哭得更厉害了，扬手就想将勺子砸过去。

阮阮侧身，一把将勺子截住，扯过餐巾纸，帮哭鼻子的小家伙擦掉眼泪与嘴巴上挂着的饭菜。小家伙看着忽然冒出来的人，连哭都忘记了，好奇地瞪着她，嘴巴一抽一抽。

阮阮扫了眼两个孩子，问道：“你们谁是哥哥？”

笑的那个孩子指了指哭的小家伙：“他！”

“你是哥哥，怎么还被弟弟欺负呢？就算被欺负了，男子汉，也不能轻易掉眼泪哦！”她温声说着，“还有哦，你既然是哥哥，怎么可以拿勺子砸弟弟呢！”

她又看着弟弟，板着脸说：“还有你，孔融让梨的故事你听过没有？人家多懂事呀，你却欺负哥哥，还笑话他，小坏蛋！”

小家伙被她说得一愣一愣的，睁着圆圆的大眼睛瞪着她。

风菱“扑哧”一笑，说：“阮妈妈，小朋友都被你吓着了。”

这时，双胞胎的妈妈回来了，看到阮阮，也是一愣，风菱赶紧给她解释了怎么回事，女人立即对阮阮道谢。

阮阮在包里摸了摸，翻出了两颗糖果，递给了双胞胎，又摸了摸他们的小脑袋：“兄弟要和睦相处哦！”

风菱看着她一脸的母爱泛滥，打趣说：“这么喜欢小孩啊，赶紧自己生一个呗！”

晚上回家阮阮把这个小插曲讲给傅西洲听，末了她似不经意地说：“十二，我们生个孩子吧。”

傅西洲瞬间就沉默了。阮阮立即哈哈笑着说：“我开玩笑的呢，我刚毕业，才不要这么早就做妈妈呢，多不自由！”

她是真的动过生一个孩子的心思的，她想要一个女孩儿，眉眼像他，脾气像她。

想一想，就觉得美好。

但此刻看他表情，她就知道，自己猜测得没错，他从未想过这件事。

傅西洲扯了扯嘴角，顺着她的话说："嗯，你还小，自己都还是个孩子。"

阮阮转移了话题："对了，爷爷送给我的那辆车，实在是太招摇了，我不想开，可以退掉吗？换一辆便宜点的吧。"

傅西洲瞪了她一眼："你把结婚礼物退掉，他估计要生气了。我再帮你买一辆吧，你喜欢什么样的？"

阮阮说："去农场有一段路不太好走，叮当说铃木有款小越野性能不错，很适合乡间小路，我查过资料，外形与价格，都还不错。"

傅西洲点点头："你把型号与颜色告诉我，我让林秘书帮你办。"

阮阮拒绝："不要，我要你陪我去买，好不好吗？"她抱着他的手臂，摇了摇。

"你还真是个小孩啊。"傅西洲无奈地摇头。

周末，他陪她去买车。

阮阮在深蓝色与白色之间犹豫不定，问傅西洲哪个更好看，他好笑地看着她的目光停留在白色上面多一些，伸手一指，"白色吧。"

阮阮笑起来："你也觉得白色更适合我对吧？"

付款时，阮阮掏出自己的卡，她要自己买单，这些年外公给她的零花钱啊、过年的压岁钱啊、生日礼金之类，她都没怎么动过，更何况，她结婚时外公除了送了一套房子也给了她一大笔现金。

傅西洲按住她的手，挑眉："傅太太，你这是干什么？"说着将她的卡塞回去，果断付款："送给你的入职礼物。"

阮阮也没坚持，忽然想起来，在一起这么久，这似乎是他送给她的第一份礼物。

明明是件开心的事，不知怎么的，她却有点感伤。

正式上班之前，阮阮先回了学校办理毕业手续。领了毕业证书，又拍了集体照，一顿散伙饭后，算是彻底告别了校园。

上班后，阮阮变得忙碌起来，农场花卉培育的园艺师只有她一个人，之前都是齐靖自己在弄，他又是农场的总负责人，渐渐力不从心。她来了之后，他总算是能歇口气了，阮阮跟他很谈得来，许多想法也一样，他也很相信她，一切由她做主。

傅西洲也特别忙碌，因为香氛系列的开发，他一个月有三分之二的时间都在外出差，有时候还飞国外，一走就是好几天。两人同住一个屋檐下，见面的时间却很少。

阮阮偶尔有些抱怨，但更多是心疼他，这样飞来飞去，舟车劳顿，十分辛苦，也不知道他在外面有没有按时吃饭，是不是有足够的睡眠时间。虽然他出差的时候，她每天都要打电话，但他从来都只会说，一切都好。寥寥几句，便挂了。

莲城炎热的盛夏来临，周末的夜晚，阮阮独自坐在阳台上，打开一罐啤酒，静静地喝，连个碰杯的人都没有。

没有他在，她觉得整个屋子又大又空荡。不过短暂的分别，她就想念他。很想念，很想念。十二，你是否也在想念我呢？

我多希望，我想念你的时候，你也正在想念我，我梦见你的时候，你也正在梦见我。

初秋，农场花园里培育的花，好多都陆续开了，茉莉开得尤其好，翠绿的叶子，淡白的花朵，清香淡雅，这是她最喜欢的花。她挑了一只白色的陶瓷花盆，小心翼翼地将最好看的一株茉莉移植到里面，然后放进自己的车里。

她请了假，提前下班，开车回城。

傅西洲今天出差回来，她打算去公司找他，一起吃晚饭。她已经有一个礼拜没有见到他。虽然知道今晚他会回家，但她迫不及待想要早点见到他。

她抱着花盆，匆匆地走进大堂，她一边走，一边忍不住低头看盆中的花，真好看。她嗅了嗅，真香。他会喜欢吗？他会喜欢的吧。

她想着，微微笑起来。

“砰！”

仿佛一阵疾风刮过，阮阮的身子被狠狠地撞了下，清脆的碎裂声响起。陶瓷花盆摔在坚硬的大理石地板上，碎成了好几块，泥土散了一地。那株茉莉，躺在四散的泥土里，仿佛被强风吹打过，不再生机勃勃。

她嘴角的微笑还未褪去，便化成一抹震惊，而后是心痛。

“对不起……”身边有个女声响起。

阮阮却看也没看她，只怔怔地盯着地上的泥土与花。

良久，她忽然蹲下身，用手去扒泥土，一点点撮拢，又捡起碎裂的瓷片，试图把泥土重新装进瓷片里，最后却徒然。她满手的泥，瘫坐在地。大堂里来往的人群纷纷望着她，窃窃私语。

那个撞了她的女子，慢慢走开，转身时，嘴角扯开一抹冷笑，她胸前的工作牌晃了晃，照片上是一张妆容精致的脸，下方写着，设计部，乔嘉乐。

“阮阮？”傅西洲惊讶的声音响在她头顶。

她抬起头，眸中似有水汽。

他看了眼她，又看了眼她身前的狼狈，明白了过来，将她拉起来。

“我的花……”她指着地板。

他的视线落在她的右手食指指尖：“你受伤了？”她手指上沾了泥土，看不太清楚，他抓过她的手，擦掉上面的泥，伤口赫然现出来，一道长长的口子，鲜血不停地沁出来。

他压住她的指尖，皱眉：“傻啊你，花盆碎了就算了，你去碰它干吗呢？”

阮阮被他一说，更委屈了，眸中水汽更盛：“这是我要送给你的花呀……”

他看她一眼，叹气：“不就是一盆花么，你呀，真是！”他腾出一只手打电话回办公室，吩咐小姚腾一只小花盆下来，再带一个创可贴来。

小姚很快把东西送了下来，傅西洲帮阮阮贴了创可贴，然后蹲下身，将地上散落的泥土扫到花盆里，小姚震惊地看着他的动作，想上前帮他，被他阻止了。

大堂里来往的人，也都震惊地看着这一幕。

阮阮也傻傻地看着他，当她回过神来时，傅西洲已经把那株茉莉重新栽好了，将花盆递到她面前：“好了，别难过了。”

她凝结在眸中未及散出的水汽，“啪嗒”一声，掉了下来。

“你怎么……”傅西洲愣愣的。

阮阮抬头冲他笑：“我开心。”她将花盆又放到他手中，“送给你。”

傅西洲接过花，完全被这猜不透的小女生心思给打败了。

走进他的办公室，阮阮将他办公桌上的一盆芦荟挪开，让自己的茉莉花霸占着那个地盘，她微微退后，满意地欣赏着。

她嘱咐他：“十二，茉莉喜阳，你要经常抱它到窗边晒一晒太阳哦。”

她又问他：“好看吗？”

他正低头看资料，抬头看了眼花：“嗯。”

“喜欢吗？”

他又“嗯”了声，指着沙发说：“阮阮，你先坐一会儿，等我忙完手头上的事，我们去吃饭，好吗？”

阮阮本来对他敷衍式的回答有点不满，此刻见他脸色疲倦，眼角还有淡淡的青黑，想着他才下了飞机，没有一点休息，又拼命投入到工作中，那一点点的不满就全变成了心疼。

她点点头，乖乖地坐到沙发上去，不再打扰他。

茶几上有些杂志，但她不想看，她就静静坐在那，捧着茶杯，望着他，他低头工作的样子，她第一次见，就像书中说的一样呢，男人专注做事的模样，真的很迷人。

她像个犯花痴的小女生一般，看着他，仿佛怎么也看不够。

她的视线又转移到桌上那盆茉莉花上，翠绿的叶，淡白的花，隔着这么远，她都仿佛能闻到那淡淡的清香。

十二，你知道茉莉的花语是什么吗？

——你是我的生命。

傅西洲忙完时，一抬头，愣住了，沙发上的她，竟然不知不觉睡着了。

他看向窗外，原来这么晚了，天都已经黑了。

他轻轻抱起她，下楼。

大概是太累了，她竟然没醒，一路睡到了家。

第二天阮阮醒过来时，傅西洲已经走了，倒是写了留言在她手机记事本里，她一滑开屏幕就看到了。他说，抱歉，公司临时有事，这两天要去海城出差，只能下周陪你回去看外公了。

今天是周六，本来说好一起回阮家看外公的。

阮阮叹口气，自己昨晚竟然在他办公室睡着了，连晚饭都没能跟他一起吃一顿，也没有好好说话。她觉得有点遗憾。

给外公打了电话解释，趁着有空，她索性打扫屋子，里里外外都做了清洁，又拆洗被套，给阳台上的植物全部浇水、施肥。中午的时候，她给自己做了一碗青菜鸡蛋面。外面热，她也不想出门，榨了新鲜的西瓜汁，窝在沙发上看电影。黄昏时，她睡了一觉，醒来，天已经彻底黑了，她走到阳台上，给傅西洲打电话，打了三次，也没有人接。

不知为何，她心里有点慌。

后来又拨了几次，也是无人接听。

在她一遍一遍拨打傅西洲的电话无人接听时，在这个城市的另一端，傅云深接到了一个电话，来自同傅西洲一起出差海城的一个员工。

他挂了电话，拨通了乔嘉乐的电话，“给你一个消息，傅西洲今晚应酬时，喝多了酒，忽然胃出血，现在人在海城第一医院。”顿了顿，他轻轻笑了：“下面要怎么做，不用我教你吧？”

乔嘉乐那时候正跟朋友在外面吃饭，饭还没吃完，她丢下句“抱歉，有急事先走”便跑到路边去拦出租车。

莲城与海城相邻，离得近，走高速，一个多小时就到了。她出现在病房时，林秘书十分惊讶，“乔小姐，你怎么来了？”

乔嘉乐没回答他，看着病床上打着点滴睡着了的傅西洲，问：“我西洲哥怎么样了？”

林秘书说：“暂时没有大碍，需要住院观察两天。”

乔嘉乐点点头：“林秘书，你去忙吧，这里我来照顾。”

林秘书稍稍犹豫了下，他是知道乔嘉乐与傅西洲的关系的，他对她也不算陌生，乔嘉乐大学四年的学费与生活费，都是他一手操办的。只是，傅西洲虽然在生活上一直照顾她，与她却也不算特别亲近，留她照顾他，合适吗？可傅西洲忽然病倒，这次谈的事情，就只能由他负责了，他确实忙。

他想了想，说：“你有傅太太的电话吗？你打个电话给她吧，让她过来照顾傅总。”

乔嘉乐说：“也好。有的，我立即就联系她。”

林秘书这才放心地离开。

乔嘉乐看了眼病床上的傅西洲，然后取过他的外套，翻了翻，在口袋里找到了他的手机，她滑开，看到屏幕上无数个未接来电，在看到姓名显示为“顾阮阮”时，她嘴角扯开一抹嘲讽的笑。

她握着手机，走到外面，回拨那个号码。

刚拨通，那端就接了起来，焦急的声音传来：“十二，你怎么……”

“你好，请问是傅西洲先生的家人吗？这里是海城第一医院，傅先生因胃出血住院了，请你立即过来一趟。”乔嘉乐一板一眼地说完，不顾那端阮阮还在说话，便挂了电话。

然后，她将通话记录与阮阮的未接来电记录全部删除。

阮阮握着手机，愣了几秒，然后抓过包与车钥匙，跑出了门。

她上了车，引擎发动了好几次都没有成功，她发现自己的手在微微发抖，她用右手握住自己的左手，深呼吸，告诉自己，阮阮，冷静点，冷静点。

车子终于开了出去，这时候已是晚上十点，道路通畅，她将车开得飞快，只用了一小时一刻钟就到了医院。

她急匆匆地跑向住院部。

傅西洲住在三楼，窗户正对着楼下花园，乔嘉乐站在窗边，看着灯影下那个身影越来越近。她勾了勾嘴角，伸出两个手指头，两分钟，从楼下走到三楼这间病房，大概两分钟。

她转身，走到病床边，坐下来，微微俯身。

阮阮一路小跑着上到三楼，站在楼梯口，她停下来，喘了喘气，走到咨询台去问傅西洲的病房号。

得到答案，她左转，往312走去。

病房的门虚掩着，她想他一定是打着针睡着了，她虽然着急，却克制着冲进去的冲动，她轻轻地推门，门才开了一点点，她的手却猛地僵住，她怀疑是自己眼花，是幻觉，她闭了闭眼，再缓缓睁开，那个画面，却依旧没变。

病床上，他正躺着，他的身上，趴着一个女人，长长的卷发垂落，只露出右边一半的脸孔，她的嘴唇，覆在他的嘴唇上，而他的手，正揽着她的腰……

阮阮睁大眼睛，怔怔地看着这一幕，这一刻，仿佛被人点了穴道一般，一动也不能动。

那个女人的面孔，她似乎在哪儿见过？

哦，她想起来了，那些照片……

她身体一颤，仿佛被针狠狠地扎了下，全身的感知与血液，统统回归正常。

她屏住呼吸，僵硬地转过身。

她不知道自己是怎么离开的，又是怎样下的楼，穿过花园，走出了住院部，一路飘到了医院外面，她不辨方向，只是麻木地往前走，她心里只有一个声音，离开，离开，离开这里……

“砰——”

“哧——”

摩托车急刹车的声音与身体被撞倒落地的声响混淆在一起，划破了夜色。

剧烈的疼痛感令游魂般的她清醒过来，她先是茫然地抬头看了看，这是陌生的城市陌生的街道，深夜里街灯闪烁，自己正躺倒在路边，有人围拢过来。

“你怎么走路的呀？都不看红绿灯的吗！”摩托车主人骂骂咧咧地走过来，“真倒霉！”

是车行灯了，他正转弯，忽然一个人从拐角处飘出来，他想避开已经来不及了。

“喂，你还好吗？伤到哪儿了？”车主蹲在阮阮身边，见她一直躺在地上，一声不吭，忽然就慌了神。

“喂！你说话呀！伤哪儿了，我送你去医院。”他想去扶起她，伸出手，又有点犹豫。

阮阮仿佛没有听到一般，眼泪哗啦啦地往下掉，如喷涌的泉。身上痛，但心里更痛，痛得快要不能呼吸，也说不出一句话来。

摩托车主更慌了，心里咒骂，真是倒霉！

她不说话，他也不敢贸然去搀扶她，围观的人越来越多，他也不能就这么走掉。

良久。

带着哽咽的声音响起来："你走吧……走吧……"

车主疑惑地望着她："让我走？"

阮阮流着泪点头，声音清晰了几分："我没事，你走吧。"

车主如蒙大赦，大声对围观人群说："是她让我走的啊！"说完，骑着车，一溜烟走了。

有个好心的女孩子蹲下身，将阮阮扶起来，看了眼她流血不止的腿，说："小姐，你的伤看起来挺重的，前面就有个医院，我送你过去吧。"

"不要！"阮阮忽然挣开她，尖叫。

女孩子被她的反应吓着了，迅速退开。

阮阮回过神来，带着歉意说："对不起，谢谢你，不过不用了，我叫我朋友来。"

她摸了摸口袋，却想起，手机放在车里了。

她叫住正准备离开的女孩儿，"不好意思，可以借用下你的手机吗？"

她按了风菱的电话号码，却又一一删除数字，她忽然想起，这里是海城，风菱不在这里。

海城，哥哥……

她又按了一串号码，那端很快就接起，听到顾恒止的声音，她刚止住的眼泪，又扑簌扑簌往下落。

"哥哥……"

第六章 我从未到过的地方，是你心上

你说我最大的优点是懂事，
没有同龄女孩子的骄纵任性。
可是你知道吗，
我多想在你面前任性一次，
但我不敢去尝试。
因为我知道，在爱情里，
只有被深爱的一方，
才有资格任意妄为。

顾恒止赶到时，只见阮阮坐在马路边上，双手抱膝，埋着头，身体微微发抖。

“阮阮，阮阮？”顾恒止蹲在她身边，连续叫了两声，她才怔怔地抬起头来。

“哥哥。”

“你……”他看着她脸上擦伤的血迹，猛吸了一口气，在电话里她并没有说什么事，只是哽咽的声音令他担忧，没料到她竟然受伤了！

阮阮脸颊、手臂与腿部都受了伤，尤其是小腿，倒地时大概被尖锐物刺中，此时正鲜血淋漓，看起来十分恐怖。

顾恒止心里有很多疑问，比如她怎么会深夜突然出现在海城街头？比如她怎么拿别人的手机给他打电话，也不见她的随身包包？比如她受伤后为什么不打电话给傅西洲而是打给他？但他什么也没问，抱她上车：“前面就有个医院……”

阮阮打断他：“哥哥，我们换个医院好不好？”

他讶异地望了她一眼，“为什么？”她的腿伤很严重，必须立即止血消炎，以免感染。

阮阮却不作声，闭着眼，神色痛苦。

顾恒止也没有再追问，加快车速，将她带去更远一点的医院。

做了应急处理后，因为担心感染，医生建议留院观察一晚，但阮阮坚决不肯住在医院里，顾恒止只得将她带回了家。

因为与朋友在海城刚成立了分公司，顾恒止半个月前从莲城搬到了海城，他又不愿意与在海城的父母同住，所以临时租了间公寓，之前买的新房快装修完毕了，所以他租的是间短租的单身公寓，开放式的空间，只有一张床。

他一路抱着阮阮走进屋子里，将她放在床上，自己也顺势躺在她的身边，喘着气说："你是不是胖了呀？"

阮阮见他那个夸张的样子，忍不住笑他："哥哥，不是我胖了，是你不中用了。"

顾恒止瞪她："死丫头，你抱个人一口气爬十九楼试试看！"

很悲惨，他们回来的时候，电梯正好出现了故障。

阮阮火上浇油："别不承认了，你老喽！曾经你背着我一口气爬到山顶，大气都不喘一口的。"

那是多久以前的事情了啊，他记得那是她十四岁的生日，那时候他在北京念大学，正忙着去美国一所大学做交换留学生的事情，所以在她生日前一天给她打电话说，可能没有办法陪她一起过生日了。她在电话里声音很低，仿佛要哭了一样，挂电话时轻轻嘟哝一句，明明说好每年都陪我过生日的呀。

挂了电话，他买了当晚最后一班机票飞回了莲城，他站在阮家门外时还差两分钟就到零点。她的房间正对着铁门，灯光还亮着。他在零点的时候拨通了她的电话，说了句生日快乐，然后让她打开窗户。

她见到他的那一刻，在电话里欢快地叫了起来，哥哥！哥哥！我爱你！后来她偷偷从家里溜出来，他带她去了郊外的昭山，上山顶看日出。

初夏晴朗的夜空里，有星光月色，他们在月光下爬山，她偷懒，爬了三分之一的路程就坐在地上喊累喊困不肯走。他无奈，只好背着她一路上山。她也不觉得困了，趴在他背上哼了一路的歌。

他听着她清丽柔软的歌声，觉得疲惫都一点点散去了。

那时候啊，他是她的亲人，也是她唯一的朋友，无话不说，没有秘密。

顾恒止翻了个身，面对着她："说吧，发生了什么事情？"

阮阮表情一僵，心里叹了口气，哥哥还是问起来了呀，就知道没有那么容易转移话题。

她闭上眼，轻轻说："哥哥，我困了呀，我要睡觉了。"

顾恒止叹息："阮阮……"

阮阮忽然又睁开眼睛，坐起来，扫视了一圈房间，最后指着沙发毫不客气地说："哥哥，只能委屈你了。"

顾恒止却将身体往床中间移了移，哼一声："我也要睡床。"

阮阮知道他因为她回避话题而生着自己的气呢，看着他小孩子般赌气的模样，忍不住笑了："那我把床让给你。"

说着就起身，却被顾恒止一把拉倒在床上，"我们以前又不是没有同床共眠过。"

阮阮一怔。

啊，那是多久以前的陈年旧事了呀！似乎是十岁那年，她在大伯家里留宿，当晚下着很大的雨，半夜雷声轰鸣，她吓得抱着枕头去敲他的房门，他怎么哄她都不肯回自己的卧室，最后她爬到他的床上躺下来，紧紧抓着被子，赖着不肯走。他见她那个模样，又好笑又心疼，就让她在自己身边睡了一晚上。

"好啦，逗你玩儿的呢！"顾恒止起身，拍了拍她的头，"好好睡吧。"

可她哪里睡得着，一闭上眼，那个画面便像是按了重播键般，一遍一遍地浮现在她脑海里。

那一刻，她不知道自己为什么要落荒而逃，仿佛做错事的是她。她是他的妻子，她分明可以推门进去，将趴在他身上的女人拉起来，破口大骂或者狠狠扇她两耳光。

风菱曾说她什么都不懂得争取，说得好听点是淡然，难听点就是软弱。她笑话她，还真是对得起你的名字呢，软软。

从小到大，她是真的对很多东西都无所谓，因为最想拥有的早就失去了，比如父母，比如亲密的亲情。那么其他的，都只是生命中的其次。

直至遇见他。

为了他，她变得勇敢、坚强，努力去争取。

她得到了与他在一起的机会，却没有得到他的心。

所以，在看见那样的画面时，她甚至不敢上前质问、责骂，除了逃跑，她不知道自己还能怎样承受。

她想起他曾玩笑般地说过，她比同龄女孩子淡然、懂事、不骄纵任性。她那时候还当作是一句夸赞，而此刻，她心里却无比难受，其实在真爱你的人面前，哪里需要时刻懂事。在真爱你的人面前，就算任性胡闹，也会被包容。

十二，你知道吗？我多想在你面前任性一次，但我不敢去尝试。因为我知道，在爱情里，只有被深爱的一方，才有资格任意妄为。

这个夜晚，还有一个人跟她一样失眠。

傅西洲翻了个身，再次取过手机，调出通话记录里的第一个号码，拨出。可回应他的依旧是冰冷机械的女声“您拨打的电话暂时无人接听”，他又拨家里的座机号，响了很久，却无人接听。

他皱了皱眉，怎么回事？

她说过，在他出差的时候，她二十四小时都不关机的，而且手机总是放在身边。他还念叨过她，睡觉时要把手机关机，也不能放在床头，会有辐射。她说，我不想错过你的来电嘛！

可今晚，他打了无数个电话，她都没有接。而且，手机里也没有她的来电记录，要知道，他出差时，她每晚都会来一通电话的。

不会是出什么事了吧？

他心里一凛。翻身坐起，想起床，刚一动，胃部又传来一阵绞痛，他咬牙，靠坐在床上，拨通了林秘书的电话。

“傅总，您怎么还没有休息？”那端林秘书微微惊讶，看了下手表，十二点多了。

“你过来，帮我办理出院手续，开车送我回莲城。”他说。

林秘书更惊讶了：“怎么了？医生说你需要住两天院的。”

他没有解释，重复道：“你过来。”

林秘书跟了他多年，知道他说一不二的个性，在工作上他也几乎严格按照他的吩咐办事，但事关他的身体，他忍不住问：“傅总，究竟怎么了？傅太太呢，她也同意你这个时候出院？”

傅西洲一怔，说：“你告诉过她我住院的事情了？”

林秘书说：“我让乔小姐联系过她。”

乔嘉乐？

他想起之前，他醒过来时，看到乔嘉乐在病房里，微微惊讶，问她怎么会在。她说她在海城见朋友，给他打电话想约他明天吃午饭，结果是林秘书接的，她才知道他住院的事情。

他也没多问，让她走。她起初不肯，说要留下来照顾他，后来见他沉着脸真生气了，才离开。

沉吟片刻，傅西洲说："她没有来医院，也联系不上。"

林秘书恍然："你是担心傅太太？"

傅西洲没作声。

林秘书立即说："傅总，您先别担心，我马上让小陶去你家看看。"

傅西洲"嗯"了声，想了想，说："她应该是开车过来的，我怕她心急开车……你联系下莲城与海城两边的交警队，打听下……"

他顿住，没有再说下去，心里的焦虑却越来越浓。

挂掉电话，他躺在床上，不知是先前打着针睡够了，还是因为担忧，他怎么都无法入眠，又拨了几次阮阮的电话，依旧是无人接听。快天亮的时候，他再拨的时候，竟然关机了！

阮阮在天蒙蒙亮时，终于沉沉地睡了过去，她做了一个梦，梦见自己走在一片雾蒙蒙的树林里，她似乎是迷路了，一边左顾右盼，一边喊着，十二，十二，你在哪里？她在找他。她在树林里走了好远，找了好久，可是怎么都找不到他。她的手臂与小腿被灌木丛里的荆棘刺伤，好疼好疼，最后她蹲在一棵树下，看着自己手臂与小腿上的伤鲜血淋漓，哭了起来……

"阮阮，阮阮！"

她缓缓睁开眼，刺目的白光令她又眯起眼睛，哦，天大亮了。

顾恒止坐在床边，俯身望着她眼角的泪痕，微微别开眼。

到底发生了什么事情，令她在睡梦中，都如此难过？

与那个男人有关吧？

一定是的！

他缓缓握拳，脸色阴沉。

"哥哥，早。"阮阮坐起身。

他转头，又换上了笑容："懒鬼，都中午了，还早？"

啊，自己睡了这么久？可其实她睡得并不踏实，总是在做梦，现在仍觉得浑身疲倦。

她也笑着："嗯，哥哥的床太舒服了嘛！"

顾恒止揉了揉她的乱发："赶紧来吃午饭吧！"

他叫了份清淡的外卖，阮阮吃了几口，就没胃口了，任顾恒止怎么瞪她，她也吃不下了。

阮阮打量着顾恒止的公寓，麻雀虽小，却五脏俱全。她转头望着他："哥哥，收留我几天好不好？"

他是很想跟她在一起，但是，他挑了挑眉："怎么，你有大房子不住，要挤在我这个小公寓里？"

阮阮说："你的床睡起来可舒服了，做的梦都是美的。"

瞎扯！谁做美梦还哭的？

顾恒止说："阮阮，你不说，我也知道，你的反常，跟他有关。"

"哥哥，不是要去医院换药吗？我们走吧。"阮阮扶着桌子站起来。

他抓住她的手臂，脸色微变："你又逃避话题，每次都这样！"

阮阮微微叹气，看着他。

让她说什么好呢？她并不是想瞒他，只是，实在不知该如何开口。难道把昨晚所见告诉他，然后他又像当初那样跑去揍他一顿，再让她离开他吗？她曾对他说过，那个人，是她自己心甘情愿选择的。那么一切的得与失，快乐与悲伤，都由她自己承受着。

若不是昨晚实在无计可施，她也不会打电话给他的。

"阮阮，你并不快乐。如果一段感情，让人不快乐，为什么还要坚持？"顾恒止难得的正经表情。

阮阮苦涩地笑了："哥哥，这世上的情感，每一段，都不容易。"她顿了顿，说："叮当曾对我说过，她嗜辣，越辣越欢，明知道吃了会上火甚至胃痛，但依旧死性不改，因为吃的时候真的很快乐。我想，对一个人的执念大概也是如此，明知道爱他会令自己伤筋动骨，但就是戒不掉。这是瘾。"

这是她第一次在顾恒止面前如此认真地剖析自己的内心，以及这段感情在她心目中的分量。

她说，对他，是执念，是瘾。

"你就这么爱他……"他低声，觉得自己快要失控，偏过头，不愿直视她眸中执着又悲伤的光芒。

"我送你去换药。"他转身，去换衣服。

顾恒止在医院里接到傅西洲的电话，他不知道他从哪儿要到的他的手机号，电话一接通，他一点客套也没有，直接问他："顾先生，阮阮是不是去找你了？"

他微怔，然后反问："没有。她来海城了？"

"真的没有？"傅西洲重复问道。

“没有。”他平静地说。

傅西洲挂掉电话，望着眼前的车，是她的吉姆尼，她来了医院，又离开了。

发生了什么事？

他转身对等候的林秘书说：“回病房。”

林秘书松了口气，连连点头。他一大早就赶来了医院，傅西洲上午打完针，就立即让他办出院手续，医生劝阻，他也不听，坚持要回莲城。

林秘书看着他脸色苍白，眼角青黑，大概是一夜没有休息，又生着病，再强大的人也熬不住吧。他虽担忧他，但也知劝阻无用，只得开车送他回莲城。结果在地下停车场，他发现了阮阮的车。

傅西洲走到三楼护士站，问护士：“昨晚是不是有人来探312房？”

当值的护士是换过班的，她给昨晚当值的同事打电话，接通后把电话递给了傅西洲。

“312房吗？我想想……哦，记起来了，是个年轻的小姐，她来问我房间号的时候很急切，可是，没一会儿，她就离开了，走得急匆匆的，那时候我正好去厕所，还跟她撞了下，我看她神色不太对劲，失魂落魄的样子，我还问了一句她有没有事，她像没听到一样，走了……”那个护士在电话里絮絮叨叨地说得很详细。

失魂落魄的样子？

她在病房里看到了什么？

傅西洲蹙着眉，忽然想到了什么。

乔嘉乐……

他转头吩咐林秘书：“打听一下顾恒止在海城的住址。”

林秘书讶异：“JY俱乐部的顾总？”

顾恒止的JY俱乐部在莲城很有名，这个俱乐部涵盖了高尔夫球场、马场、保龄球馆、会员制餐厅、酒吧、美容会所等等，总之一句话，做的就是有钱人的生意。林秘书有时候接待客户，就安排在JY俱乐部。听说，JY新近在海城刚成立了分公司。

傅西洲点头：“嗯。”顿了顿，补充了句，“他是我太太的堂哥。”阮阮跟他提起过，顾恒止到海城成立公司的事情。

傅西洲并不相信顾恒止的话，他摸了摸鼻梁，顾恒止的拳头曾毫不留情地挥在他的脸上。而阮阮在海城并没有朋友，唯一能找的，就是顾恒止。他确信，她还在海城，而且一定跟顾恒止在一起，因为通电话时，顾恒止的声音里并没有惊讶与担忧。

他不知道她到底看到了什么，想必是令她误会和伤心的事情，才会让她落荒而逃。他一直觉得她懂事，能忍，以前觉得这样的性子很好，没有负担。此刻他却觉得，太能忍耐，也并非一件好事。有时候亲眼所见，也并不是真实的。他倒宁肯她站在自己面前，咄咄逼人地质问他。

他揉了揉眉心，有点疲惫，身体不太舒服，又一夜未睡。知道她在海城，没有出什么事，总算稍稍安心。至于她的误会，总能解释清楚的。

他回病房补眠，等林秘书的消息。

门铃声把阮阮吵醒，她以为是顾恒止去而复返，打开门，愣住。

“阮阮，你果然在这里……”傅西洲说着，轻轻舒了口气。

她看着他，他的脸色微微苍白，眼周青黑，神色疲惫，生病令他看起来很脆弱。她从未见过他这个样子。阮阮觉得自己真的很没出息，竟然又忍不住为他心疼。转瞬，她又想起病房里那个画面，心里一痛，抬手就要关门。

傅西洲抵住门，顺势拥住她，走了进去。当他看见房间里只有一张床时，他皱了皱眉。

阮阮猛地甩开他的手，仿佛躲避病毒一般往后退，不小心撞在了餐桌上，碰触到伤口，钻心的疼痛令她忍不住叫出声来。

“撞到了？我看看。”他蹲下身，抓住她闪躲的脚，撩起她的睡裤，缠着白纱布的伤口赫然显露，他震惊地抬头望她：“你受伤了？什么时候……”他像是想到了什么，神色一僵，缓缓起身。

她正好别过头，他忽然瞥见了她脸上的异样，伸手，拨开她凌乱的发丝，脸颊上被头发掩盖住的擦伤触目惊心。

他想起他们婚礼那晚，她也受了伤。不用问，这一次，肯定又是因他而伤。

“阮阮……”他手指缓缓抚上她的伤痕，却被她躲开，她踮着脚走到门边，打开门，冷声说：“请你走。”

傅西洲叹了口气：“我知道你来过我的病房，我不知道你到底看到了什么，但这是误会。”

误会？阮阮觉得好笑，自己亲眼所见，是误会？

“那晚，你看到了乔嘉乐在我病房里，对吧？”

噢，那个女人叫乔嘉乐。阮阮看着他，很好，至少他没有否认那女人的存在。

傅西洲说：“我压根就不知道她来了，我也没有通知她，那晚她正好打电话给林秘书，才知道我住院的事情。”

“我打着针，一直是昏睡的，十二点才醒过来，看到她，我也很惊讶，我直接让她离开了。”

“所以，在那之前，发生了什么事情，我一点也不知情。”

阮阮一怔，那时候他打着针睡着了，那么，是她在吻他？可他的手明明搂在她的腰上……

傅西洲见阮阮神色松动，继续解释道：“还有，我当乔嘉乐是妹妹一样，并不是你想的那样。”

是这样吗？真的只是这样吗？她想起那些照片，在他们结婚的当天，他却抱着那个女人焦急地走在医院里。

她咬着唇，不作声。

傅西洲想到她的腿伤，站久了肯定会很难受，走过去将她强势抱起，放到沙发上，顺势将她揽在怀里。

“你放开我！”阮阮想挣脱他的怀抱，他却压根不给她机会，拥抱得更紧了。她气极，抬起手肘狠狠地撞他。

“啊！”痛呼声响在耳边，他终于松开她，弯腰倒在了沙发上。

阮阮看到他痛苦的模样，才想起，他还在病中，刚刚可能不小心撞到了他的胃。

她心里有点后悔自己下手太重了，心疼到底战胜了生气，她赶紧凑过去看他：“你要不要紧……”

未完的话，被他堵在了嘴里。

漫长的一个吻。

他放开她，仰头望着她，微微一笑。

阮阮立即反应过来，自己被骗了！她想推开他起身，却被他箍住腰，稍一用力，她便又趴在了他身上，她听到他在耳边说：“阮阮，我答应过你，不再骗你。我这个人呢，也许并不是什么好人，但唯有一点，我从来都是说话算话。”

阮阮身体一僵。

他的意思是，他之前所有的解释，句句都是真话。他的声音轻轻的，却又句句有分量，直击她的心。

“十二，我信你。”她靠在他耳边，轻轻地说。

我说过的，只要你说，我就信你。

傅西洲轻轻舒了一口气：“我们回家。”

他给顾恒止打电话。

“顾先生，谢谢你照顾阮阮。”

顾恒止说：“换阮阮接电话。”

傅西洲说：“我们下午就回莲城，我会好好照顾她的，不用担心。”

顾恒止咬牙切齿：“让阮阮接电话。”

傅西洲说：“下次我请你吃饭。”

然后，他挂了电话。

阮阮问他：“哥哥说什么了？”

傅西洲说：“哦，他说让你好好养伤。”

阮阮看他脸色不太好，再次确定：“你真的可以出院了？”

他点点头：“嗯，医生说好好休息就可以了。”

“以后少喝点酒，不，不能再喝酒。”阮阮瞪他，“担心死我了。”

“好，少喝。”

“也别吃辛辣食物。”

“好，不吃。”

“真乖！”阮阮摸摸他的脸，赞道。

他哭笑不得，抓住她的手，“走吧。”

傅西洲回医院办了出院手续，然后回莲城。他的车让林秘书开走，他开阮阮的吉姆尼，打开车门，看到她的包与手机都丢在副驾驶位上。

“阮阮。”

“嗯。”

“以后有什么事情，你直接问我，不要瞎想，好吗？”

阮阮怔了怔，然后点头。

他发动引擎，低声说：“我找了你很久……”

阮阮没听清楚，问：“你刚刚说什么？”

他俯身帮她系好安全带，说：“累的话就休息一会儿，到了叫你。”

车子下了高速，阮阮看见车窗外的路牌指示，“暮云镇”三个字一闪而过，心念一动，转头对傅西洲说：“十二，我们去暮云吧。”

多久了？

傅西洲坐在轮渡上，在汽笛声中看着脚下往后倒退的水花，深秋暮色下的暮河依旧如故，距他那个清晨悄然从这里离开，已经四年多了。

恍然如梦。

“十二，你当年就是从那里掉下来的。”阮阮指着不远处的石桥。

他看了看那座石桥，又侧头看了看她，当初的那场车祸，将他与她牵连在一起，不仅改变了他们的命运，还有别人的。

风母站在码头等他们，一见阮阮就拉着她的手说，瘦了瘦了。宛如一个久未见到女儿的母亲。可她对傅西洲就没有那么亲热了，虽然带着笑，语气却淡然生疏，“好久不见了，傅先生。”

“风阿姨，您好。叫我西洲就好。”傅西洲对当年收留照顾过他的风母既有谢意又有愧疚，毕竟是他当年不告而别。

风家的院子依旧如当年一样，花草葱郁，蓝莓树上果子正成熟，仿佛时光从未溜走过。

晚饭风母准备得很丰盛，可傅西洲还在病中，除了稀饭，什么都不能吃。风母又给他特意煮了青菜粥。

饭后，阮阮又跑到厨房忙活了好一阵子，然后将一个保温水杯拿给坐在院子里的傅西洲。

“这是什么？”他拧开盖子，袅袅热气里，一股淡淡的清香扑面而来。保温杯里的水呈淡黄色，水面浮着红枣，还有一大块米黄色的东西。

“这个啊，叫‘焦二仙’茶，对胃病特别好。”阮阮说。

“焦二仙？”他挑了挑眉，他怎么从来没有听过这种茶？

“这个‘焦二仙’是一个别称，其实就是炒得焦黄的红枣与小米，用开水冲泡，这个茶汤滋养心胃，也特别香甜哦，你试试看。”阮阮一脸期待。

傅西洲喝一口，口感果然很好。“不错。”

阮阮放心了：“我第一次做，还有点担心来着。”

“你的偏方？”

“呃，当然不是，我从书上看来的。喜欢吗？我以后每天给你做哦，调养你的胃。”阮阮说。

傅西洲喂她也喝了一口，说：“似乎挺费时间的。”她刚刚在厨房里折腾了好一阵子。

“不怕。”阮阮说。

为心爱的人洗手煮羹汤，是一种幸福啊。

阮阮抬头望向夜空：“今晚没有星星呢。”

"好像要下雨了。"他也抬头望着漆黑的夜空。

她微笑："但这里的夜空还是好美。"

因为啊，你就是最亮的那颗星，只要你静静地坐在我身边，我心中已是星光闪烁。

"有点冷了，进去吧。"傅西洲拉起她。

第二天果然下起了雨，淅淅沥沥的雨一连下了好几天。

一场秋雨一场凉，莲城迎来了最寒冷的冬天。

四季中，阮阮最不喜欢冬天，她怕冷，又是湿寒体质，一到冬天，容易手脚冰凉。在阮家的时候，屋子里装了地暖，晚上睡觉倒还舒服。后来上大学住宿舍，冬天便是最难熬的，宿舍不能用电热毯，她也不喜欢那种燥热感，只得在睡前灌热水袋，但热水袋到半夜就慢慢变冷了，所以每天早上起床，她的脚心都是凉的。

但这个冬天，她觉得很温暖。因为身边有他。

傅西洲的体质跟她恰恰相反，阮阮抱着他睡觉，整晚的温暖。她笑他是移动的小火炉，又说，结婚可真好，有人暖被窝。

惹得傅西洲哭笑不得。

圣诞节这天，阮阮早早下班，从农场里带了一盆新培育的刚刚开花的风信子，去找风菱。

今晚，是风菱重要的日子，是她加入云裳服饰集团，作为设计师负责的第一场发布会，来年的春夏新款服装秀。

秀场就设在阮氏旗下的蓝晶酒店，包了一个最大的宴会厅。

阮阮到的时候，发布会快开始了，一眼望过去，满室衣香鬓影，热闹繁华。

虽然这不是风菱的个人服装秀，但阮阮还是为好友感到开心、骄傲。她问了人，抱着风信子直接去化妆间找风菱。

化妆间有点忙乱，模特们都在换衣服、补妆，助理穿梭来去，闹哄哄的一片。

阮阮穿梭在人群中，张望着找风菱的身影。

忽然，"咣当"一声巨响后，接着一声惊叫从最里面的屋子里传出来。闹哄哄的化妆间里有片刻的静默。

"你出去！"一个女声响起，然后，有个女孩子从屋子里走出来，拨开人群匆匆往外走，一边走一边嘀咕，"啊啊啊，怎么办怎么办，要打起来了，风菱姐肯定吃亏……"

阮阮心里一凛，快步朝那个房间走去。

推开门的瞬间，阮阮听到“啪”的清脆一声响。

房间里，风菱正扶起被推倒在地的衣架，刚站稳，脸颊上就生生挨了个巴掌。

站在她身边的年轻女人，妆容精致，衣裳华丽，气势凌人，嘴角扯着一抹冷笑：“我警告过你的，别不要脸地老惦记着别人的东西。他是你这种贱人配纠缠的吗！”

风菱捂着脸，抬眼冷冷地瞪着她。

女人见状，抬手又要扇过去，手臂却被人忽然截住了。她怒气冲冲地偏头：“你……”

“啪”的一声，比她之前扇风菱的耳光更响亮。

女人瞬间目瞪口呆了。

风菱也呆住了：“软软……”

阮阮仰着头，毫不回避地迎视着这个女人，只见她脸上表情瞬间精彩纷呈，从不信到震惊到愤怒，她颤抖着手指指着阮阮“你你你……”了半天，在她反应过来想打回去时，风菱一把截住了她的手，狠狠一甩，穿着尖跟鞋的她踉跄着差点摔倒在地。

风菱拉着阮阮，在她的尖叫声中，扬长而去。

酒店咖啡厅里。

阮阮摸着风菱微肿的脸颊，无比心疼：“还疼吗？我去拿冰块给你敷一下。”

风菱拉住她，摇头：“我没事。”她看着阮阮，看了许久，忽然笑了：“软软，你真是太令我惊讶了。”

她从来都没想过，从来不跟人争论的阮阮竟然会打人，还那么狠。

“解气吗？”

“解气！特别解气！”风菱猛点头，“可是，软软，你都不知道前因后果，就动手，不怕打错了呀，也许是我不对呢。”

阮阮哼道：“我可不管，我朋友被欺负的时候，只有亲疏，没有对错！”

风菱眸中忽然就涌起了一层淡淡的雾气。她一向自认内心坚硬，不会说柔软的话，也很难得为什么动容。可阮阮这句话，令她心里发酸发胀。

从小到大，因为性子清冷，她朋友很少很少，有的半途散场，唯有跟阮阮维持得最久，也最亲密，但有友如此，一个足矣。

“叮当，你是不是有什么麻烦？”阮阮担忧地问。

风菱看了下时间，发布会快开始了，她抱了抱阮阮：“这件事情，一言难尽，软软，我回头跟你说。”她站起来，“我得去忙了。”

阮阮点点头：“嗯，快去吧。我就坐在下面看你的秀哦，等你结束，为你庆祝。”

风菱走了几步，阮阮又叫住她，大声说：“叮当，加油啊！”

可发布会刚刚开始，阮阮就接到了阮荣升的电话，说她表哥阮皓天从非洲回来了，让她跟傅西洲回阮家一起吃晚饭。

阮阮给风菱打电话，无人接听，只得发了条短信，先行离开了。

阮阮刚进门，便被忽然冲出来的一个人夸张地熊抱住，耳边响起了更夸张的声音：“Oh，my sister（我的妹妹）！好久不见！”

阮阮皱了皱眉，挣扎着从阮皓天的怀里逃开，微微退后两步：“表哥。”

她看着眼前这个大冬天里只穿着花衬衣、白色西裤、一头栗色卷发上还架着一副黑超的男人，他像是刚从热带海滩度假回来般。

有两年没见了吧？两年前，他被阮荣升发配到非洲一个城市去，那边阮氏有个小酒店。舅妈陶美娟见到外公就愁眉苦脸地念叨，儿子一定受苦了，也不知道有没有瘦，有没有晒黑，能不能吃得习惯那边的饭菜……一心想让外公将他召唤回来，可阮荣升像铁了心般，不为所动。

如今看来，他活得很好嘛，依旧白皮白脸的，不见瘦，反而胖了点。

阮阮正打量着阮皓天，他也正上下打量着她身边的傅西洲。

“哈哈，这位一定是我未曾谋面的妹夫咯！久仰久仰啊！”他夸张又轻浮地笑，朝傅西洲伸出手。

阮阮既讨厌又害怕他这种笑，她的身体不易察觉地微抖了下。

傅西洲伸手与他握了握，淡淡颔首：“你好。”

虽是第一次见面，对于这位，傅西洲倒是有所耳闻，传闻里都是阮皓天不好的风评。不务正业，花天酒地，胡作非为，一切纨绔子弟的劣根性他身上全部有。阮荣升的独子在五年前病逝，按说阮皓天可算是阮氏唯一的继承人，但阮荣升却一直没有委以重任给他，只让他在蓝晶酒店做了个楼层经理。两年前，他与酒店的一个女服务生谈恋爱，那女人怀孕后被他无情地抛弃了，最后闹出了人命，那女人从蓝晶的顶楼一跃而下，一尸两命。这件事情闹得挺大，也连累了蓝晶甚至整个阮氏。阮荣升一怒之下，将他放逐到非洲。

饭桌上，陶美娟笑容满面，又是给儿子夹菜，又是添水，不停地说着，多吃点。甚至对阮阮，也有了几分好脸色，闲闲地聊了几句。

阮荣升心情也不错，开了瓶珍藏的红酒，三个男人频频举杯。

陶美娟见老爷子心情好，便顺势说："爸，您看，皓天这两年也变得懂事了，是不是安排他进集团？"

阮荣升说："今晚是家宴，不谈公事。"

陶美娟却不死心，难得老爷子心情不错，语气和气，机不可失，她呵呵笑说："我不是见您最近太累了嘛，想着皓天终于回来了，可以帮您分担一些。"

阮皓天也趁机说："对啊，爷爷，这两年我跟着王经理在那边学到了不少。"

陶美娟说："爸，宁副总不是过完年就退下来了吗，您看……"

"啪！"阮荣升将筷子重重地搁在桌子上，瞟了眼陶美娟，又瞟了眼阮皓天，哼道："别以为你们将消息隐瞒得死死的，我就不知道他在非洲干了些什么好事！懂事了？平均两个月去警察局报到一次，这叫懂事了？"

陶美娟脸色一变。

阮皓天倒是神色未变，还端起酒杯喝了一口酒。

餐桌上一时沉默。

良久，阮荣升喝了口酒，脸色稍缓，恨铁不成钢地叹道："美娟，你儿子想到集团来做副总，还差得远呢！"

陶美娟沉默了一会儿，忽然望向对面的傅西洲，说："爸，我们阮氏在凌天不是也有股份，要不，让皓天去凌天？也好跟西洲多学习学习啊。"

傅西洲的身形一顿，皱了皱眉。

阮皓天笑嘻嘻地说："听说妹夫做生意很厉害的，我还真想去学一下呢，妹夫，你不会不欢迎我吧？"

傅西洲还没说话，阮荣升再次重重地放下酒杯："想安静吃顿饭都不成！"他冷着脸，起身离去。

陶美娟也脸色难看地走了。

接着阮皓天也离开了座位。

傅西洲偏头问阮阮："吃饱了吗？"

阮阮点点头。哪里还有心情吃饭。

在阮宅又待了一会儿，打算离开时，他们去书房跟阮荣升告辞，刚走上二楼，就听到从书房里传来陶美娟带着怒意的高声。

"爸，您是不是太偏心了？您别忘记，皓天才是您的孙子，他姓阮，他才是阮氏真正的继承人！"

"啪"的一声巨响，有什么东西被摔碎在地上。

阮荣升吼道："你给我出去！"

接着，陶美娟怒气冲冲地走出来，看到门外的阮阮与傅西洲，她狠狠地瞪着他们，那眼神，仿佛看见仇敌一般，带着浓浓的怒气与恨意。

她从阮阮身边走过去，故意恶狠狠地撞了下她，差点将她撞倒。

傅西洲扶住她："没事吧？"

阮阮摇头。

她等了一会儿，才走进书房，瞟了眼地上破裂的茶杯，轻声说："外公，我们要走了。"

阮荣升铁青的脸色在见到她时，稍微缓和了点，他点点头："嗯，路上注意安全。"阮阮转身时他又叫住她："对了丫头，快要过年了。今年除夕，到这边来过吧。"

阮阮抬头望了眼傅西洲，见他没有反对，便点头答应了。

其实阮阮更想跟傅西洲两个人在自家一起守岁，不管是傅家，还是阮家，都有她不喜欢的人。但这么多年了，一直都是陪在外公身边过年，她实在不忍心看老人失望。

元旦一过，农历新年也就紧随而至。虽然不在家过年，但阮阮还是去置办了很多年货，糖果干果等，甚至还买了春联，贴在门框上。又拉着风菱去逛商场，给风母与风声买了新年礼物，也给傅家的人与外公各买了礼物。最后逛到男士精品区，给傅西洲买了羊绒衫与新内衣，又挑了一对青金石镶银的袖扣，虽然不如白金的金贵，但那青金石颜色特别美，造型也别致。连风菱这个设计师看了也啧啧称赞。

这是她跟他在一起过的第一个春节，她很看重，也很期待。她想跟他一起守岁，看焰火表演，问他讨要压岁钱，一起迎接新一岁的到来，然后拍一张合影。以后一定还会有很多个春节要一起过，她想要记录下来，他们在一起共度的每一个年岁。

然而，在阮家刚吃完年夜饭，他就被一通电话叫走，电话是从他母亲的疗养院打来的，说是他母亲忽然发病。

阮阮要一起去，却被他拒绝了。

"情况会有点乱，你留在这里陪外公。"他脸上浮起担忧，急匆匆地走了。

阮阮站在二楼，看着他的车离去，本来好好的心情，一下子变得低落。她知道他母亲发病意味着什么，他也许是怕她见到他母亲的可怕样子。可他们是一家人啊，为什么要将她推开呢？

她以为，经过这么久，他已经在一点点地接纳她，很多个时刻，她分明感受到他的关心，他的笑容，他的温暖，甚至他对她的小小的宠爱。她以为，自己已经一点点地靠近了他的心，然而离他的心门再近，却终究，还有一步之遥啊。

那是十分重要的一步，那里，他竖起了一堵坚固的墙，她推不倒，终无法跨越。

人心，是这世上最难以揣测的东西。

那种被他推在心门之外的难过与无力感，久违地，将她击中。

我从未到过的地方，原来是你心上。

零点的钟声响起时，他还是没有回来。

窗外的焰火声此起彼伏，阮阮站在露台上，仰头望着夜空中那些璀璨的星火，她久久地仰着头，却还是无法阻止来势汹汹的眼泪。

第七章 明知爱令人伤筋动骨，可我们还是前仆后继

这世间所有的故事，
都是从相遇开始。
可并不是所有的遇见，
都有一个美丽的结局。

这一年气候很诡异，都立春了，天气还是冷得刺骨，感觉不到半点春色。

阮阮蹲在花棚里，有点担忧地查看年前培育的花，长势很不好，很多花甚至在刚刚发芽的时候就被冻坏了。

她叹口气，起身去找齐靖商量办法。

刚走进齐靖的办公室，他就将一个快递信封递给她："给你的。"

阮阮讶异地接过来，谁给她的快递？怎么寄到农场来了？

她拆开，看到里面的东西时，整个人呆住了。

"阮阮？你没事吧？"齐靖一转眼，看到她震惊的表情，以及拿着信封的手指在发抖。

"阮阮？"见她没有反应，齐靖走到她身边，拍了拍她的肩膀。他瞟到她手中的东西，是一张拍立得照片，照片中有三个人，似乎在庆祝生日。

阮阮被他惊到，"啊"了声，然后将照片抓紧在手心，转身逃也似的跑了出去。

她一路跑得飞快，直至跑到花棚那里，她才停下来。

她大口大口地喘气，手指紧紧握成拳，那张小小的照片，被她捏得几乎变形。

她的脸色在刹那间变得苍白，咬紧嘴唇。

良久。

她深呼吸，缓缓松开手，视线再一次望向手心里的照片。

照片拍得略昏暗，唯一的光线是生日蛋糕上蜡烛的光芒，映着三张脸庞，这三张面孔，她都认识。左边的女人只露出侧脸，苍白而美丽，阮阮只见过一次，却一眼认出，是傅西洲的母亲。中间那个女人，长卷发，双手合十，闭着眼在许愿，薄薄的嘴唇抿成好看的弧度，乔嘉乐。而右边的男人，阮阮闭了闭眼，是……傅西洲。

照片下方的空白处，用蓝色荧光笔写着日期：1月29日0点0分。

那个时刻，是除夕夜。

那个时刻，她一直在等他回来一起守岁，可是他没有。

那个时刻，她记得自己站在露台上，独自看了一场没有他的焰火。

那个时刻，她在等他，而他，却在给别的女人过生日。

阮阮缓缓蹲下身，将照片再一次捏得变了形，然后又展开，丢在地上，怔怔地看着它。

她就那样傻傻地蹲着，看着那照片。

不知时日。

天色一点点暗下来，花棚里渐渐漆黑一片，她依旧蹲在那个地方，一动不动。

直至齐靖找来。

她的样子把他吓了一跳，他担忧地问她："你怎么了？没事吧？"他看着那张照片，阮阮迅速捡了起来，抓在手心。

"哦，天黑了。"她起身，蹲得太久，脚发麻，头晕，差一点就摔倒了，幸亏齐靖扶住她。

"谢谢，那我回家了。"阮阮说。

齐靖跟出去："你别开车了，我送你回家。"他知道问不出什么，也不勉强她，但她失魂落魄的样子，令他不放心。

阮阮没有拒绝，她很累，实在没有力气说什么。

齐靖将阮阮送到小区，便回了农场。

阮阮走到楼下，却并没有上楼，她坐在花坛台阶上，发呆。

夜色渐浓，寒意逼人，她好像也感觉不到冷。

不知道过了多久，电话铃声响了起来。

她没有接。

过了会儿，铃声再次响起。

直至打到第四遍，阮阮才从口袋中掏出手机，是傅西洲。

她盯着那个闪烁的名字，良久，才终于接起。

“阮阮，你在哪里？怎么这么晚还没回家？”他声音里似有淡淡的担忧。

阮阮静默了会儿，才开口：“哦，到楼下了，就回。”

挂了电话，她深深呼吸，起身，朝家走。

开门时，傅西洲已从里面将门打开，见到她有些疑惑地问：“你没事吧？声音怎么怪怪的？咦，你怎么穿着工作服就回来了？”

阮阮还穿着工作时的围裙，上面还沾染着些许泥土。

她走到沙发上坐下，将那张照片递给他，静静地开口：“十二，你说过，有任何事情让我直接问你，好，现在我问你，除夕那晚，真的是你妈妈出事了吗？”

她抬头望着他，不再像从前那样难过得只会掉眼泪，也没有歇斯底里，她神色安静，表面上看来波澜不惊，漆黑的眸中却带着浓重的悲伤。

傅西洲看着那张照片，张了张嘴，十分震惊。

他看着照片，她看着他。

在他久久的沉默中，她等待的一颗心沉入了深渊。

“十二，你说过不骗我的，但是你食言了。”她的声音轻轻的，却掩不住失望。

他一惊，抬头望着她：“我没有骗你。那晚，我是真的接到疗养院的电话，说我妈出事了。”

“是吗？出事了的人还可以一起过生日，吹蜡烛？”她瞟着照片，多么温馨和睦，多像一家人啊。而她，才是显得多余的那个。

他说：“我赶过去才知道，是疗养院的人骗了我。”

他心急赶到时，母亲什么事也没有，甚至还难得地神志清醒。当他在病房里看到乔嘉乐与乔嘉琪时，便明白过来，一切都是乔嘉乐搞的鬼，把他叫过来，只是为了给乔嘉琪过生日。

阮阮轻轻摇头：“如果不是心甘情愿，就算被骗过去，也留不住你。”她忽然站起来，声音无限疲惫，“一个男人，在除夕夜，丢下妻子，与自己的妈妈一起等零点给另一个女人过生日。”她闭了闭眼，说：“想必，你是真的很爱乔嘉乐……”

她转身，就要离开。

傅西洲一把拉住她：“阮阮，事情并不是你想的那样。”

她挣扎：“你放开我。”

他一个用力，将她拉回沙发上。

她挣扎着，他不放。他拿过那张照片，递到她面前："这个女人不是乔嘉乐，她叫乔嘉琪。"

阮阮一怔，惊讶地望着他。

傅西洲沉沉地叹了口气："我带你去见她。"

车子在深夜的郊外公路上行驶，车内也如同窗外的夜色一般寂静，阮阮歪头靠在车窗上，沉默地闭着眼。她其实心里有很多疑问，但她什么也不想问，她知道，等见了照片上的女人后，很多事情自然就会明白。可是，他将给她一个怎样的答案呢……

傅西洲偏头看她，她脸色很不好，非常累的样子。他抬手，想将垂落在她眼角的一缕头发撩到耳后，他的动作惊着了她，她微微一闪，避开了他的触碰。

他轻轻叹了口气。

抵达医院时，已经十点多了，这个时候病人都入睡了，傅西洲提前给这边联系过，所以很快就登记入内。

阮阮看着"精神病院"的招牌，心里又是一惊，随即，便隐隐猜到了什么。当她在病房里见到因吃了药而陷入昏睡的乔嘉琪时，一切的猜测得到了证实。

阮阮抬头望向傅西洲，他没有对她做任何的解释，对护士说了声谢谢，然后将阮阮带离了医院。

回到车上，他没有立即发动引擎，沉默了良久，他才缓缓开口："阮阮，你还记得当年我在暮云镇坠河的事情吧。"

阮阮点头，记忆深刻，只是，他忽然提起这件不相干的事情干什么？

他的声音忽然变得很冷："那不是意外。"

"什么……"阮阮震惊地望着他。

"那是傅云深的阴谋。如果没有遇到你，只怕我早就如他所愿，从这个世界上消失了。"傅西洲看着阮阮刹那间变得惨白的脸色，他伸手轻抚着她的脸庞，"阮阮，很多事情我并不是故意想要隐瞒你，只是那些事情，又阴暗又可怕，你看，你才知道这么一点点，就害怕了。"

阮阮依旧愣怔着，她还沉浸在他先前的那句话里。外公曾说过，傅家很复杂，可她从未想过，竟是这么可怕。

傅西洲继续说："既然你问我要一个答案，"他闭了闭眼，声音轻轻，"好，阮阮，我全部告诉你。"

他答应过她，不骗她的，可要如实回答她关于照片的问题，就必须告诉她那段他不想再提及的过去……

这世间所有的故事，都是从相遇开始。可并不是所有的遇见，都有一个美丽的结局。

傅西洲的母亲林芝在十九岁那年遇见他的父亲傅嵘，他是画廊的老板，她是美院的学生，大二的暑假，她在他的画廊里打工。

十九岁的少女，年轻、美丽、温婉，更重要的是，在绘画上，她才华横溢，并且有着自己独特的风格与见解，与傅嵘有很多共同的话题。一个风华正茂的男人，对一个正读大学的女孩子，从欣赏变成爱慕，实在太容易了。

更何况，三十二岁的傅嵘过得并不快乐。在外人看来，他是傅氏的独子，家世风光，从小到大一帆风顺。毕业后不想经商，便由父亲出资开了一家艺术画廊，做自己喜欢的事情。可外人哪里知道，他的画廊，是用一桩他并不情愿的商业联姻换来的。傅夫人姜淑宁是个事业心极强的女人，性格跟傅老爷子很像，强势、霸道，与傅嵘压根不是一个世界的人，他们唯一的话题，便是儿子傅云深。

生活压抑的已婚男人，遇上善解人意、才华横溢的女孩子，注定是一桩悲剧。明知如此，可当爱情浓烈时，便如一只飞蛾，明知烈火灼人，依旧不管不顾地为了那温暖光明飞扑而去。

林芝是在怀孕后才得知傅嵘已有妻儿，可到了这个时候，她已经回不了头了，也不愿意回头。她爱得浓烈，爱得不顾一切，不惜背负着小三的骂名，因为姜淑宁的举报，她被学校开除，一生清白骄傲的父亲与她断绝关系。她失去了一切，肚子里的孩子，是她唯一的救赎。

她与傅嵘的事情被傅家知道后，傅老爷子震怒，对儿子说，这个女人与傅家，二选一。再浓烈的爱情又怎样，在现实面前，他变得懦弱，不堪一击。他最终选择了傅家，并让林芝将孩子打掉。她对他失望透顶，连夜逃回了老家，躲在小镇生下了孩子。

如果她带着孩子在老家平淡度日，便也不会有后来所有的悲剧。但心怀怨恨的她不甘心，怎能甘心？她为他失去了一切，她那样痛苦，他却依旧过着锦衣玉食的生活。同为傅家血脉，凭什么一个可以享受最好的生活，她的儿子却要被人指指点点骂作野种？

在傅西洲三岁的时候，她带着不甘与恨意，回到莲城。

当她带着儿子出现在傅嵘的画廊时，傅嵘没有半点惊喜，有的只是震惊与害怕。

但事已至此，害怕也解决不了任何问题。为了安抚林芝，让她不去傅家闹事，傅嵘为他们母子在偏僻的小巷子里租了一间房子，让他们住了下来，每月提供生活费用，并许诺她，每周至少陪他们母子两次。

女人永远比不过男人的绝情狠心，再信誓旦旦地说着恨，可也抵不住男人的花言巧语。而林芝想要的，不过是给孩子一个家，哪怕这个家是那么的脆弱，但她别无选择。

傅嵘这样徘徊在两个家庭的生活持续了五年，在傅西洲八岁的时候，姜淑宁发现了这一切。

傅家看似平静的生活，再一次被打破。

被再次背叛与欺骗的怒与恨，如燎原之火。心性高傲的姜淑宁，怎么可能容得下林芝母子。

那些年，面对姜淑宁的各种刁难手段，林芝始终不退不让，只是她越来越不快乐，性情大变，失眠很严重，需要靠药物来入睡。每日里依靠酒精来麻痹自己，将自己关在租屋的阁楼里没日没夜地画画，画完后又用刀将那些画一刀刀地划烂，或者放一把火，付之一炬。然后再继续画。昏沉的屋子里，整天弥漫着强烈的松节油气味、浓浓的酒精味，以及她醉酒后污秽的呕吐物。

傅西洲常常面无表情地站在充满这些气味的房间里，将窗帘拉开，抱着她将她丢进浴缸里，然后去拜托住在隔壁的房东乔母来帮忙为她清洗。

每天放学回来，等待他的，不是热乎乎的饭菜，而是满屋子难闻的气味，有时候还要收拾被母亲醉酒后发疯砸得满地的碎裂物。

自他懂事起，他就从未感受过家的温暖是什么滋味。房东乔母很善良，常喊他去家里吃饭，在饭桌上，他看着乔家的两个女儿嘉琪和嘉乐肆无忌惮地与父母亲开玩笑、吵闹、撒娇，一家四口其乐融融的模样，默默地低下头去，碗里的美食再也没有味道。

这样寻常不过的家庭温暖，却是他此生都求之不得的。

这样暗无天日的日子持续到他十四岁那年。

那天傍晚，他放学回家，刚走到巷子口，便被匆匆跑过来的乔母拽住，说："西洲，你回来得正好，我正要去找你。快快，那个女人又来找你妈麻烦了，这次还动起手来了。你赶紧回家！"

他丢下乔母，飞快地往家跑。

赶到家时，他看见姜淑宁与母亲正站在门口的楼梯边，两个人在破口大骂，一边骂一边动手，互相扯着衣服、头发，那架势，真像两个村野泼妇。他跑到她们身边，想把两个人拉开，可疯狂中的女人，力气大得可怕，她们纠缠在一起，他压根分不开她们。

在拉扯中，忽然一道凄厉的尖叫声响起。傅西洲震惊地睁大眼，看着姜淑宁的身体像一只失控的皮球，从楼梯上滚落下去……

失控中的林芝也反应过来，喃喃着说："我没有推她，我没有推她……"

他也没有推她，可是这样混乱的时刻，谁能说得清楚呢？

"夫人！"这时，有个男人忽然出现，大叫着跑到姜淑宁的身边，然后拨了120，再拨了110。

傅西洲认出了他，是姜淑宁的司机。

救护车与警车很快就赶到了，姜淑宁被送去医院，他与母亲被带往派出所。

被带上车的时候，林芝一直在喊叫："不关我儿子的事，你们别抓他！你们别抓他！"可姜淑宁的司机却一口咬定，他看见傅西洲与林芝一起将姜淑宁推下了楼梯。

当晚十点多，傅嵘出现在派出所，他没有见林芝，只见了傅西洲，对他说，姜淑宁已经醒过来了，没有很严重的问题，就是脑震荡。但她已经请了律师，坚决要起诉他们母子故意伤人。最后他说：别担心，我会阻止她的。

自始至终，傅西洲都没有开口说一句话，只是用冷眼看着他。对于父亲，他心里除了怨恨，别无其他感情。

这一切的痛苦与罪恶，全是他一手造成的。

姜淑宁说到做到，真的将林芝母子起诉，傅嵘压根阻止不了她，只能为他们请了律师。

林芝对律师说，是她推的姜淑宁，与傅西洲无关，她愿意承担所有的后果，唯一的要求就是，不要牵涉儿子。

律师说，故意伤人罪判下来是要坐牢的！

她神色坚决，说："我不怕，只要我儿子没事。"那一刻，她清醒无比，坚定无比，做了一个全天下母亲都会做的选择。

不知怎么回事，先前一口咬定是林芝与傅西洲一起将姜淑宁推落的司机，最后竟然改口说，自己只看见林芝与傅夫人动手，将她推下楼梯。

傅西洲被放出来，他没有回家，而是去了傅嵘的画廊。虽然他不想见他，可唯一能帮母亲的，也只有他了。

傅嵘一脸疲惫，想必傅家也闹得天翻地覆了。他对傅西洲说：“我会想办法的。”

第二天，律师就告诉他，他想到了一个办法，可以免除他母亲的牢狱之灾。他说会帮林芝申请为精神失常患者，一个精神失常的人在争执间是无法控制住自己的情绪与动作的。而林芝一直在服用安眠药物，也看过医生，这些都是证据。法院会酌情审判，然后再申请送去精神疗养院，住一段时间，以病情痊愈为由接出来即可。

当年十四岁的他就算再早熟懂事，也只是一个半大的孩子，并没有那么深谋远虑，更何况他为母亲心急、担忧，也考虑不了太多。

林芝被送去精神病院之前，傅西洲在法庭上见到她清醒时的最后一面，很短暂的一面，她摸了摸他的脸，安抚着他说：“妈妈很快就会回来，你要照顾好自己，有事情找你乔伯母”。

她以为自己很快就可以回家，他也以为她会很快回来，可一个月过去了，两个月过去了……他连母亲的面都见不到。开始的时候，他去精神病院探望，可每次，都被拒绝入内。不管他如何恳求，负责登记的工作人员总是丢给他冷冰冰的两个字——不行。

他无计可施，只得去画廊找傅嵘，可他却出国了，联系不上人。而之前负责帮母亲辩护的律师，也联系不上了。

林芝被关进精神病院三个月后的某个夜晚，傅西洲做了个决定，去找姜淑宁。这个决定对他来说，真的很难很难，可他没有办法。他坐了两趟车，又走了很远的路，才终于站在傅家的大宅前，他望着占地面积超大、灯火辉煌的屋子，心里泛起一阵阵冷意。

这个世界就是如此不公平，有人歌舞升平，有人生死不明。

他曾经听傅嵘提起过傅家的老宅，知道姜淑宁住在哪幢房子，他直接去找她，他并不确定她是否在家，又是否会见自己，只得试试看。

他刚进门，便听到从客厅里有谈话声传来，他听到了母亲的名字，停住脚步，屏住呼吸。

先前那个声音继续说着：“姐，请放心，医院那边都安排好了，那孩子是不可能见到他母亲的。至于林芝那贱人，呵呵，医生说，她的精神状况越来越差，这辈子都不可能从那里出来了。”

姜淑宁冷哼道：“那个小贱人，总算也有今天！我真是恨不得将她千刀万剐！”

男人说：“其实她变成这个样子，可比死了还惨。”

姜淑宁得意地笑道：“她活该！跟我斗，真是不知天高地厚！我就知道，她为了保她儿子，会主动承担下一切。哈哈，其实压根就是我自己故意摔下去的，可她有证据吗？”

男人说：“姐，你这样还是太冒险了点，幸好伤得不是很重。”

姜淑宁神色黯然，先前的得意嚣张慢慢隐去了，轻喃道：“我伤得还不够重吗……对了，那个律师不会有问题吧？”

男人说：“没问题。”

“那就好。哼，林芝，你后半辈子就老实地待在疯人院里等死吧！”姜淑宁咬牙切齿，“只可惜，那个小杂种被老爷子保下来了……”

直至走出傅宅好远，傅西洲才发现自己浑身都在发抖。

这一刻，他才明白了所有的事情，都是由姜淑宁一手设计的。难怪从来都是高贵姿态的她竟然会跟母亲打起来，还特意挑他放学的时间。起诉，再收买律师，假意辩护，将母亲送往精神病院，那是什么地方？再正常的人，每天被药物折磨，没疯也会被逼疯的啊！又阻止他去探望母亲，生生将他们母子分离。

将正常的人逼疯，再让其失去儿子。这才是她最痛快的报复。

她真狠！真可怕！真残忍！

可是，明知这一切，十四岁的他却毫无办法反击。他也忽然明白了，父亲为什么出国，想必傅老爷子再次给了他二选一的机会，而他，再一次抛弃了母亲与他。

他咬牙，直到将下嘴唇咬出了血，也感觉不到疼痛。他缓缓握拳，是在这一刻，他在心里发誓，自己一定要变得强大，强大到足以保护想要保护的人。

傅西洲再见到母亲时，已是林芝被关在精神病院的四个月后。在无数次地被拒后，乔嘉琪想了一个装疯混进医院的办法，他假装是她的朋友，跟了进去。乔嘉琪在医院里大闹一场，值班的看护都围着她，他趁乱溜进了病房区，一间间病房找过去，最后在走廊尽头的病房里，终于看见了那个想见的人。

可是，她却不认识他了。

她真的疯了。

他也几乎认不出眼前的女人，那样苍白，瘦得皮包骨头，眼神呆滞。

他看着她，嘴角颤抖得说不出一句话来。

他想带她离开这个可怕得如地狱般的地方，他也真的这么做了，可他刚碰触到母亲，她便歇斯底里地尖叫起来，手脚并用地踢打他。他放开她，她立即缩在房间角落里将自己团团抱住，惊恐得瑟瑟发抖，嘴里喃喃说着：“不要，不要，我不吃药，我不吃……”

傅西洲望着蜷缩成一团的她，良久，眼泪哗啦啦地往下落。

从小到大，他很少流泪，可这一次，却仿佛被人在眼眶里倒了整片大海的水一般，那样多那样多的眼泪。而除了哭泣，他实在不知还能用什么来宣泄他心中的痛苦、难过与愤怒。

在被闻声赶来的护士拉出病房时，他擦干眼泪，对自己说："不准哭，以后再也不准哭。"

那之后，他再也没有流过泪。

哪怕在后来的几年里，生活再艰难，他也没有哭。哪怕有一次生病高烧不退，差点死掉，他也没有哭。

他的眼泪，在十四岁的那个夜晚，仿佛全部流完，连同他心底仅存的柔软的部分，也在那个夜晚，在母亲凄厉的尖叫声与恐惧的颤抖中，一并流走。

他被迫一夜长大，变得坚硬、冷漠，好像只有这样，才能让自己变得更强大，才有足够的力量保护想要保护的人。

从那之后，到他十八岁，他没有再见过母亲，在傅嵘面前，他也没有再提起过母亲。他依旧住在乔母的房子里，依旧接受着傅嵘在物质上给予的一切。乔嘉琪曾经不解地问他："你明明那么憎恨你的父亲，为什么还会接受他的金钱？"他淡淡地说："只有活下去，才有机会报仇。"

对，报仇。在他心里，整个傅家，都是他的仇敌。

很多个难熬的时刻，都是心中的仇恨支撑着他活下去的。

他知道自己人微力薄，也知道不知要等到何时，才能将自己承受过的所有痛苦一一还击。

转机出现在他十八岁的春天。

他还记得，那晚下着大雨，深夜一点多，有人将他从睡梦中叫醒，他打开门，傅老爷子站在外面。

这是他第一次见到傅凌天，如想象中一样，威严冷漠的模样。

他对他开口的第一句话是："跟我去医院，你大哥出事了，需要输血。"

他心里立即了然，傅嵘是稀有的RH血型，他也遗传了这个血型，想必傅云深也是。

然后，一阵冷意从脚底升起，他冷笑了一声："大哥？哪儿来的大哥？"需要他的时候就承认他姓傅了？

他转身进屋，却在傅凌天的下一句话里停住脚步。他说："我允许你探望你的母亲。”

他缓缓转过身，直视着傅凌天，冷声说：“除此之外，我还有两个条件。”

傅凌天一愣，但随即说：“你说。”

他说：“第一，我要回傅家。第二，毕业后，我要进傅氏工作。”

想到医院里傅云深正在生死关头，傅凌天只考虑了几秒钟，便点头应承了他，说：“可以走了吧？”

傅西洲说：“等一下！”

傅凌天皱眉：“还有什么事？”

傅西洲说：“我要跟你签一份合同，白纸黑字写下来。”

傅凌天一愣，而后，他哈哈大笑起来，朝傅西洲竖起大拇指：“好！好！好得很！真不愧为我傅家的血脉啊，比你那个窝囊老爹强多了！”他脸上的表情很怪异，说不清是怒意还是别的什么。

傅西洲跟他去了医院，用600毫升的血换回了一纸合同，也换到了一个回到傅家的机会。

后来他才知道，那晚傅云深之所以出事，是因为傅嵘与姜淑宁大吵了一架，据说是为了让他去医院探望林芝的事情。傅云深听见他们争吵，心烦意乱，约了几个朋友去郊外飙车，忽逢大雨，出了车祸。命是捡回来了，腿却伤得很重，需要高位截肢，这辈子都只能坐在轮椅上。

当医生从手术室出来询问监护人的意见时，姜淑宁险些晕倒。然后，她朝刚刚抽完血坐在椅子上还没缓过来的傅西洲扑过去，对着他就是铺天盖地一顿厮打，将所有的恐惧与恨意都发泄在他身上……

如此沉重的一段过去，他讲给她听，却只用了短短二十分钟，她却仿佛穿越了时光，跟他一起，过了那么多年。

她沉浸在那个故事里，久久出不来。

然后，她忽然就哭了起来。

傅西洲给她擦眼泪，伸手覆在她凉凉的眼皮上，叹口气：“阮阮，我真的很不想告诉你这些……之前发生过很多事，你没有问我，我也就乐得不解释。因为，我真的不想让你知道那个黑暗冰冷的世界。”傅西洲的声音轻而平静，仿佛刚刚讲述的，是别人的事情。

她伸手拥抱住他，紧紧地，紧紧地，这一刻，她好像忘记了那张照片，忘记了照片中的那个女人，他讲了这么悲伤的一个故事，可实际上，他并没有回答她的问题。他与那个女人，到底是什么关系？

可是，此刻，她不想管那个问题，只想抱一抱他，给时光里那个十四岁的孤单冷漠的少年，一点点温暖。

傅西洲被她拥在怀里，没有动，感受到她越来越紧的拥抱，她恨不得把她身上所有的温度都传递给他。

这一刻，他觉得自己好像忽然被一种奇异的温暖紧紧地包裹住，那是他从未感受过的温暖。无数次想起那些过往时，心底泛起的冷，竟被她的拥抱，奇异地赶走了。

他像是在凄冷暗夜里的赶路人，而她，是夜空里最明亮的星星，也是身边温暖的火堆。

他伸手，拥紧那温暖。

良久。

他才再次开口："我还没有回答你的问题。阮阮，我对嘉琪，有感激，有愧疚，有亏欠，有负罪感，我欠了她很多，但我对她，从没有暧昧。"

阮阮伸手指了指车窗外的医院，轻问："她……怎么会在这个地方？"

傅西洲说："当年我的车在暮云镇坠河，我被你救起，却失去了记忆，在古镇待了一个月，当我回到莲城之后，却发现，我消失的这个月里，发生了很多事情……"

傅西洲失去记忆与阮阮待在古镇的那个夏天，乔嘉琪却拿着寻人启事满大街地发，她穿着高跟鞋，走得脚底起泡，满头大汗。在他失踪的前一天，她刚刚接到凌天设计部的入职通知，可她却没有如约去报到，他不在那里，那个职位，对她就不再有吸引力。

而没有什么比他的下落更重要。

妹妹乔嘉乐曾问过她："姐姐，你到底喜欢西洲哥什么啊？他那么冷漠的样子，又没什么情趣，有什么好喜欢的啊？"

她想也没想，就回答说："因为他是傅西洲啊。"

是啊，因为他是傅西洲，不是王西洲，也不是张西洲，他是她的世界里，独一无二的傅西洲。

她三岁的时候就遇见他了，他们青梅竹马，一起长大。朝夕相处那么多年，她为他偷过妈妈藏起来的零食，她在别人嘲笑他是没爸爸的野种时拿小石头把人家的头砸破，她为他拒绝了一封又一封的情书，她为他装疯卖傻过。她喜欢他，那么确定。而他呢？虽然他从未有所表示，但她知道，那是因为天生的性格所致，毕竟除了她，他从不搭理别的女孩子。

十八岁的生日，她对他告白，他拒绝了她。可她却不相信，这么多年的相处，他对她没有一点心动。她自欺欺人地以为，他不过是因为他母亲的悲剧，不再相信爱情。可是没关系，她想，我会让你相信的。

当一个女人在爱一个人的时候，容易一叶障目，总以为，只要我对他好，终有一天，他会被我打动的。

乔嘉琪在很多事情上都是聪明的，唯独在面对傅西洲时，甘愿变成一个傻瓜。

在他失踪的第十天，就连一直站在她这边的乔嘉乐都劝她别再找了，既然连警察都没有线索，她一个人这样大海捞针，找到人的概率实在太渺茫。她说："西洲哥也许真的……发生意外不在了……"

乔嘉琪抬手就扇了妹妹一个耳光，厉声喝道："你胡说什么！"

她不相信，只要一天没看到他的尸体，她就不信。

用乔嘉乐的话来说，姐姐着了魔。

如果不是着了魔，怎么会那么愚蠢地相信别人，一个电话，就把她骗了过去？对方说，他知道傅西洲的下落，她什么也没想，便去赴约。

她不去想，深夜十一点了，自己一个女孩子，独自去赴约，是否安全？那一刻，那么多天的担忧与忽然得知消息的狂喜，令她失去了应有的警惕心。

"她赴约的那个地方，是个很偏僻的废弃工厂。当她赶到时，等待着她的并不是我的消息，而是……一场巨大的灾难……"傅西洲闭了闭眼。

那个深夜，她被几个流氓凌辱，直至第二天下午，乔嘉乐才找到她，她衣衫凌乱地蜷缩在一堆垃圾后，神志已经有点不清。

两个月后，乔嘉琪被查出怀孕，这个消息令本就情绪极为不稳定的她，彻底崩溃。

那时候，傅西洲已经恢复了记忆，回到了莲城。他知道那场看似意外的车祸，实际上是傅云深想置他于死地的阴谋，也因为这场车祸，才会让乔嘉琪出这样大的事。他极度愤怒，却拿傅云深没有办法，因为他没有证据。

乔嘉琪的情况越来越差，乔家父母再不忍再不舍，也只得将她送去精神疗养院。是傅西洲亲自送她去的，他对神志已经不清的她承诺，以后他会替她照顾她的父母，以及妹妹。

"是我害了她。"傅西洲掩面。

阮阮看着他无比内疚的模样，久久不知说什么。

"从小到大，她一直对我很好，我欠她很多。回到傅家后，我很快就被送出了国，在国外的那几年，都是嘉琪去探望我母亲，陪伴她，照顾她。我知道，她这么尽心尽力，只是因为喜欢我。可是，我却没有办法回报给她对等的感情。不仅不能，她还因为我变得这么不幸。

"当初我之所以从我们的婚礼上离开，是因为那天，嘉琪自杀了……我没有办法丢下她不管。

"至于除夕夜的照片，大年初一那天是嘉琪的生日。嘉乐把我骗过去，也把嘉琪带到了我母亲的病房，非让我们陪着嘉琪一起守岁过生日。阮阮，当两个生着病的女人都拉着你的手不让你走时，真的，我没法拒绝。她们，一个是我唯一的亲人，一个是我最好的朋友——"

"好了，十二，别说了。"阮阮低了低头，轻声打断他。

她心中从结婚到现在的所有疑虑都一一解开，那个让她误会、伤心、难过了无数次的女人，与他也并不是她想象中的那种关系。她应该开心才对，可心里真的好难过，好压抑。那些过往，那些埋藏在他心底的秘密，太沉重了。

傅西洲说："很晚了，我们回家吧。"

阮阮伸手牵住他的手："嗯，我们回家。"

这夜，入睡时，阮阮伸出手臂，将傅西洲的头抱在怀里，像是母亲抱着孩子般。她很瘦，却用手臂环绕成一个守护的姿势，轻轻拍着他的背，轻声哼着安眠曲：睡吧，安心地睡吧。

这样的举动，令傅西洲觉得怪异别扭，但他却没有推开她。

她瘦小的怀抱，真的，很温暖。

他微闭着眼，忽然凑到她耳边，轻声说："阮阮，我们要个孩子吧。"

阮阮身体一僵，良久，她猛点着头，忍不住落下泪来。

十二，有人说，对一个男人最深的爱，是为他生个孩子。

为你，我愿意。

第八章 你才是天空中最亮的那颗星星，照亮了我的暗夜

其实他并不冷漠，
他温情的一面，
只展现给他在乎的人。

一大早，傅西洲便将乔嘉乐叫到办公室。

他将那张拍立得照片甩在她面前，铁青的脸色里透着失望："你竟会使这种低下的手段，跟谁学的？"

乔嘉乐看到照片，脸色微变，她没想到，阮阮竟然会找傅西洲直接摊牌。傅云深不是说顾阮阮就是个只会忍耐的包子吗？

"还有，当初你姐姐自杀，也是你搞的鬼吧？"他一直疑虑，为什么乔嘉琪会有刀片这种东西。

既然都被知道了，乔嘉乐也懒得找借口了，她仰着头，说："是，一切都是我的主意！是我把你要结婚的消息告诉姐姐，然后故意留了刀片给她，刺激她自杀。也是我把过生日的照片寄给顾阮阮的！我为我姐姐鸣不平！"

傅西洲抬手就想抽过去，手挥到半空极力忍住了，怒道："你就是这么爱你姐姐的？不惜拿她的生命当儿戏？"

"那时候我就在她旁边，她不会有事的！"

"你！"他真的是气到极点，指着乔嘉乐的鼻子，半晌说不出话来。

乔嘉乐说：“西洲哥，我说过，人可以无情冷漠，但不能没有良心。我姐姐对你怎样，你比谁都清楚，她落得这样惨，你却有如花美眷，你安心吗？”

“我欠她的，我心里有数，我自然会还。可是，”他怒视着她，冷声说，“嘉乐，我警告你，别再做这些无聊的事情，也别再去找阮阮的麻烦，更别想掺和到我们的生活中来。这是两码事。”

顿了顿，他说：“还有，你最好赶紧辞职。如果你不走，我会让人事部将你开除。”

乔嘉乐咬着唇，怨恨地看着他，然后一言不发地走了出去。

她走到安静的楼梯间，掏出手机给傅云深打电话。

“以后别再找我了，没用了。傅西洲应该把一切都对顾阮阮坦白了，她现在知道了我姐姐跟傅西洲不是那种关系。”

电话里沉默了许久，傅云深才淡淡地开口：“是吗？”

他的反应很平静，一点惊讶也没有。

乔嘉乐等了等，傅云深没再说话，正准备挂电话时，傅云深的声音又传来：“你甘心就这么放过他？”

乔嘉乐没作声。当然不甘心，一想到姐姐那么悲惨，傅西洲却活得好好的，她就对他怨恨得咬牙切齿。可她能有什么办法？正因为自己的无能为力，当初才会在傅云深找到她时，没多想，就跟他合作。

傅云深轻笑一声：“呵呵，真替你姐姐感到不值。”

他没等她回话，就挂了电话。

乔嘉乐紧咬着嘴唇，漂亮的眸子变得阴沉，拿着手机的手缓缓握紧。

不，不能就这样算了！傅西洲，你让姐姐变得那么不幸，我们全家因此而痛苦，凭什么你就可以心安理得幸福美满地活着？

她再次拨通傅云深的电话。

“傅总，我收回之前的话，继续合作可以，但你要答应我一件事。”

“说。”

“傅西洲希望我离开凌天设计部，你帮我留下来。”

那端沉吟了下，说：“成交。”

傅云深挂掉电话，嘴角勾起一抹淡笑，这世间，最具杀伤力的，就是执念，不管是爱或者是恨，一旦心里生了执念，那力量，可以毁灭整个世界。

连续几天阴雨过后，终于出了太阳，气温渐渐回升，总算有了一点春的气息。

阮阮哼着歌在花棚里巡视，她的心情，就跟花棚外的天气一样明媚。自从那晚傅西洲对她敞开心扉，他们之间隐藏的那些问题，像是被这春风，全都吹散了。

他终于打开他的心门，接纳她进入他的世界。他说那世界阴暗、冷漠、可怕，可她却一点也不觉得害怕，因为有他在啊，她只是心疼，没有早一点走进他的世界，如果那样，就可以在他觉得冷的时候，抱一抱他。

齐靖从外面走进来，笑问："心情这么好呀。"

阮阮回头，手上还沾着泥土，轻快地说："这批花草长势渐好，总算放心了。"

齐靖欣慰地点头："是啊，辛苦你了。"

阮阮说："分内之事。对了，我下午想请个假。"

齐靖也不问理由，直接批准。这也是阮阮喜欢跟他一起工作的一个原因，他没有老板的架子，更像是一个与她有着共同爱好的朋友。

下午两点，阮阮带着一盆薄荷，开车离开农场。

一个小时后，她抵达城市南郊的一家疗养院。傅西洲已经到了，在停车场等她。

见到她怀里的薄荷，他说："她一定会喜欢的。"

他牵过她的手，一起上楼。

阮阮忽然有点儿紧张，这是她第二次见他的母亲，第一次来，是他们确定婚期的第二天，他带她来，只打了个招呼就匆匆离开了。

他像是感觉到她的忐忑，握了握她的手，温声安抚："别担心。"

她抬头对他笑笑，点头。

林芝住在疗养院最豪华的病房里，是个套间，光线与通风都极好，客厅、厨房、洗手间全部配备，甚至还有个小露台，生活用品也齐全，跟居家没有什么两样，还请了专业的看护，照顾她的一切。

把林芝从精神病院接出来，安顿在莲城最好的疗养院里，是傅西洲毕业后进入凌天集团做的第一件事情。

像是为了补偿，他给他母亲的一切，全是最好的。最好的疗养环境，最好的医生，最好的看护。尽管如此，可他知道，很多东西是没有办法弥补的。她最好的时光，永远都回不来了。

如同初次见到一样，这个苍白而又美丽的女人，她依旧封闭在自己的世界里，混混沌沌，不知今夕何夕。她唯一认识的人，是傅西洲。可在她心里，儿子永远停留在了十四岁。

"妈妈，今天过得好吗？"傅西洲蹲在林芝面前，握着她的手，柔声问。

林芝伸手摸了摸儿子的脸，说："你今天怎么这么早就放学了？"像是想到什么，她蹙眉，"你不会是翘课了吧？"

傅西洲摇摇头："没有，妈妈，今天下课早。"

"阮阮，你过来。"傅西洲朝她招手。

阮阮走过去，也半蹲在林芝面前。

他揽着她柔声介绍："妈妈，这是阮阮，我的妻子，你的儿媳妇。"

林芝充满疑虑地看着阮阮，阮阮也傻愣愣地看着她，微笑着。

傅西洲轻拍她的肩，说："愣着干吗，快叫人。"

"妈妈，送给你。"阮阮将手中的薄荷递给她，喊出"妈妈"时，心里有点羞涩，又涌起浓浓的幸福。

他们结婚这么久，他终于在他母亲面前正式介绍她，他终于，把她当作家人。

林芝望着阮阮，带着审视的意味，过了许久，才接过她手中那盆翠绿的薄荷，然后瞪着傅西洲："儿子，你早恋呀！"

傅西洲与阮阮都忍不住笑起来。

"痒……"林芝忽然伸手抓头发，像个小孩子般嘟嘴望着傅西洲，"痒痒的！"

林芝非要坐在太阳下洗头，阮阮只好从浴室里放了热水提到阳台上去。她也不肯让看护帮忙，要傅西洲亲自帮她洗。阮阮担心傅西洲不会做这些，哪想到，他做起来，竟然有模有样。

阮阮倚在门边，看他舀起水，慢慢地淋在母亲的头发上，再抹上洗发膏，轻柔地打出泡沫。洗完后，用大毛巾将她的头整个包起来，一点点擦干。

他做这些的时候，动作温柔、细致，充满了耐心与柔情。

人人都说他冷漠无情，这一刻阮阮忽然明白，其实他并不冷漠，他温情的一面，只展现给他在乎的人。

而这样的温情，恰恰最是珍贵。

他们陪林芝一起吃了晚饭，晚餐是阮阮亲自下的厨，简单的两菜一汤，清淡可口。林芝的胃口好得反常，竟然吃了两大碗。

等林芝睡下后，他们才离开。

回去的车上，阮阮说："十二，以后我们多来陪陪妈妈吧，如果你忙，我就自己来。她似乎很喜欢绿色植物呢，我以后都给她带。"

傅西洲俯身为她系好安全带，在她额上落下一个轻吻："阮阮，谢谢你。"

他确实很忙，像今天这样在疗养院待这么久，是偷得浮生半日闲。香氛系列的开发企划，已经正式启动了，投资巨大，容不得半点差错。他又开始了空中飞人的生活，飞国外已成了家常便饭。聚少离多，成为他们之间的生活状态。

转眼，就到了初夏。

五月，他们结婚一周年。

阮阮感叹，时间过得真快啊，竟然就一年了。

纪念日的头天晚上，阮阮接到风菱的国际长途，她正在米兰出差，问她想要什么礼物。闲聊了几句，风菱挂电话前问她："纪念日有什么庆祝活动？"

阮阮沉默了会儿，说："他人还在国外呢，估计不能一起过了。"

对于他的忙碌，他的事业，她能理解，但情绪到底还是有点小失落。

那晚她早早入睡，半夜的时候，她忽然感觉到异样，迷蒙中睁开眼，吓了一跳。

她的睡意全无，猛地坐起来，惊讶地看着坐在床边的人："你……你怎么突然回来了？"

傅西洲在她身边躺下，伸手将她揽在怀里，下巴搁在她头顶，声音有点疲惫："再睡一会儿，明天一早我们要赶飞机。"

她更惊讶了："赶飞机？我们？"

"嗯。"他闭着眼，将她抱紧，"去意大利。"

直至第二天一早到了机场，阮阮还是觉得像是在做梦，他半夜忽然回家，一大早又整理行李，将她带到机场。

他将机票递到她手中，说："结婚一周年快乐，老婆。"

他没有忘记他们的纪念日，这是他给她的一周年纪念日礼物。

他们飞往B城，转机去意大利佛罗伦萨，然后去往托斯卡纳。

那是当初她定好的蜜月旅行地。

他还记得，现在补给她。

难怪前阵子他问她要了护照，原来如此。

飞机上。

阮阮偏头看着傅西洲，他正闭眼补眠，他连夜从国外赶回，没休息几个小时，又将长途飞行，他看起来非常疲惫，眼周有淡淡的青黑。

她伸手，轻轻抚摸他的黑眼圈，眼中浮起泪意，心里的感动一股股涌上来，她挽着他的手臂，将头轻靠在他肩上。

抵达佛罗伦萨后，他们有半天的时间停留。这个城市，是文艺复兴的发源地，有着悠久的历史与深厚的文化底蕴，吸引人的地方太多太多了，但阮阮却拉着傅西洲去逛古董集市。比之博物馆、美术馆，她更爱街头巷尾的热闹。

他们去的那个集市颇大，很多条巷子纵横交错，像个迷宫，又逢周末，人特别多，十分热闹。商品琳琅满目，一眼望去，大多美得像艺术品。阮阮其实对首饰呀装饰品呀这些小玩意儿并不特别感兴趣，平日里也从不佩戴，但风菱很喜欢，她想给她带点别致的礼物，便穿梭在小店与地摊上认真挑选。

其间傅西洲接到一个电话，是公事，虽然他一再嘱咐林秘书不要叨扰他的假期，但碰到一件很棘手的事，林秘书拿不定主意，只得请示他。他走到安静一点的地方去讲话，那通电话打了十几分钟，当他挂掉电话再走回来，阮阮不见了。

他迅速扫了下四周，又在附近转了转，人潮中依旧没有她的身影。他想打电话给她，又忽然想起，她的号码没开通国际漫游，出国时她就没有带手机。

其实他也知道，她可能逛着逛着走散了，并没有什么危险，可心里就是忍不住担忧。这里的人都讲着意大利语，她又不会，英语也一般。也许此刻，她也正在找他，看不到他，一定也很着急。

他匆匆走在人群里，搜寻她的身影，一个个小店挨着找过去，心里的焦急也越来越浓。

十分钟后。

他在另一条更隐蔽的小巷里终于看到她，他站在几步之外，狠狠地舒了口气。

阮阮比了个手势，朝坐在她对面的金发男孩确定地问："OK？"

"OK！"金发蓝眼的男孩笑着说。

她起身，绕到男孩身后，当画板上的她展露在眼前时，她忍不住"哇"了声，真的好像，尤其是神韵，仿佛真人跃然纸上。

阮阮掏钱时，男孩已取过画像，摇着头用英语说："送给你，礼物。"

阮阮有点惊讶，但也没有坚持付费，连说谢谢。

男孩忽然伸手将她拥住，阮阮还来不及做任何反应，男孩被人狠狠拽开，她的身体落入一个熟悉的怀抱。

男孩微愣，看见傅西洲微沉的脸，以及他们两人交握的双手，明白了过来。

阮阮微窘，其实她知道，男孩大概是想跟她来一个告别拥抱。

傅西洲拉着她转身就走。

"谢谢，再见。"阮阮对男孩说。

男孩的声音在身后清脆响起，这一次他说的意大利语，阮阮听不懂，问傅西洲："他说什么呀？"

傅西洲抿着嘴，过了会儿，才淡淡地说："哦，他说，再见。"

阮阮疑虑，再见？意大利语的再见似乎没有那么长啊……

傅西洲侧头瞟了眼她，见她还在琢磨的表情，嘴角忍不住微微勾起，哼，才不会告诉她，那金发小子其实说的是——嘿，女孩，你的眼睛很美。

阮阮说："十二，你刚刚，有点不礼貌哦！"

傅西洲不作声，牵着她走上另一条路，打算回酒店。

阮阮忽然站住不动，傅西洲停下来，问她："怎么了？"

阮阮拽着他手臂，整个人贴在他身上，仰头瞧着他，她眼睛亮晶晶的，嘴角有笑意一点点扩大，一字一句慢吞吞地说："十二，你、不、会、是、在、吃、醋、吧？"

被识破的某人，微微一窘，然后，推开她，沉默着快步往前走。

阮阮心中偷乐，脚步轻快地跟上去。

第二天，他们前往托斯卡纳。

托斯卡纳的田园风光极美，而它最精华的部分，在Val d' Orcia（奥尔恰）山谷那片，在这里最好的旅行方式，自然是驱车自驾。

当车子缓慢地行驶在寂静的公路上时，车窗外掠过的田园风光，令阮阮有一瞬间觉得自己像是穿越到了那部叫作《托斯卡纳艳阳下》的电影里。

五月的阳光下，柔美的滚石山丘，蜿蜒的丝柏之路，童话色彩般的乡村，一切美得像梦境。

晚上他们住在一个叫作Pienza（皮恩扎）的高山小镇，旅馆是傅西洲事先就预订好的，一幢年代极为久远的古堡，站在古堡上，可以俯视整个Val d' Orcia山谷。夕阳下，寂静的山谷，宛如一幅色彩斑斓意境悠远的油画。

阮阮爱极了这里。

晚餐他们就在古堡的露天餐厅里吃，正宗的意餐。牛排与意面，还有产自托斯卡纳的醇正的红酒。

侍者说意大利语，阮阮一句也听不懂，傅西洲却对答如流。

之前他们刚抵达佛罗伦萨时，阮阮听着他用意大利语与人交谈时，她闪着崇拜的眼神看着他："哇，十二，你竟然会说意大利语？"

傅西洲说："半个月前学的，就会几句日常用语。"

阮阮更崇拜了，半个月前学的，竟然就能说得这么流利！心里又涌起淡淡的感动，他特意去学意大利语，想必是为了这次旅行。

Pienza的夜极静，高山小镇里没有城市的霓虹灯闪烁，唯有星光静静俯视着夜色。饭后，傅西洲牵着阮阮爬上古堡的顶层阁楼，低矮的阁楼楼顶上，有一块透明玻璃窗，星光从窗口倾泻而下，莹白的光照在陈旧的木地板上，仿佛天然的镁光灯打在舞台中央。

他拉着她，席地坐在那束星光中。

那样的静谧，让阮阮有一种错觉，恍惚回到了多年前的暮云古镇，他失去了记忆，盛夏的夜，他们也是这样，坐在院子里，静静地仰望星空。

她靠在他怀里，仰头，指着遥远的星辰，一颗一颗地数着，最后，她轻轻地说：“十二，你看，那颗星最亮，我觉得它就像你。”

她忽然想起曾看过的一句话，慕尔如星，愿守一人心，愿与你从天光乍破，走到暮雪白头[1]。

十二，我也多愿意，陪你在这山间田园里，从清晨到日落，从春光明媚，到暮雪白头。

傅西洲望着夜空，没有作声，只是拥她更紧。

你错了，阮阮，你才是天空中最亮的那颗星星，照亮了我的暗夜。

五月初的乡间夜晚，还是有点冷的。傅西洲担心阮阮着凉，没有待多久，就回了房间。古堡里生了壁炉，熊熊的火苗跳跃着，无比温暖。阮阮贪恋晚餐喝的红酒，傅西洲打电话让侍者又开了一瓶送过来，他们就靠坐在火炉边喝酒。

炉火映着阮阮微红的脸，她微眯着眼睛说：“十二，我真喜欢这里。就跟我梦想中的家一样。”

“我啊，我想在山间，拥有一幢玫瑰色的房子，覆着深色的屋瓦，屋顶上落满白鸽，窗口盛开着天竺葵，每一个房间都有壁炉，冬天的夜晚从不熄火。”她轻声呢喃。

“嗯，再养一条狗。你说过。”他微笑。

她晃着脑袋，有点醉了，“是哦，再养一条小萨。很美好是不是，像梦一样……”

傅西洲夺下她手中的酒杯：“不能再喝了，你醉了。”

阮阮不干，伸手抢酒杯，趴在他身上晃头晃脑的：“我没醉，再喝一口，就一口！”

傅西洲将酒杯拿开，弹她的额头：“酒鬼！快去睡觉，明天我们去蒙塔奇诺。”

---

① 出自“剑网3吧”帖子《为你对抗全世界，却败给了一声叹息》。

然而第二天清晨，傅西洲被一通电话吵醒，这通来自林秘书的电话，打破了他接下来的所有安排。

他挂掉电话，在窗边静静地站了许久，然后走到床边，轻轻拍醒沉睡中的阮阮，他歉意地看着她："赶紧起来，我们得马上回国，我爷爷忽然昏迷住院了。"

原定七天的旅行，在第四天，被迫中断。当天下午，他们飞回国内。

傅西洲与阮阮赶到医院时，傅凌天还在昏迷中。

他是在水库边钓鱼时，忽然晕倒的。去水库之前，他有个应酬，餐桌上喝了几杯酒，下午在水库边钓鱼，一坐就坐了很久，僵着没动，天快黑时，他起身，刚站起来，就晕倒在地。他倒地十分钟后，才被从车里赶过来的秘书发现。

是突发脑溢血。

做了手术，人却一直昏迷不醒，毕竟年纪大了。医生说，目前看来，情况很危险，让家属做好心理准备。

医生的话一落，整个凌天集团炸开了锅。

凌天日化集团虽是由傅凌天一手创立，但后来为了扩大规模与上市，实行了股东制。目前，除了傅家人手中的股份，还有数位占据公司股份份额不低的股东。一旦傅凌天出事，集团重新选任最高执行人，无疑是在持有最多股份的傅云深与傅西洲之间选择，而这些股东，都有着投票权利，因此也是他俩极力争取笼络的对象。

刚进入凌天时，傅西洲的股份是远远不及傅云深的，但几年间，他数次给公司带来了极大的利益，作为奖励，傅凌天陆续给了他一些股份，但也还是不及傅云深。让两人股份持平的关键点，是傅嵘持有的股份的转让。不知是因为对林芝母子的愧疚还是他对专横强势的姜淑宁的反抗，傅嵘将手中的股份作为生日礼物，送给了傅西洲。也正是因此，当年傅云深才会在极度的愤怒怨恨下，想要置傅西洲于死地，令他的车坠河。

傅西洲临窗而站，望着落地窗外明晃晃的阳光与车水马龙，手中的烟蒂快要燃到尽头。

林秘书站在他身后，向他汇报傅凌天住院后的这两天傅云深的动作。

"在傅董从手术室昏迷着出来后，那位就连夜拜访了除阮老之外的其他几位股东。"林秘书说。

傅西洲没出声，这点，在他的意料之中，傅云深表面看来总是笑脸迎人温温和和的样子，实际上，私底下做事，最是雷厉风行，心机也深沉。

傅西洲问："他们什么态度？"

林秘书说："都没有明面表态，毕竟傅董只是暂时昏迷……"

傅西洲沉吟不语。

林秘书接着说："除阮老外，其他五位股东中，有两位跟傅云深走得近，一位站在您这边，还有两位，一直中立。傅总，只要拉拢这两位……"

傅西洲说："打电话去蓝晶，预订今晚的包厢。"

"好。"林秘书应声去了。

另一边，傅云深的办公室里。

姜淑宁坐在沙发上，看着对面正慢悠悠地泡着茶的儿子，忍不住蹙眉，说："这都什么时候了，你还有心情泡茶？"

傅云深低着头，动作不停，将泡好的茶递给姜淑宁，嘴角挂着浅笑："妈，尝尝看，这是今年刚出的春茶。"

姜淑宁瞪了眼他，接过茶杯，却不喝，盯着他问："你到底有没有把握？那几个老家伙怎么个意思？"

傅云深慢慢喝一口茶，才缓缓开口："那几个老头，跟人精似的，你以为，在这个节骨眼，他们会轻易做出决定吗？"

姜淑宁沉吟，其实她心里也清楚，傅凌天还没死呢，大家自然都在观望中。

傅云深说："妈，该做的我都做了，现在，别急，等。"

姜淑宁说："如果换作以前，我当然不急！哼，那野种手中的股份现在跟你持平，本来加上我手中的那份，他也赢不了你，哪想到他竟然娶到了阮家那个丫头！阮荣升手中的股份可不比我少！"

傅云深看了她一眼，说："你以为阮荣升那只老狐狸，会轻易将股份转给一个外姓人吗？"

姜淑宁担忧地说："不管怎么说，他们也算是一家人了，更何况，阮荣升最疼爱的，就是那个外孙女。"她提高声音，"云深，你给我打起十二分精神来，这个节骨眼别掉以轻心！"

傅云深点头："我知道。"

集团里风云暗涌，而傅凌天还昏迷地躺在ICU里。傅嵘静静站在病床边，看着昏迷中的父亲，脸上浮现的，是真真切切的担忧。尽管这一生，他被父亲的专制与霸道控制，他怨恨过，可生死关头，也唯有对父亲的王国毫无兴趣与野心的他，祈祷他能快点醒过来。

也许是上天听到了他的祈祷吧，昏迷半个月后，傅凌天竟然奇迹般地醒了过来。傅云深与傅西洲暗地里的较劲，不得不暂时搁浅。

听到这个消息，阮阮是最开心的，虽然她跟傅凌天相处少，又因为傅西洲的那段过去，对他，她亲近不起来，但他毕竟是爷爷，能够醒过来，自然值得欢喜。更重要的是，这段时间，傅西洲忙得每天都深夜归家，还总是带着一身的酒气，没完没了的应酬。虽然她对集团的事情从不过问，也知之甚少，但心里多少也清楚，一旦傅凌天就这样去世，傅西洲与傅云深之间，将会发生一场惨烈的争斗。

她并不希望看到这样的状况发生，他会很累，会受伤。

傅凌天大难不死，心有戚戚，恰逢他快过生日了，虽然并不是大寿，他却忽然决定要大办宴席。

阮阮问傅西洲送什么礼物给傅凌天好，傅西洲让她看着办，她最不擅长的就是此道，只得求助风菱。

她们也好久没见了，周末难得工作狂风菱不加班，便约了一起逛街吃饭。

风菱一见她，目光就往她的腹部瞟啊瞟的。

阮阮知道她什么意思，没好气地嗔道："别看啦，有消息我肯定第一时间就告诉你的。"

风菱挤眉弄眼的，趴在她肩头无所顾忌地调侃说："哎，我说，你们备孕了这么久，怎么还没见动静呢？是你不行呢还是你老公不行啊！"

"喂！你说什么呢！"阮阮瞪她。

风菱正色道："我说真的呢，你要不要去看个医生什么的啊？"

阮阮压低声音说："不用啦，生小孩也是看缘分的，哪有想要就有的啊。再说了，我们也不急。不过，叮当，我最近似乎有点不太对劲，姨妈推迟了几天，有点嗜睡，你说……"

风菱说："不会是有了吧？你检查了没有？"

阮阮摇头。

风菱说："那吃完饭，我陪你去医院。"

然而在吃饭的时候，风菱给她夹了块红烧排骨，这是以前她最爱吃的，结果刚吃一口，她就一阵反胃，猛地吐了出来。

缓过劲来，阮阮抬头，与风菱对视一眼，在彼此的眼里，都看到了惊喜。

饭后，风菱陪她去了医院。

如她们所料，阮阮怀孕了，孕期三十五天。

当医生对她说恭喜的时候，阮阮手指抚着腹部，喜极而泣。风菱拥着她，一边道喜，一边给她擦眼泪，说："孕妇不能哭的，对宝宝不好。"她自己却也跟着眼眶湿润。

阮阮猛点头，眼泪还是忍不住往下落。

十二，我们有孩子了。我们共同的孩子，骨血相融。

她的心，忽然就变得特别特别柔软。她迫不及待地想要见到他，想要跟他分享这个美妙的消息。

买礼物的事情早就被她抛之脑后，她拉着风菱急匆匆地离开医院，走得飞快，下楼梯时还与正走上来的一个女人撞了下，风菱忙扶住她，一边跟被撞的人道歉，一边骂她："顾阮阮，你给我走慢点！现在你可是两个人了，当心点！"

阮阮连连点头，又忍不住抚上平坦的腹部，嘴角弯起温柔的弧度。

被撞的女人在听到风菱的话时，正往上走的脚步顿住，转身朝她们看去，阮阮她们正转弯下楼，她看清了两人的长相，她认出阮阮来。

她神色一怔。

姜淑宁站在楼梯上，想起昨天晚上，傅云深拿给她看的一份文件，又回想起风菱说的那句话：现在你可是两个人了。

顾阮阮怀孕了？

她眼神一凛，抬脚，往妇产科走去。

傅西洲回到家时，已经是深夜十二点多了，进屋，发现阮阮竟在沙发上睡着了。

他将她抱起，想送回卧室，刚一碰她，她就醒了过来，迷蒙地望着他，嘟嘴抱怨："你怎么才回来啊，我等你好久了。"

下午的时候，她打电话给他，问他什么时候下班。他说，应该会准时。她很开心，说等他一起吃晚餐，有事情要跟他说。没想到临下班了，国外来的一批原料在海关盘查时出了点问题，他只得亲自过去处理。中途阮阮又打过两次电话催他，他问她什么事，她又不肯说，非要等他回家才说。

"以后别等我了，到床上睡觉。"他低头看着她脸颊上睡出的印子，说。

将她放在床上，他转身就要去洗澡，阮阮拉住他，他想起她在电话里说有事情跟他讲，便在床边坐下来，等着她开口。哪知她忽然将他的身子拉向她，捧着他的脸贴在她腹部上。

傅西洲有点愣愣的，不知她在做什么，但他也没有动，任她抱着。

阮阮柔柔的声音问他："你听到什么了没有？"

呃？她肚子里面有轻微的响声，饿了？

他问："你饿了？没吃晚饭吗？"

阮阮一愣，翻个白眼："十二，你怎么这么笨啊！"

"嗯？"他起身，看着她。

她手指轻抚着腹部，眼睛亮晶晶地望着他，嘴角的弧度温柔："我怀孕了，三十五天。十二，我们有宝宝了。你开心吗？"

她望着他，等他的反应，等了半天，他却傻愣愣地没有任何表示。

她伸手，在他眼前晃了晃。

他忽然抓住她的手，放在唇边，深深一吻，他声音里带着哽咽："真的吗，真的吗，阮阮，真的吗……"

阮阮微笑点头。

他猛地将她拥到怀里，紧紧地抱着她，忽然想起什么，又立即将她松开，眼睛瞟着她的腹部。

阮阮说："笨蛋，现在肚子还是平的，不会压着他的。"

傅西洲想起之前她让他贴在她腹部的举动，捏了捏她的脸："你才是笨蛋，才三十五天，怎么可能听到宝宝的心跳啊。"

阮阮忍不住笑了，真是的呀，自己实在太开心了，像个小傻瓜。

傅西洲让她躺下，给她盖好被子，然后起身，将打开的落地窗关上，才回到床上，将她拥在怀里，手指放在她的腹部，一下一下地抚摸，温柔又小心翼翼。

"以后你不准再在沙发上睡觉了。"

"十点就上床，不要等我。"

"不要吹空调，也不能吹风。"

"别碰电脑。"

"按时吃饭，多吃点。"

"你别去上班了，那地方太远了……"

"喂！"阮阮好笑地打断他，"十二啊，我才刚怀孕，又不是大腹便便。"都快把她当成保护动物了呀！

她想过他得知消息的反应，应该同自己一样欣喜若狂，却不知平日里清冷淡漠的他，竟然会像个老太太一样碎碎念。

她心里暖暖的。

“十二，你喜欢儿子还是女儿啊？”

“都好。”

“我喜欢女儿呢，我希望她长得像你，跟你一样好看。”

他伸手抚上她的眼睛，“眼睛一定要像你。”

他们细细碎碎说了很多话。

那一整晚，傅西洲的手都没有离开她的腹部。

后来阮阮睡着了，她不知道，傅西洲在深夜里又起身，悄悄将脸贴在她的腹部，不敢压着她，就微微撑着身子，静静地听了许久。

他觉得自己也沾染了阮阮的傻气，可心里那些细细密密的欢喜，像七彩的泡泡，从胸腔里一个个飞出来。

他心里涌上一种前所未有的满足感，仿佛人生到此刻，再也别无所求。

第二天晚上，阮阮看着傅西洲搬回来的大堆婴儿用品，惊讶地张大了嘴。

衣服、袜子、鞋子、奶瓶、尿片、玩具、推车等等，还有她的孕妇装，她简直怀疑他把婴幼儿超市扫荡了一遍，又想象着神色清冷的他站在婴幼儿用品前挑选时举棋不定的模样，忍不住笑了。

过了几天，傅西洲开始动手布置起婴儿房来了，还让人送来了婴儿床，又在房间里布置了个游乐园城堡！

阮阮又好笑又感动：“十二，你……也太未雨绸缪了吧！”

他吻吻她的额头，又将脸贴到她腹上，这已经成为他每晚的惯例。

他忽然想起了什么，神色严肃地说：“阮阮，你怀孕的事情，不要告诉傅家的人。”

阮阮知道他在担忧什么，点点头。她轻抚腹部，在心里发誓，宝宝，妈妈会保护好你的，绝不让你受到一丁点伤害。

她清亮的眼神里闪着坚韧的光芒。母亲大概是这个世界上最神奇的存在，可以温柔至极，也可以坚韧至极。

转眼就到了傅凌天的生日，老爷子病重痊愈，精神其实不太好，但他不听傅嵘的劝，坚持要办生日宴，几乎莲城商界有头有脸的人都被请来了，好像要向所有人证明，他依旧是那个商场上杀伐决断的傅凌天，一场疾病，打不倒他！

生日宴没有设在酒店，而是在江上。这是傅云深的提议，说要为爷爷举办一个充满活力的生日聚会。若换作以前，傅凌天未必喜欢这种略显花哨的形式，但这场大病，令他想法也变了。他还说傅云深有心了。

傅云深租下了一艘豪华游轮，夜游江河。莲城夏日入夜后的江边风光极美，两岸灯火璀璨，映着水面波光粼粼，初夏的风徐徐吹着，在甲板上喝着香槟，看现场乐队的演奏，轻笑交谈，有兴致还可以邀人跳一支舞。

这样的好氛围，确实是个美妙的夜晚。

但阮阮却觉得挺无聊的，她本就不喜欢热闹的宴会，今晚来的人，多是商界的，傅西洲自然免不了应酬。他本让她跟在他身边，但那些场面上的话题很无趣，一轮一轮的寒暄也实在累人，她宁肯自己一个人待着。

“一个人没问题吗？”傅西洲担忧地问。

“没事的，你去吧，不用管我。”阮阮坐在内舱一个相对安静的角落里休息，也许是怀孕初期的缘故，她这阵子总觉得疲惫，睡再多也感觉到困乏。

坐了一会儿，有人走进来，阮阮睁眼，笑了：“哥哥。”

顾恒止手中端着两杯香槟，走到她身边坐下，递给她一杯。

阮阮摇头。

“咦，小酒鬼转性了？”顾恒止挑挑眉，他是知道阮阮的酒量的，他们在一起吃饭时，总也会叫点佐餐的酒。

阮阮轻抚着腹部，微笑说：“哥哥，告诉你一个好消息，我怀孕了，你升级做舅舅了哦！开心吧！”

虽然傅西洲嘱咐过她，她怀孕的事情越少人知道越好，但是阮阮想，哥哥又不是外人，没关系的。

顾恒止神色一呆。

许久。

“哥哥？”

“哦……”顾恒止回过神，努力扯开一抹笑，“真的吗？恭喜你。”

“谢谢哥哥。”

顾恒止站起身：“那我去给你倒一杯热开水吧。”

“不用……”

他已经快步走了出去。

走到甲板上，他靠在栏杆上，看着水波发愣。

忽然手中一松，左手中的那杯酒被人取走。

“喂！你在发什么呆？叫了你两声都没反应。”来人一口喝尽杯中的酒，又将酒杯塞回顾恒止手中。

顾恒止看了眼他，又将目光瞟向水面，低声说：“阿境，你有没有过这样的感受，明知道有些人永远都不会属于你，却始终心存眷恋。”

傅希境有点讶异又有点奇怪地看着好友，大概是这句略显矫情又悲伤的话，从向来嬉皮笑脸没个正经的顾恒止口中说出来，实在有点……怪异。

这时有人在不远处朝傅希境打招呼，他拍了拍顾恒止的肩膀，说：“放不下，那就不顾一切去争取。”然后走开了。

顾恒止望着他的背影，嘴角勾出一抹自嘲的笑，心想，阿境，我跟你的情况不一样。他知道傅希境与一直寻找的小女友季南风重逢了，那丫头竟然装作不认识他，傅希境却并不死心，孜孜不倦地苦追着，甚至为了她，答应跟自己一起做房地产公司，常驻海城，只为追回心爱的人。

傅希境曾跟他说过，他不知道季南风离开他的这些年到底发生了什么事，她对他那样抵触，但没关系，他依旧深爱她，他就不会放弃。

可是，顾恒止想，他不放弃，是因为对方依旧是自由身。而自己心里的那个人，他朝内舱的方向望了望，唇边泛起苦笑，如果说之前她嫁作人妇，傅西洲逃婚，到后来他们之间一系列的问题，虽然很卑劣，但他心里依旧存了一分奢想，也许，她很快会离开他……可现在，她竟然即将做妈妈！

那个曾跟在他屁股后面对他无限依赖的小女孩啊，竟然要做妈妈了。

他闭了闭眼，再不愿意承认，也知道，他再也没有机会了。甚至，连这份感情，也永远不能说。

因为在她心里，他是哥哥，是家人，永远不会有别的情愫。

一声突如其来的惊叫声扰乱了他的思绪，那个声音……似乎是阮阮的？他心里一凛，快步朝声音传来的地方走过去。

同时，很多人也纷纷循着声音好奇地走了过去。

惊叫声来自于游轮第一层与第二层接连的楼梯处，顾恒止是第一个赶到的，当他看到躺在地上的人时，神色大变，“阮阮！”

阮阮正躺在甲板上，她似乎想起来，却不能动弹半分，她脸色惨白，额上有血蜿蜒流下，脸上痛苦与惊惧的神色交织。

顾恒止将她抱起来，才发现她浑身不可遏制地在发抖。

“阮阮……”他声音顿住，惊恐地看着有血从她的裙子里沿着大腿缓缓流下来。

“阮阮！”傅西洲的声音响起的同时，顾恒止手一空，怀中人已经被他抱了过去，他抱着她，拨开人群急忙往外走，一边疾走一边怒吼："让船立即给我靠岸！"

"十二……我肚子好痛……"她声音发抖，眼泪大颗地往下掉，她紧紧抓着他的手，"孩子……孩子……"

"不会有事的，一定不会的。"他抱紧她，想要冷静点安抚她，可他发现，自己的声音里，也带着颤音。

游轮以最快的速度靠岸，林秘书开车，他抱着她坐在后座，低头看着她惨白的脸色，他的心，慌乱到极点。

阮阮痛得整张脸皱成一团，她微微睁开眼，哽咽着说："十二，对不起……可不是我自己摔倒的……她推我，她推我……"

傅西洲眼神一凛，问："谁？"

"傅夫人。"

时间倒退回十五分钟之前。

顾恒止离开内舱后，阮阮坐了会儿，忽然孕吐反应上来了，她去了趟洗手间，却吐不出来，她心里闷得慌，便走到游轮的二层去吹吹风，那里人少一点。

没想到会在甲板上碰到姜淑宁，之前刚上船，给傅凌天祝寿送礼物时，她见过她。按照辈分，她应该喊她一声婆婆的，可婚后一年，她才第一次见到她。见到她第一眼，阮阮就忌惮她，她情不自禁就想起傅西洲的那段过去里，她是那样可怕的一个女人。她礼貌而疏离地喊她，傅夫人。当时她也只是淡淡点了个头，冷淡的模样。

阮阮在二层甲板见到她，她正端着一杯酒，慢慢地喝着。见她上去，她回头看了她一眼，她只好走到她身边，打了个招呼，然后走到一旁。

两人隔着没多远站着，彼此无言。

虽然甲板上还有别的人，但阮阮觉得两人这样并排站着，气氛怪异，三分钟后，她转身下去。

姜淑宁也跟着下去。

她们一前一后走下楼梯，是在走到第三个台阶时，阮阮感觉到背部被人推了下，然后，她身体往前倾去，一脚踩空，滚落下去……

刺痛与昏眩中，她看到姜淑宁淡然地走下楼梯，然后从她身边走了过去。

阮阮躺在地上，心中的震惊比疼痛更甚，然后便是深深的自责与后悔。怪自己太愚蠢，竟然主动走近她，还跟她打招呼。怪自己没有听傅西洲的话，见到她，应该避如蛇蝎。

医院里。

傅西洲坐在手术室外，脸上神色冰寒一片。

他望了眼手术室上方的灯，然后起身，对林秘书说："车钥匙给我。"

"傅总，您要去哪里？"林秘书惊讶地问。

顾恒止也一把拽住他，怒说："她还在手术室，你这个时候却要离开？"

"给我。"他拨开顾恒止，对林秘书说。

取过钥匙，他转身就走。

他将车开得飞快，直奔傅宅。

他径直冲到姜淑宁住的那幢屋子里，客厅里没有人，保姆阿姨见了他，吓了一大跳，连问他有什么事。

他推开她，又冲到书房、厨房、起居室、阳台，将门甩得震天响。

"夫人！夫人！"保姆叫道。

他已经往二楼走去了。

刚换好衣服的姜淑宁闻声从卧室里出来，下楼时，被走上来的傅西洲堵住，他见了她，眸中怒意翻滚，伸手掐住她的脖子，把她抵在墙壁上。

他手上用了极大的力度，姜淑宁被掐得呼吸困难，嘴唇张大，微仰的脸庞很快变得一片苍白，胸口急促起伏着。

跟上来的保姆见状脸色大变，跑上前想拉开傅西洲，被他用手肘恶狠狠地撞开，差点摔倒在地。

她急忙转身，往楼下跑。走到客厅，看见滑着轮椅刚赶到的傅云深，保姆仿佛见到了救星，忙过去推他。

傅西洲盯着姜淑宁，咬牙切齿："我警告过你的，别动她！如果她有什么事，我要你殉葬！"怒到极点的声音，仿佛从地狱传来。

姜淑宁的眸中终于浮起一丝恐惧，她以前也在他脸上见过愤怒的表情，但从未像此刻一般，深黑的眸中仿佛燃起滔滔怒火，带着不顾一切的癫狂，他是真的有可能掐死她，不是吓唬她。

"傅西洲，你给我住手！"傅云深大吼。

傅西洲置若罔闻，呼吸愈加困难的姜淑宁听到儿子的声音，极力发出"嗯嗯啊啊"的声音。

傅云深仰头望着二楼，却只能看到傅西洲的背影，他听着母亲极为痛苦的呼救声，低头看了看自己的双腿，无能为力的屈辱与绝望袭上心头。垂放在膝上的手指缓缓握成拳，他咬唇，阴沉着脸。然后从盖在膝盖上的毛毯下拿出一张纸，递给保姆：“你把这个，展开给他看，快去！”他低吼。

保姆拿着那张薄薄的纸，急忙跑上楼梯。

傅西洲在看到保姆手中展开的那张纸时，脸色一变，然后，掐在姜淑宁脖子上的手，轻轻一松。

“傅西洲，我真不知道，你这么愤怒，是因为心疼顾阮阮呢，还是因为这张合约上写的内容？”傅云深的声音恢复了一贯的从容，淡淡的嘲讽的笑容在他嘴角蔓延开。

傅西洲的手再一松，姜淑宁趁机推开他，迅速脱离他的控制，扶着保姆大口喘气。

傅西洲一把夺过保姆手中那张纸，撕了个粉碎。

姜淑宁看着他的动作，嘲讽道：“这是复印件，我房间里还有很多呢，要不要再拿给你撕掉？”

傅西洲看了她一眼，转身下楼。

经过傅云深身边时，他轻巧的声音宛如一条吐着信子的毒蛇，滑入他耳中。

“呵呵，不知道痛失孩子的顾阮阮小姐，在看到这张纸后，会是什么反应呢？我真是迫不及待地想看到啊……”

傅西洲往外走去的脚步微顿，片刻，他头也不回地离开。

走出屋子，外面是浓黑的夜。他站在夜色里，闭了闭眼，明明没有刮风，他却感觉到，有风从四面八方吹来，吹进他心底。

好冷。

只是，这一次，阮阮，你是否还会愿意，给我一个温暖的拥抱？

第九章 你是我的梦，像北方的风

你之所以可以伤害到我，
并不是你比我强大，
而是因为，
我对你敞开了胸膛并且亲手将刀递给你，
是因为，我爱你，
而你恰恰相反。

深夜的医院，极静。

病房里，傅西洲坐在病床边，凝视着沉睡中的阮阮，她脸色苍白，哪怕在睡梦中，也是极为痛苦的样子，眉毛紧蹙。

他伸出手，在靠近她脸颊时，又缩了回来，他搓了搓手，让掌心的温度热乎一点，才敢轻轻地抚上她的脸。

他的碰触令她微微瑟缩了下，仿佛在防备着什么一样。

他见她这个样子，心里微痛。

他起身，走到窗边，静静地望着窗外寂静的夜。

时间一分一秒过去，他一动不动，保持着同一个姿势，站在那里，仿佛一尊雕塑。

他多希望，这夜永远不要过去，天别亮起来。那么是不是很多事情，就可以不用面对，比如失去孩子这件事，比如傅云深手中那张纸。

可终究，黑夜渐褪，第一缕朝阳缓缓升起。

天亮了，他一夜未睡。

"十二……"柔弱的呢喃声在他身后响起。

他走到病床边，看着醒过来的阮阮，却不知说什么好。

"孩子，我的孩子……"清醒过来的阮阮，第一个关心的，便是肚子里的孩子，她抚上腹部，虽没有人告诉她，但她心里已经猜到，眼泪哗啦啦地落下来。

傅西洲伸手帮她擦眼泪，可她的泪水源源不断，怎么也擦不完，他甚至不敢去看她的表情，他侧躺在狭窄的病床上，将她拥在怀里，在她耳边轻喃："阮阮，对不起，对不起……"

她什么也说不出来了，只晓得一个劲地掉眼泪，心里尖锐的痛一阵一阵地传来，好像有人用锋利的刀在剜她的心。

"不要哭，医生说你身体很虚弱，又刚失去……孩子，不能流泪，会落下毛病的。"傅西洲心里的痛不比她少，甚至更痛，眼睁睁看着她如此难过，却什么也帮不了她。

阮阮闭了闭眼，侧身，伸手紧紧地抱着傅西洲，将自己整个人都缩进他胸膛里，拼命汲取他身上的温度。

他感受着她的颤抖与眼泪，心里忽然升起强烈的害怕，如果她看到了傅云深手中的东西，她还会如此依赖自己吗？

阮阮下午就办理了出院手续，她不仅流产，也摔了头，有点轻微脑震荡，医生建议她住院观察两天的，可她坚决要出院。医院里强烈的消毒水气味，一闻到，她就会忍不住想起失去的那个孩子。他才那么小，她甚至一次都没有看过他的模样，也不知道是男孩还是女孩，就被冰冷的器械从母体最温暖的子宫里，残忍地剥离，最后被遗弃到一个肮脏冰冷的地方。

只要一想起，阮阮就忍不住落泪，心痛得快要不能呼吸。

阮荣升亲自来接她出院，看着她苍白憔悴的面孔，脸上还挂着未干的泪痕，心疼不已。他摸着她的头，叹息着说："丫头，别太难过了，现在最重要的是，养好身体。你们还年轻，以后还会有孩子的。"

阮阮轻轻点头，可她在心里说，外公，你不会明白的，以后我还会有孩子，但是，他是我第一个孩子，你不明白他在我心里，多么特殊，多么重要。

她没有对阮荣升说是姜淑宁在楼梯上推了她一把，她没有证据，姜淑宁死都不会承认的。如果外公知道了，肯定会掀起一场风浪，可现在她实在没有力气去争吵去大闹。更何况，就算大闹一场，失去的，也永远都回不来了。

是她自己太掉以轻心，太愚蠢了，没有保护好自己的孩子。

她跟农场请了长假，说身体不适，齐靖还关心地问她：怎么了？哪里不舒服，去看医生了没有？她匆匆挂了电话，眼眶里又涌上了泪意。

阮荣升让家里做饭的保姆过来照顾她，阿姨烧得一手好菜，可阮阮什么都吃不下，几天下来，整个人瘦了一大圈。

傅西洲晚上回到家，在卧室里没有看到她，最后在婴儿房里找到她，她蜷缩在他为孩子搭好的城堡的软垫上，抱着两个玩具，沉沉睡了过去，脸颊上还挂着泪痕。

他轻轻将她抱回床上。

他问保姆阮阮今天的饮食情况，保姆担忧地说，她胃口很差，还是她求着她，才吃下一点点。然后，大多时间，她都待在婴儿房，面对着满屋子的婴孩用品，发呆。

傅西洲走到婴儿房，将城堡拆卸掉，又将孩子的衣物与玩具，都装进了一个纸箱，放进杂物间。

他走到阳台，给风菱打了个电话。

风菱在第二天一早，匆匆赶来，傅西洲特意等她到了，才去上班。

他离开时对风菱说："风小姐，你是她唯一的朋友，拜托你，陪她说说话，陪她吃饭。"

风菱点头："我今天请了一天假，我陪她。"

她去卧室看阮阮，她还在睡。坐在床沿，风菱看到她瘦成这样，脸色也极差，心疼不已。

阮阮睡得很浅，风菱刚坐一会儿，她就醒过来了。

"叮当，你怎么来了？"她微微讶异。

风菱俯身捏她的脸，哼道："如果我不来，你是不是还打算一直瞒着我。"

阮阮握住她的手，说："我见你最近忙，不想你为我担心，打算过两天再给你打电话的。"

风菱刚升了职，出差如家常便饭，也需要经常熬夜画设计图，已经够忙乱了，阮阮不想她为自己担忧。

风菱说："出了这么大的事，我哪怕人在国外，也会飞回来，陪在你身边。"

风菱难得说温情的话，阮阮觉得心里一阵阵暖意。

"早餐想吃什么？我去给你做。"风菱站起来。

阮阮想说不饿，风菱已经阻止她的话："我一大早赶过来，都没来得及吃早餐呢，我好饿，你要陪我吃！甜酒鸡蛋，再加叉烧包，好不好？我记得你最爱吃甜酒鸡蛋的。"

阮阮微笑点头："好。"

她们已经很久很久没有坐在一起吃早餐了，阮阮还记得高中时，学校外面有一家小铺子专门卖甜酒煮鸡蛋，早晚都供应，那家的甜酒是老板娘自己酿的，鸡蛋也是从乡下买来的土鸡蛋，因此卖得并不便宜。但阮阮特别喜欢吃，早晚都要拉着风菱去一趟，百吃不厌。

吃完早饭，风菱忽然说："软软，想不想回高中母校看一看？"

阮阮说："你不用去上班？"

"我今天请假了，难得休一天假啊，我不管，你今天的时间都预订给我，陪我一起吃喝玩乐！"

阮阮知道她是为了自己，点点头："好，我们去母校，好久没去了。"

她们到的时候，正是上午上课时间，校园里静悄悄的，小径两旁的栀子花开得正好，空气里散发着淡淡的清香。

虽然毕业好几年了，但母校的变化不是很大，她们闲逛了一圈，趁着下课之前，就离开了。

学校外面那家卖甜酒鸡蛋的小铺依旧开着，老板娘好像都没有变老一点，热情的笑容依旧，见了她们，看了两眼，认出了阮阮跟风菱，瞧着阮阮直感叹："哎哟，你这小姑娘，这么多年了，一直都没变呢。"

阮阮穿着格子衬衣，牛仔裤，扎了个马尾，素面朝天，看起来真跟十几岁的高中生似的。

老板娘又瞧着风菱说："你这丫头倒是越来越漂亮了。"

阮阮哼道："老板娘，你的意思是说，我跟当年一样不好看，是吧！"

她佯怒的语气逗得老板娘与风菱都忍不住笑起来。

轻松的氛围，让阮阮的心情也变得好起来。

风菱大概是最了解她的人，外公与哥哥都劝她不要太过伤心，要保重身体。只有她，什么劝慰的话都不说，陪她一起做一些稀松平常的事情，转移她的注意力。

她们在外面闲逛了许久，喝茶，吃甜点，去游戏厅夹娃娃，又陪风菱去做头发，美甲。好像真如风菱所说，她陪她吃喝玩乐。而阮阮知道，其实风菱是在用自己的方式，安抚她。

吃晚饭的时候，与她们相邻的餐桌，坐了一家三口，年轻的爸爸妈妈带着一个三岁左右的女儿，小女孩活泼多话，不停地问着爸爸妈妈问题，清脆的声音，极为可爱。

阮阮侧头望着那个小女孩，神色痴迷，嘴角带着不自知的微笑。

风菱看她那个样子，心里也很难过。

阮阮转过头，忽然说："叮当，我长这么大，从来没有恨过一个人，但是我真恨她，恨极了。"她咬着唇，向来清澈澄明的眼眸中，带了怨恨，还有极重的悲伤。

风菱一怔，问："谁？"

阮阮将失去孩子的真正原因告诉了风菱。

风菱听完，脸色一变，愤怒地说："你为什么不告诉你外公？你老公呢，就这么算了？"

阮阮说："他找过她，可是，没有证据，她是不会承认的。"

风菱"唰"地站起来："走！"

"去哪儿？"

"去找那个女人！"

"叮当！"阮阮拉住她，"你别冲动，我不想你牵扯进来。她那个人，工于心计，又很恶毒。"

风菱说："我不怕她！"

"叮当……"

风菱看着她，说："软软，我问你，当初在化妆间你打那个欺负我的女人时，甚至连她是谁都不知道，你怕吗？"

阮阮一愣，然后摇头。

风菱坚定地说："她不过是扇了我一巴掌，你就为我愤怒为我心疼，而现在你……软软，同你一样，我的朋友被欺负了，我是一定要为她出一口气的。不能就这么算了。"

风菱拉着她，开车直奔傅家老宅。

一路上，阮阮倒也慢慢平静下来，她虽然很怕麻烦复杂的事情，但不代表着被人欺负了就忍气吞声。她不知道风菱打算干什么，但她不会再阻止她。如果今天换位一下，她想自己大概也会这么做。

风菱其实也知道，自己这么怒气冲冲地找上门去，能做什么？但她管不着那么多了，大不了就像个疯子一样扑上去扇她两巴掌，那也能好好为阮阮出一口恶气。

最后她也真的这么做了，拉着阮阮冲进姜淑宁的屋子时，姜淑宁正在客厅里喝茶，抬头看到忽然出现的阮阮，吃了一惊。她还没开口，风菱已经冲过去，抬手就扇了她两个耳光，在她的震惊中，风菱冷声说："这两个耳光，一个为软软，一个为她肚子里被你恶毒害死的孩子。”

姜淑宁算是冷静镇定的人，此刻也被不知从哪儿冒出来闯进她家里打了她两耳光的女人打得久久回不了神。

风菱又说：“记住了，我叫风菱，是软软的好姐妹。不管你有什么恶毒下作的手段，尽管对我使，我不怕！”

姜淑宁回过神来，扬手想扇回去，被阮阮截住，她又抬起另一只手，又被风菱抓住，姜淑宁动弹不得，气得满脸通红，扭头冲二楼怒喊：“傅嵘！老公！”

傅嵘很快从二楼走下来，在看到客厅里的情景时，愣住了。

他匆匆走过来：“阮阮，你怎么来了？”

“傅嵘！”姜淑宁叫道，“你还愣着干什么？把这两个疯女人给我丢出去！”

傅嵘看看阮阮，又看看姜淑宁，再看看陌生的风菱，一时间只觉得这场景，十足的怪异又荒诞。

阮阮没作声，扭头，不想看他。

风菱望了眼傅嵘，说：“你是傅西洲的父亲吧，你知不知道，软软之所以失去孩子，是因为你老婆在楼梯上推了她一把。”

“你说什么？”傅嵘惊讶地张大嘴。

姜淑宁厉声说：“你别听她胡说，你看到了吗？你有证据吗？你是谁啊，忽然跑到别人的屋子里来闹事，你这是私闯民宅，我要报警抓你！傅嵘，报警！”

傅嵘却在发怔，他忽然想起了很多年前的一些事。他的脸色慢慢沉下来，他知道，风菱说的是真的。

他望向姜淑宁，神色很冷，眼神里是掩不住的厌恶。

他从阮阮与风菱手中拉过姜淑宁的双手，死死地抓住，转头对阮阮说：“你们先走吧。”

“傅嵘！”姜淑宁被他禁锢住，愤怒得大吼。

他没理她，看着阮阮走了几步，又叫住她，低声说：“阮阮，对不起……”

阮阮脚步微顿了下，然后，头也不回地离开了。

对不起？一句对不起，就能挽回我失去的吗？更何况，犯错的那个人，一点悔意也没有。你这句对不起，一点分量也没有。

她不会原谅姜淑宁。这个地方，她也不想再来。

风菱将阮阮送到家里，离开时，阮阮担忧地说：“那个女人什么事情都做得出来，只怕对你不会善罢甘休的。叮当，你自己当心。”

她的担忧不无缘由，姜淑宁的娘家在莲城商界也极有实力，她自己在凌天这么多年，手段厉害，有心计又恶毒。而风菱，才进社会的新鲜人，姜淑宁想报复她，很容易。阮阮担忧风菱的工作。

傅西洲得知今晚的事情后，对风菱的胆量与对朋友的仗义，打心眼里欣赏，又感激她，阮阮的心情因她而变得好了一点。

他让阮阮别担忧，说，风菱所在的公司，以姜淑宁的实力，还渗透不到。

阮阮稍稍放心，说："十二，我以后不想再去傅家老宅。"

"好，不去。"傅西洲顿了顿，想问阮阮姜淑宁有没有对她说些什么，但话到嘴边，又咽了下去，想必是没有，否则以阮阮的性格，是藏不住情绪的。

他拥紧她，微微叹气。

那枚炸弹，什么时候会被引爆？

他心里的忐忑，如影随形。

阮阮知道姜淑宁迟早要来找她的，所以当她接到她的电话时，一点意外也没有。

"开门，我在你家外面。"她命令式的语气。

阮阮微怔，没想到她竟然来了家里。

姜淑宁嘲讽道："怎么？不敢开门，怕我打你？放心，我才不会像你那个没教养的朋友一样。"

阮阮挂掉电话，将门打开，冷冷看着门口的姜淑宁："你想干什么？"

她挡在门口，并不打算让她进门。

姜淑宁说："啧啧，你外公就是这么教你的吗，长辈第一次来家里，也不请进去喝杯茶？"

阮阮说："你想说什么就快说，说完赶紧走。我家不欢迎你。"

姜淑宁一把推开她，径直走了进去。

她站在客厅里，扫视了一圈房间，然后回头，嘴角浮起一抹怪异的笑："嗯，现在还是你家，只是不知道，你还能在这个家里待多久。"

"你什么意思？"

姜淑宁在沙发上坐下来，然后慢吞吞地从包里掏出一只牛皮纸信封，扔到茶几上，努努嘴："想知道什么意思，自己看看不就知道了。"

阮阮站在离她几步的地方，没有动。

姜淑宁抬头望着她，挑了挑眉："害怕了呀？"

阮阮走过去，拿起那只信封，拆开。

然后，看着阮阮如她所料，瞬间变得惨白的脸。姜淑宁满意地笑了，起身，踩着高跟鞋，挺起胸膛，昂着头，离开。

走到门边，她又转身，对傻呆中的阮阮说："顾阮阮，我跟你，本来无冤无仇的，只怪你自己倒霉，偏偏嫁给了傅西洲。哦，你肚子里的孩子，也是因他而失去的，你可别恨错了人。"她嗤笑一声，转身离开。

阮阮却仿佛什么都没听到一般，视线胶在手中那张薄薄的A4纸上，脸色愈加惨白，然后，她的手指开始发抖，接着全身都剧烈地颤抖起来。她重重跌坐在沙发上，一瞬间只觉得头昏目眩，眼前有无数道白光闪过，她慌乱伸手，撑住沙发靠背，将身体整个靠上去，若不如此，她真怕自己支撑不下去。

窗外分明是夏日里明晃晃的阳光，从落地窗照进来，她却觉得，忽然之间，所有的光明都消失了，她的世界，漆黑一片。

傅西洲如之前几天一样，在晚餐前就回到家，自阮阮出事后，再忙，他都会把工作提前处理完，也推掉一切应酬，回来陪阮阮吃晚餐。

他习惯性按门铃，等她来为自己开门，结果按了许久，屋子里却没有反应。他输入密码，打开门，发现房间里漆黑一片。他微微蹙眉，阮阮去哪儿了？下午也没有接到她电话说不在家吃饭呀？

他打开灯，然后吓了一跳。

"阮阮，你在家，怎么不开灯？"他朝坐在沙发上的阮阮走过去，近了，才忽然发现，她有点不对劲，听到他叫她，也没有一点反应，眼神呆滞。

"怎么了？不舒服吗？"他在她身边坐下来，伸手去探她的额头。

阮阮却如梦初醒一般，猛地打掉他的手。

他讶异地看着她，只以为她的心情又陷入低谷，正不知如何安慰她时，阮阮缓缓抬头望向他，说："你当初因为什么而娶我？"

傅西洲微愣，然后，几乎是立即，心里便知道发生了什么事情。

看来，姜淑宁母子终于出手了。

"阮阮……"他嘴唇微动，却久久不知如何接下去。

"你因为什么而娶我？"阮阮重复道，她的声音很轻，不像是问句，更像是一声呢喃。可这轻若呢喃的一句，却令傅西洲的心一沉，再一沉，瞬间，便坠入黑暗。

他看着她，她神色看起来如此平静，而那双幽黑清亮的眸中，却仿佛起了一场浓雾，浓雾之后，是深不见底的悲伤与绝望。

“不是因为多年前我对你的救命之恩，也不是因为再重逢后我对你的苦追，也不是因为你没有时间谈恋爱需要一个妻子，更不会是因为你爱我。你之所以娶我，是因为，我外公是阮荣升。是因为，这个。”她将身边那份文件递到他面前，直视着他，“傅西洲，我说得对吗？”

他心里忽然像被什么蜇了一下。她叫他傅西洲，不再软软糯糯地喊他十二，这是他们结婚后她第一次喊他的全名。

见他始终沉默，阮阮微扯了下嘴角，那笑容却比哭还哀伤：“你答应过我的，永远不骗我，那么，请你回答我。”

她心里其实早已有了答案，却像是绝望之人残留着最后一丝对生机的期盼，固执地望着他，等他亲口给她一个答案。

傅西洲闭了闭眼，良久，沉声说：“是。”

说完，他便微微低头，不敢去看她脸上的表情。

空间里是良久的沉默。

然后，阮阮起身。

傅西洲一把抓住她手腕，他慌乱地站起来：“阮阮，你去哪里？”

阮阮轻轻甩开他的手，没有转身，轻声而平静地说：“你知道吗，从下午一点，到此刻，整整六个多小时，我心里一直有两个声音在打架，一个说，没关系，我爱他，没关系。另一个立即说，有关系的，非常有关系，你绝不能原谅他。傅西洲，我可以接受你在我们的婚礼上因故离开，我也可以接受一开始你并不爱我，但是，我不能接受，你是带着目的而娶我。”她终于回头看他，眸中的浓雾化成了水汽，忍了好几个小时的眼泪，此刻终于崩塌决堤，她神色是那样哀恸至绝望：“我更不能忍受，我爱若珍宝的孩子，是你跟我外公之间的一场恶心的交易！”

她转身，往门口走去。

傅西洲追过去，拉住她：“阮阮，并不是这样的，我们谈谈。”

她转头，静静直视着他，她的眼眸中虽蒙着浓浓的水汽，却依旧清澈纯净，他在这样的眼光中，心里一腔话语，不知该如何说出来。

说什么呢？是的，最初我娶你，确实是因为你是阮荣升最疼爱的外孙女，可是后来，在朝朝暮暮的相处中，你一点点渗透到我的世界里来，渗透到我心里，再也无法拔除。

可是，此时此刻，说这些，多像被拆穿后的狡辩。

她在失去孩子与得知这样不堪的真相的双重打击下，一定不会再相信他。

久久的沉默里，阮阮轻轻拨开他的手："你放手，别让我更恨你。"

最终，他缓缓放开了手。

他了解她，她从不像别的女孩子那样使小性子，说赌气的话，她此刻说的都是真的，如果他强硬地不让她走，只怕，她真的会恨他。

可是，他悲哀地想，她现在一定已经恨极了他吧。

他站在原地，眼睁睁地看着她从他眼前离开。

等她进了电梯，他立即抓过车钥匙，跟了过去。

他看着她走出小区，沿着马路又走了许久，才伸手拦下一辆出租车，他开着车跟过去，出租车最后停在了阮家门外，他坐在车里，遥遥地看着她下车，推门进去。他又坐了很久，才开车返回家里。

屋子里灯火通明，可没有她在，却是如此寂静，仿佛漆黑一片。

傅西洲在沙发上坐下，看着那个信封，不用拆开，也知道里面是什么。

那是他跟阮荣升签下的一份协议书，在跟阮阮结婚的前一天晚上。

她说得对，当初他之所以跟她结婚，仅仅是因为，她的外公是阮荣升。那时候，她孜孜不倦地出现在他身边，他深感困扰，却又拿固执的她毫无办法。一次偶然，他得知了她与阮荣升的关系。而阮荣升，是凌天日化集团里除傅家人外，最大的股东。在姜淑宁以及整个姜氏面前，他的力量显得那样薄弱，如果有阮荣升的支持，那么……外人都传，阮荣升最是宠爱外孙女。他心思一动，他对她求婚。

之后，他去找阮荣升，希望得到他的支持。阮荣升在商场多年，是只老狐狸，哪怕他再宠爱阮阮，在涉及利益上，他是冷静的。阮阮非他不嫁，他拿外孙女没有办法，他把在凌天占有的股份，作为阮阮的嫁妆，但他有一个条件，那就是：这股份，只转给傅西洲与阮阮的孩子。只有在他们的孩子出生后，才能动这股份，在孩子成年之前，由傅西洲代为打理。

傅西洲看着协议右下角，自己恣意洒脱的签名，一种叫作后悔的情绪强烈袭上来。当初，他毫不犹豫地签下这份冰冷的协议时，无法预料到，在一年多之后，自己会恨不得穿越回那晚，狠狠地扇自己两个耳光。

他更无法预料到，自己会在不知不觉中，爱上她。

是的，他爱她。

可是，却连一句"我爱你"都来不及说，也不知道，她是否还会给他一个机会，说这句话。

他呆呆坐在沙发上，一支接一支地抽烟，在满室的烟雾里，他从浓黑的深夜，一直静坐到天亮。

阮阮也是一夜未睡。

她回到阮家，想要问外公，为什么要这样做？她又不是商品，为什么要隐瞒着她签下那样让人难堪恶心的协议。可阮荣升去了外地出差，舅妈陶美娟见了她，微微吃惊，又见她满面泪痕的狼狈样，只以为她是同傅西洲吵架跑回了家，嘲讽的话还没来得及说出口，阮阮已经跑回了自己的卧室，反锁了门。

她没有开灯，坐在地板上，双手抱膝，蜷缩成一团。

这是她从小长大的地方，住了十多年，可这个硕大的房间里，她找不到一点点关于家的温暖，只感觉到一阵阵冷意，从脚底蹿上心脏。

这么多年来，她那么渴望有一个属于自己真正的家，开怀时可以肆无忌惮大笑，难过时可以放声痛哭。当初她提着行李跟傅西洲走进他的公寓时，她以为，自己找到了那个家。可最终，她却从那里狼狈逃离，甚至找不到一个可以痛哭的地方。

从未有哪一个时刻，她觉得自己是如此孤独，仿佛漆黑天地间，她唯有自己。

而那些过往的温暖柔情，在此刻，像是一张巨大的细密的网，露出嘲讽的笑，铺天盖地将她网住。

无数个相拥而眠的夜晚，他温柔的怀抱。

那个深夜，他对她敞开胸怀，将他最隐秘最难堪的往事倾诉于她。

佛罗伦萨古董集市里他慌乱的寻找，牵手的温度。

托斯卡纳田园暮色里，风中的呢喃细语。

Pienza小镇山上古堡旅馆里相拥共赏的星光，以及那夜温暖壁炉前的微醺醉意。

在得知她怀孕时，他的欣喜与哽咽，他傻傻的举动，他对即将到来的孩子的期待，那些未雨绸缪的举动。

……

过往记忆有多甜蜜，此刻她便有多痛。

因为，这所有的所有，不过是为着那一纸协议，对吗？

外公说得对，她就是个单纯的傻瓜。她还以为是自己的一往情深打动了他，而真相，却是如此不堪。

在她心中，爱是纯粹的，爱就是爱，无关长相，无关身高，无关学历，更无关身家背景，只是刹那间的心动与想要在一起的相守。而他，击碎了她的信仰。她可以原谅他许许多多，却唯独无法接受，他对她婚姻的承诺，有着这样不堪的缘由。更无法接受，她那么珍视的孩子，只是他谋取想要得到的利益的工具。

想到那个失去的孩子，阮阮心如刀绞。

夜如此漫长，她流干了所有的泪，好似都等不到下一个天亮。

阮荣升来敲阮阮的门时，已经是第二天傍晚，他回到家时，保姆阿姨急得都打算叫开锁的人来撬门了。

阮荣升敲了好一会儿门，阮阮才将门打开，看到她的刹那，阮荣升吓了一大跳，她整个人憔悴不堪，面色苍白，眼周发青，嘴唇都起了皮。

“丫头，是不是傅西洲那小子又欺负你了？”他心疼不已，也以为阮阮是跟傅西洲吵架了，才回到家里，将自己关起来。

阮阮却抬眼直愣愣地望着他，望了许久。

“到底怎么了？”阮荣升皱眉，“别怕，发生什么事情了，告诉外公，外公帮你做主。”

阮阮只觉得心里发苦，她咬紧嘴唇，说：“外公，您为什么要跟他签下那样的协议呢？为什么呢？”

阮荣升神色一变，但很快恢复如常，叹道：“你终究还是知道了。”

阮阮心里无比难受，这世间没有不透风的墙，他们以为能隐瞒一辈子吗？一辈子把她当作傻瓜？

阮荣升说：“丫头啊，我是为了你好。”

阮阮摇头：“外公，如果您真心疼我，您就不该把我的感情，当作商品一样，明码标价。”

“阮阮！”阮荣升也有点生气了，“你知不知道，在你们结婚前，我跟傅西洲谈过话，我直截了当地问过他，娶你的原因是不是因为我。那小子倒也诚实，没否认。这样一个为了达到目的而不惜牺牲自己婚姻的男人，你死活要嫁给他，怎么劝你也不听，甚至对我说，那是你的心愿，让我实现你的生日愿望。我还能说什么？为了保护你，我只得这么做！”

其实除了这个原因，他也不是没有私心，唯一的孙子阮皓天浪荡子一个，他花费一生心血打拼下来的事业王国，可不想在他死后全部交到一个败家子手里，虽然他对傅西洲诸多不满，但他在商业上的才能与拼劲，却令他欣赏。阮阮虽姓顾，但也有阮家一半的血脉，她与傅西洲的孩子，也流着阮家的血。因此，阮荣升才会做出那样的决定。

阮阮微垂着头，沉默不语。

阮荣升见她这个样子，心疼她刚失去了孩子，此番得知真相，倍受打击，他声音放软了点，“你赶紧给我去休息，听话。这件事情，等你身体好一点，我们再谈。”

阮阮看着外公，摇摇头：“不用再谈了，外公，我要跟他离婚。”

“什么？”她的声音很轻，阮荣升有点没听清楚，也许是听到了，但他实在太惊讶了，重复着问，“你说什么？”

“我要跟他离婚。”阮阮仰着头，神色坚定地看着他。

阮荣升神色复杂地打量了阮阮许久，似乎是想从她的神色中窥探出她话中的真假度，可她精神虽憔悴，神色却是极为平静的，不像是在愤怒中脱口而出的气话。

“你想清楚了？”他严肃地问她。

阮阮点点头。

阮荣升沉沉地叹了口气，伸手拍拍她的头：“丫头，一切都随你自己做主。你做任何决定，我都是支持你的，只要你开心。”

说完，他转身离去。

阮阮将门关上，靠在门背后，微微闭眼。

外公，你说只要我开心，可是，我怎么开心？

他不知道，她做出这个决定，多么艰难。在她把自己关在房间里不眠不休的一日夜里，她心里有两个声音，一直在打架，仿佛天人交战。

一个说，顾阮阮，为了跟他在一起，这一路你走得多么艰辛，流过多少泪水，心里多少忐忑，多少个不眠的夜，你真的要就此放弃吗？真的舍得吗？

另一个立即提高声音说，顾阮阮，你被他伤害得还不够吗？他对你，自始至终，都只是利用你的身份。他不爱你，从来没有爱过你。你还要再一次原谅他吗？你对得起那个失去的孩子吗？若不是因为有那份合约的存在，你的孩子不会这样无辜而死！你是有多贱啊！你还要执迷不悟吗？

她从未面临过这样难以抉择的选择，好像怎么选，都难过，都痛苦。在一次又一次的交战中，最后，那个说“离开”的声音占据了上风。

风菱曾对她说过，选择，是这世间最最无奈的事情。她还说，软软，我真羡慕你，你的世界从来都简简单单的，从升学到就业，甚至结婚，一切都按照自己心里的喜好来，不需要做任何选择。

可是现在，她一直以来为自己建造的那个简单纯粹的世界，好像，被打破了。

也许，从与他重逢开始，从义无反顾地朝他走过去开始，她一直固守的那个纯粹的世界，就开始慢慢地变得复杂了。

执着、苦求、忐忑、害怕、担忧、心痛、纠结、忍耐、长夜里痛哭，人生里诸多情绪，她一一体悟。

后悔吗？不，爱他这件事，她从未后悔过。

她只是觉得疲惫，觉得累了，心灰意懒。她也终于彻底明白，这世间，并不是所有的深情都会得到对等的回应。

而他之所以可以伤害到她，并不是他比她强大，而是因为，她对他敞开了胸膛并且亲手将刀递给他，是因为，她爱他，而他恰恰相反。

只是现在，执着了这么久，她终于决定放手，放开他，也放过自己。

就当自己，做了一场梦吧。

一场美好也哀伤的梦。

第十章 如果不能跟你共度，未来的岁月都没有意义

你给了我那么多的好时光，
像清风与暖阳，
你让我习惯并且依恋上这样的温柔，
那么余生你都要对此负责，
怎么可以半途离开。
如果不能跟你共度，
未来的岁月都没有意义。

虽然一天一夜没有睡觉，累极了，但躺在床上很久，阮阮还是没有办法很快入睡，她起床，去找保姆阿姨拿药。她知道阿姨有失眠的毛病，备有安眠的药物。阿姨迟疑着，阮阮知道她在顾虑什么，轻声说："你别担心，我只是想要好好睡一觉而已。阿姨这才肯给她一颗，并嘱咐她说，以后不要再吃了，会有药物依赖。"

吃了药，她终于昏昏沉沉地睡了过去。

她再醒过来，是半夜了，屋子里浓黑一片，她觉得头昏昏沉沉的，口很渴，伸手想去拿床头柜上的水杯，忽然觉得不对劲。

她的腰间，横着一只手臂！

阮阮瞬间变得清醒，下一秒，便知道躺在她身边的人是谁了，那人身上的气味，那样熟悉。

她一动，傅西洲便醒过来了。

"阮阮。"他轻声喊她。

她不知道他怎么会躺在她床上，他在这里，外公一定是知道的。可外公明明说过尊重她的决定，现在又算怎么回事？

她挣扎，试图从他怀里挣开，他从身后搂住她的手臂却更紧了点。

“傅西洲，你放开我！你出去！”她愤怒低吼。

他低低的叹息在她耳边响起：“阮阮，对不起。最初，我确实是怀有目的对你求婚，可是后来，那个目的，变得并不重要了。跟你在一起的一年多，我觉得很快乐。”

阮阮沉默着，但依旧想要挣脱他的怀抱。

“你知道吗，当我得知你怀了我们的孩子时，我高兴得快要疯掉了……”

阮阮忽然抬手，恶狠狠地撞向他的胸膛，他吃痛，抱着她的力度一松，她趁机从他怀里挪开。

他说到孩子，阮阮心里便剧痛起来，整个人都清醒了几分。

她迅速从床上爬起来，拧开了灯。

房间里亮堂一片。

寂静的暗夜里，听着他呢喃般的低语，她真怕自己会心软，会再一次犯傻。

她站在床边，他也已经坐了起来，看着她。

她也看着他，良久，她低头，轻声说：“我们离婚吧。”

傅西洲一怔，然后耳畔仿佛有巨大的嗡嗡声，他整个人都傻了。

“你说什么……”他喃喃，神色震惊。

阮阮偏过头，在床边的凳子上坐下来，背对着他重复道：“我说，我们离婚。”

他颤抖着从床上爬起来，失去了惯有的冷静。他蹲到阮阮身边，握住她的肩膀，强迫她面对直视着自己，语调里似有着强烈的不可置信：“你说什么，你再说一遍。”

阮阮直视着他的眼睛，轻声却坚定地再重复了一遍。

傅西洲握着她肩膀的手指骤紧，阮阮甚至感觉到了痛意，但她没有挣开他。也许，这身体上的痛意，能稍稍抵挡一下心里的痛。

那句难开口的话，她说了三遍，每说一次，心里便痛一次。

这个人啊，是她从十八岁开始就爱着的人，经历岁月，那份感情渐渐缠绕成执念，也似陈酿。这个人，早成了她生命中的一部分，也是身体的一部分。

而要从一个人的身体里，生生地剜去一个部分，该有多痛。可如果不这么做，她不知道，心存了芥蒂的自己，要如何继续这桩婚姻。

她对自己没有信心。

房间里一时陷入了沉默，他的手始终握着她的肩，半蹲在她面前，幽深的眼睛眨也不眨地望着她，仿佛要将她看穿，来辨别她话中的真假。

她那样平静，没有愤怒，也没有眼泪，傅西洲的心一点点沉入深渊，他知道，她不是开玩笑，她说真的。

他只是没有料到，对他那样执着深爱的阮阮，会忽然提出分手。他以为，她只是一下子不能接受这些事情，所以他给她时间，克制着自己别来找她，让她独自静一静，之后再好好谈。哪里想到，一日夜后，再见面，她给他这样一颗重磅炸弹。

“我不同意。”良久，他缓缓起身，如此说。

阮阮说：“你不用担心，我跟外公说好了，就算我们结束婚姻关系，一旦凌天集团有什么动向，他会站在你这边。”

之前，当她提出这个请求时，阮荣升无比震惊，良久，才问她为什么。阮阮没有回答外公，只说，这是她这辈子对他提的最后一个请求，请他答应自己。阮荣升沉吟许久，叹着气，答应了她。末了说：“真是没见过比你更傻的人。”

阮阮也觉得自己傻，都到了这个时候了，她却还在为他着想。其实，她只是想起了那个深夜，在寂静的车内，他对她说起他那段灰暗的过去。那个十四岁的少年，一直令她心疼。

傅西洲一怔，苦涩地开口：“阮阮，你以为，我担心的是那些吗？”然后，他自嘲地笑了，是啊，现在在她心里，他就是为了自身利益不顾一切的卑劣之人。

转念他心里又忽然升起了一丝希望，抓过她的手，急切说：“你在担心我，阮阮，你并不是真的要跟我分开，对吗？”

阮阮抽出自己的手，转身走到窗边，凝视着窗外浓黑的夜：“我是认真的。我也承认，既然都要分开了，我还为你的将来担心，确实很傻很矛盾。你知道的，我这个人一直都很傻，你就当我最后一次为你做了件傻事吧。”顿了顿，她放低声音，语气里全是疲惫：“但请你放开我，我还是无法接受那件事，继续在一起，我会觉得很累。”

隔天下午，阮阮收拾了行李，给阮荣升打了个电话，就搬去了风菱家。

阮荣升在听到她要搬走时，有点惊讶，也有点不快，说：“这是你的家，你不住这里，却要去人家那里借住？”

阮阮沉默了会儿，说：“外公，我想静一静。”

阮荣升是知道陶美娟那张嘴的，阮阮刚失去了孩子，又要离婚，她肯定会趁机对阮阮冷嘲热讽一番。而风菱，是她唯一的朋友，她心情很糟糕，与朋友住一起，也有个人说话。他便也没再说什么，只让她照顾好自己，住一阵子就回家。他也没有问阮阮与傅西洲的事情到底怎样了，阮阮也就回避着不说。

风菱特意早下班，开车过来接她。

才三天没见，阮阮又瘦了很多，风菱心疼地抱了抱她。

风菱开着车先去了超市，买了大堆食材，又临时买了一个汤锅，要给阮阮炖汤补一补。

风菱工作繁忙，几乎不在家开伙，她的厨艺也一般，完全没有继承到风母的好手艺。阮阮见她站在一尘不染的厨房里，一边握着手机看一会儿，一边准备食材，嘴里碎碎念着，照着食谱给她做好吃的。

她心里涌上淡淡的暖意。她走过去，从身后抱着风菱。

“叮当，幸好还有你。”她轻声说着，脸颊在风菱背上拱了拱，像个脆弱的小孩子。

风菱微微转身，面对面与她拥抱在一起。

软软，我也好庆幸，有你这个朋友。

在这个偌大的友情世界里，我们有彼此，这真是生命中的小确幸。

晚上，她们躺在一张床上，在黑暗里，轻声说话。

风菱说：“软软，离开他，你真的不会后悔吗？为了跟他在一起，你曾多么努力，我还记忆犹新。”

沉吟片刻，阮阮才说：“我也不知道将来会不会后悔……叮当，我只是现在，没有办法再跟他在一起。看到他，我心里难受。”

风菱说：“他同意离婚？”

阮阮摇了摇头。

那晚，在她说了那样一番话后，傅西洲沉默了良久，最后他说：“阮阮，我不会跟你离婚的。”说完，他就走了，走得飞快，生怕听到阮阮的回答似的。

第二天一早，她打电话给他，打的是他的手机，却是林秘书接的，说傅总在开会。她让林秘书转达，给她回电，她等了一上午，他也没有给她回过来。

阮阮明白了，他在回避他们之间的问题。

她深感无奈。

她搬到风菱这里，并没有跟傅西洲说，他却在第三天，找了过来。

这晚风菱加班，阮阮一个人在家，门铃响时，她以为是风菱回家了，打开门，愣住了，他怎么知道这里的?

然后，她下意识就去关门。

傅西洲伸手撑住门，叹息般地喊她的名字：“阮阮……”他嗓子有点嘶哑。

阮阮别过头去，不看他，却也不让他进去。

在之前视线相交的一瞬间，她已看清，他神色中的憔悴。

他抵着门，说：“十分钟，好不好？我就进去坐十分钟……”说着，他低声咳嗽了两声。

他生病了？

这个念头一蹿入阮阮脑海里，她阻挡的姿势，便微微偏了偏。

看着傅西洲走进客厅的背影，阮阮忍不住在心里恶狠狠地骂自己没出息，一边又对自己说，十分钟，就十分钟。

她给他泡了一杯热茶，他捧着杯子，坐在沙发上，又低声咳嗽了两声。

阮阮蹙眉：“生病了就去看医生，上这里干什么？”

傅西洲低头喝了一口热茶，然后说：“阮阮，我想念你做的‘焦二仙’茶了。”

阮阮微愣。

可这时候，提这些，做什么呢，徒增伤感。

她冷着脸，说：“你来这里，到底想说什么？”

傅西洲捧着茶杯，不说话，隔着升腾起来的袅袅水汽，静静地望着她。

阮阮被他的灼灼眼神看得不自在，偏过头去。

过了会儿，他说：“我就是想来看看你。”

他轻柔的声音，这样的话语，此刻听在她耳中，却只觉是一种折磨。

她“唰”地站起来，说：“现在你看完了，你走吧。以后也别再来了。”

“十分钟还没有到。”他竟像个赖皮的小孩子。

阮阮说：“我并没有答应你十分钟，是你自以为是的。”她走到门边，打开门。

傅西洲无奈地起身，走出门，又回头，想说什么，阮阮已经重重将门甩上了。

他站在那里，与她只一门之隔，他却不知道该用什么办法，来敲开她关上了的心门。

是他做错在先，连辩驳的余地都没有。他看着紧闭的门，深深的无力感，涌上心头。

风菱回来时已经很晚了，阮阮躺在床上，却没有入睡，台灯开着，也没有做别的事情，就望着天花板，在发呆。

风菱和衣在她身边躺下，似是累极，闭了会儿眼睛，然后才开口对阮阮说：“傅西洲的车在楼下，他坐在车里抽烟，估计坐了蛮久。”

阮阮一愣，他还没有走？

“你要不要下去一趟？”风菱问。

阮阮摇了摇头。

风菱叹口气：“真搞不懂你们了，当初吧，你苦苦追着他跑，现在呢，反过来了。”

阮阮不作声。

风菱翻了个身，用手撑着头，面对着她：“软软，你给我说句心里话，你真的舍得离开他？”

阮阮也翻了个身，整个人趴在床上。

过了许久，风菱才听到她闷闷的声音：“舍不得。”她侧身面对着风菱，“可是叮当，你了解我，我这个人笨笨的，固执，一根筋。从小到大，我怎么都学不会装傻，心里也藏不住情绪。之前我跟他也发生了很多事情，我原谅了他一次又一次，但那些，尚在我的承受范围之内。而这次，叮当，那份协议，碰触了我的底线，让我不知该如何再继续相信他。还有失去的那个孩子……”她咬着嘴唇，无法再继续说下去。

“好了，别说了。”

“叮当，我这样矛盾纠结，是不是很矫情？”

“没有。软软，跟着自己的心走吧。睡吧，别多想。”风菱心疼地摸摸她的脸。

阮阮“嗯”了声，随手关掉了台灯。

可哪里睡得着，她想到此刻也许还坐在楼下车里的傅西洲，便觉心烦，也有点无奈。她没想到，到最后不肯放手的，竟是他。

第二天，阮阮将一份签好名字的离婚协议书寄给了傅西洲，然后她打包好行李，搬离了风菱家。

她的车留在了傅西洲的公寓车库里，她也不想回去取，叫了辆出租车，去农场。

齐靖见到她时，微微讶异，她请了一个月的长假，这才过了一半呢。他见她神色憔悴，关心地问道：“你身体不好，怎么回来上班了？”

阮阮说：“好多了，我知道农场很忙，身体没什么大碍了，我也不好意思再休假。”顿了顿，她说：“齐靖，你可以帮我安排一个房间吗？我想在这里住一段时间。”

齐靖更讶异了，想当初“不住在农场”是阮阮唯一的入职要求，他知道她才结婚没多久，要过二人世界，而现在……

“好，我给你安排。”他是个知趣的人，阮阮不说，他自然也不会追问。

很快，齐靖就让人收拾了一间屋子出来。低矮的红砖平房，是农场的工人宿舍，已经住了几个人，齐靖知道她喜静，便给她安排了最边上的一间。房子十平方米左右，屋子里只有一张床、一张书桌、一把椅子，以及一个简易的组装衣柜。浴室与厕所都在外面。极为简陋，但阮阮却觉得挺好的，因为足够安静。

然而这样的安静，只持续了三天。第四天的傍晚，傅西洲出现在农场。阮阮正在花棚里劳作，他站在门口，遥遥望着她的身影。

他站了许久，她都没有感觉到有人在窥视她。

傅西洲心里泛起苦涩，又有点生气，自从收到她的离婚协议书，这三天来，他连工作时都在走神，晚上几乎都没有睡一个好觉。而她呢，却还有心思如此专注地侍弄这些花花草草。

他望着她，却也不得不承认，专注工作的顾阮阮，也真的很迷人。她不是那种五官生得好看的女孩子，但她安安静静地蹲在姹紫嫣红的花草间，眉眼温柔地凝视着那些不能开口同她说话的植物，仿佛用一种别人听不懂的语言，在跟它们交流。这时候的她，有一种安宁的力量，令人心里不自觉变得柔软。

“阮阮。”他的声音惊着了她，她手中的小铲子“啪嗒”掉落在地。

她缓缓起身，蹙眉望着他。

这是他第一次来她工作的地方，如果换作以前，阮阮一定很开心，会拉着他一一为他介绍自己亲自培育的花草，可此刻，她却只觉得困扰无奈。

傅西洲走到她身边，扬起手中那份离婚协议书，当着她的面撕碎：“我说过，我不会跟你离婚的。”

阮阮转身就走，一边说：“我会再寄给你一份。”

傅西洲忽然从身后抱住她，将她紧紧地箍在怀里，头搁在她颈窝里，在她耳边低语：“阮阮，再给我一次机会，我们重新开始，好不好？”

她从未听他用如此近乎哀求的语气说过话，心里泛起酸意。

但她紧咬着唇，将他推开。她不想再跟他多做纠缠，怕自己会忍不住心软。

她快步离开，他追过去，一把拽住她：“阮阮，你怎么这么狠心，就因为我做错了一次，就否认掉我们这一年多来的所有一切？”

阮阮猛地回头，原本平静的神色中带了怒意，还隐着悲伤：“我狠心？”她嘴角微颤着，最后说：“好，就当我狠心吧。”

他根本不明白，她介意的是什么。她恶狠狠地甩开他，小跑着离开。

傅西洲望着她离开的方向，颓丧地双手掩面。他话中并不是责怪的意思，他压根也没有资格责怪她，他只是慌乱无措中口不择言，她却误会了。他也再次令她伤心了。

她如此坚定，如此固执地要离婚。他现在，完全不知道该怎么办了。说什么，做什么，似乎都无法得到她的谅解。

外人都传他有心计，有手段，他想要做的事情，就没有做不成的，可现在面对她，他一点办法也没有。

他黯然地离开了农场。

但接下来，每天他都过来农场。其实他工作很忙，尤其是香氛系列的开发案进入到了关键阶段，但他依旧抽出时间来看她。

有时候是中午，想要跟阮阮一起吃中饭，可一见他出现在饭厅，她就端着饭盒，走得远远的。

有时候是晚上下班后，也有的时候，他加班到很晚，满身疲惫，还是开一个多小时的车过来，那时候阮阮都睡下了，他就在门外静静地待一会儿，不敲门，也不喊她。就那样傻傻地席地而坐，靠着墙壁，一支接一支抽烟。

第二天一早，阮阮开门出来，会在门口看到无数个烟蒂，以及门上贴着的一张便笺条，他写着：阮阮，这里的空气真好，我也想搬到这里来住了。

有时候他写：阮阮，田地里的蛙鸣与虫豸的声音好动听，像乐曲。

有时候他写：老婆，我想你。

最新的一张他写：阮阮，你给了我那么多的好时光，像清风与暖阳，你让我习惯并且依恋上这样的温柔，那么余生你都要对此负责，怎么可以半途离开。如果不能跟你共度，未来的岁月都没有意义。

……

阮阮将字条扯下来，将烟蒂扫进垃圾桶。

她拿出手机，给顾恒止打了个电话。

然后，她去找齐靖。

“你要辞职？”齐靖讶异地望着她。

阮阮无比歉疚地说：“对不起。”

齐靖知道她因为什么，他想了想，说：“这样吧，我给你放长假，你处理好了自己的事情，再回来。”

"这……"

他挥挥手打断阮阮："就这么说定了，等你回来。"

"谢谢。"千言万语，也只能化作一句谢谢。她是真的很喜欢这份工作，也很喜欢齐靖这个老板，与农场里别的同事相处得也愉快。若不是万不得已，她真的不舍得辞职。

坐在前往海城的出租车上，阮阮闭着眼睛，自嘲地笑了，现在的自己，多像个逃难的。

从那个两人之家，逃回阮家，再逃到风萎那里，之后是农场，最后，还要去投奔哥哥。

顾恒止的车停在自家小区门口，他坐在车内，不停地看时间，总觉得时间过得太慢了。一个半小时前，他接到阮阮电话时，正在郊外的骑马场同合伙人开一个重要的会议。那个电话是秘书接的，但他嘱咐过秘书，只要是阮阮来电，任何场合，都要立即转给他。

她在电话里说："哥哥，我来投奔你。"

他一惊，追问，她也不肯多说，只说见面再谈。

挂掉电话，他以最快的速度结束了那个会议，然后开车回城。

他在门口，等了半个小时了。

其实，等阮阮从农场出发抵达这里，估计还需要半小时，他完全可以回到家里等她，但他始终坐在车内，望着路的另一头。

他是个害怕无聊的人，也从来没有等一个人，这么长久。

但那个人是她，他甘愿。

一起玩的朋友圈里，都传他是花花公子，嬉皮笑脸，没个正经。看到漂亮的女孩子，就爱凑上前去搭话。跟朋友在一起喝酒，也逢场作戏过，甚至也跟有共同话题的女孩子交往过。但那种关系，维持不了一个月，最终意兴阑珊地收场，最后落下了一个欺骗女生感情的坏名声。他也不在意，从不解释。没有人知道，甚至连最好的哥们傅希境，也看不到，他藏在那笑意底下的黯然与孤寂。

他最深的感情，全给了那个无法在一起的女孩。

阮阮，顾阮阮。很多个深夜，他在心里轻念这个名字。她的姓，也是他的姓。多么美好的寓意。可他与她的关系，却只能是兄妹。

暮色四合，他终于看到她从出租车上走下来的身影。

隔着远远的一眼，就令他蹙眉，心微微一疼，她怎么瘦成这样，精神看起来也极差。

他下车，朝她走过去，接过她手中的行李箱。

“哥哥。”阮阮仰头看着他，开口喊他时，语调里便带了微微的撒娇与委屈意味。

“饿了吧？回家我给你做好吃的。”他笑笑，牵过她的手。

阮阮没有挣脱他，在她看来，他牵着她的手走路，就好像儿时他带她出去玩，过马路时，总是担忧地紧紧牵着她。可在顾恒止心里，刚一感觉到她手心里的温度，心便微微一颤，却还要装作若无其事。

顾恒止现在住的地方是自己买的一套三居室公寓，房间足够宽敞，也因此，阮阮才会提出来这里暂住。

顾恒止在厨房里忙碌着，阮阮靠在门边看着，他偶尔回头跟她说两句话。

“哥哥，我要跟他离婚了。”阮阮忽然轻声说。

听完这句话，顾恒止足足有三十秒的沉默。

然后，他转过身，说：“你在我这里，想住多久都可以。”

阮阮微微讶异地望向他，他是唯一一个，没有问她为什么，也没有对她说“你想清楚了吗”的，他的神色极为平静，没有一丝惊讶，仿佛早就料到有这么一天一样。也对，哥哥从一开始，就不看好自己这段婚姻。阮阮想。

顾恒止又转过身，继续手中切菜的动作，切着，就不禁走了神。

“啊！”刺痛令他轻呼出声。

本已转身离开的阮阮听到痛呼声立即走过来，看到他手指上的鲜血时，吓了一跳，赶紧拉他出去包扎。

最后这顿饭，还是阮阮做给他吃。

顾恒止站在厨房门口先前阮阮站过的位置，望着她忙碌的背影，嘴角微微扬起。他也知道，自己此刻心里的想法，有点卑劣了。可，听到她要跟那个男人离婚，第一反应，他竟是欣喜的。

心底那躲藏在暗处的情感，忽然汩汩地冒着泡，像是地底下冷藏了一整个冬天的种子，遇见了春天的阳光与雨水，即将破土而出。

阮阮担忧傅西洲像之前那样，很快又找到顾恒止这里来，毕竟，她亲近的朋友与亲人，只得风菱与哥哥。

顾恒止也考虑到了这一点，第二天，便将阮阮送到他经营的一个度假山庄去。山庄在海城郊外，青山环绕，还有能钓鱼的水库，非常适合散心，又逢盛夏，海城极热，这里，又是避暑胜地。

阮阮住在最好的套房里，她本觉得奢侈，可顾恒止坚决如此安排，她也就随他去了。

她关掉了手机，除了偶尔跟外公与风菱打个电话，谁都不联系。

大把大把的时间，无所事事，她睡觉，或者看看书，傍晚，就去水库里游泳。在青山绿水中，心情，渐渐平静了许多。

转眼，她便在山庄里待了半个月。

而在这半个月里，她不知道，傅西洲找她找疯了。

"还没有找到吗？"深夜的办公室里，傅西洲临窗而站，手中烟蒂燃到尽头。

"对不起，傅总。"他身后的林秘书低声说，"要不，我明天去找一下私家侦探？"

沉吟了片刻，傅西洲摆摆手："算了，老林，别找了。你下班吧。"

林秘书走后，房间里又陷入一片寂静。

这半个月来，她从农场离开后，他去过阮家，求过阮荣升，可他只丢给他一句，不知道。他也去找过风菱，她也是同样的答案。他打过电话给顾恒止，甚至亲自去过顾恒止的新公寓，同样没有答案。

罢了，这些天来，他也冷静了下来，也许暂时分开一下，对他们的关系才是最好的缓和。

他是了解她的，如当初固执地追求他一样，当她在心里认定了一件事情，除非她自己想通，否则谁都没有办法改变她的想法。

她一根筋似的固执，真是令他又爱又恨。

但他绝对绝对不会同意跟她离婚的，等她情绪稍微缓和一点，他会重新出现在她面前，让一切，从头开始。

八月中旬，顾恒止的生日。

阮阮本来约他来山庄，给他过生日，哪知那天他公司非常忙，晚餐又答应了陪父母一起吃，顾恒止让阮阮也一起吃晚餐，她想了想，拒绝了。很久没有见过伯父伯母了，顾家父母都在政府部门上班，顾父又身居高位，平日里不苟言笑，十分严厉，阮阮有点怕他，除了节日里正常的问候，平日里也极少联系。

最后，阮阮决定订个蛋糕，等顾恒止晚餐结束，陪他吹蜡烛切蛋糕，也是她一番心意。

她下午就回城，去商场选了一份礼物，路过红酒专柜的时候，她走了进去。顾恒止爱喝酒，她想着，有蛋糕，怎么能缺少美酒呢。她心思单纯，只当投哥哥所好，压根就没有多想，烛光美酒，多像情侣间的约会。

天公不作美，傍晚时忽然下起了大雨，阮阮没带伞，从小区门口冒雨走进来，淋湿了一身。

顾恒止与父母的晚餐结束得很早，八点钟，他就回到了公寓。阮阮刚洗完澡出来，穿着睡衣，头发还滴着水。见到他，微微讶异。她以为他没这么快回来的。

“哥哥，你等等。”她赶紧跑去吹干头发，然后拆开蛋糕，点上蜡烛，又倒了两杯红酒，关掉了灯。

偌大的客厅里，只有烛火的光芒闪烁着。

“哥哥，生日快乐！”她笑着递过去礼物，“先许愿。”

隔着烛光，顾恒止深深看了她一眼，微笑着闭眼，双手合十。

片刻，他睁开眼，吹灭了生日蜡烛。

阮阮要去开灯，被他阻止了，他起身，摸着黑，从厨房里找来两支烛台，“哗”一下，点燃。昏黄的火苗，微微闪动，然后稳固下来。

顾恒止随意在茶几下的大地毯上坐下来，背靠着沙发，又伸手将阮阮也拉到地毯上坐着，取过酒杯，递给她一杯：“来，陪我喝一杯。”

阮阮举杯：“祝哥哥年年有美酒。干杯！”她微仰头，抿了一大口酒，入口香醇，很好喝。

顾恒止望着她，嘴角微扬，目光似水。

一杯酒很快喝完。

阮阮很久没喝酒了，也许是想醉一醉，她伸手，又去倒第二杯，却被顾恒止忽然握住手腕。

阮阮侧头看他，她以为哥哥是要阻挡她继续喝酒，哪知，侧头的瞬间，她的手腕被他轻轻一拉，身体往他怀里靠过去，接着，一片阴影覆下来，嘴唇被柔软的凉凉的触感覆盖住……

她整个人彻底呆住，瞪大眼睛，只觉眼前闪过一大片白光，完全不知如何思考。

她在他怀里猛挣扎，却无用，情急之中张嘴就狠狠咬下去……

“恒止？”随着门“咔嚓”一声轻响，一个惊讶的声音从门边传来。

同时，阮阮恶狠狠地推开顾恒止。

“你们……你们在干什么！”门口传来的声音已是十分震惊，像是发现了极为可怕的事情。

阮阮听到那个声音，只觉头皮发麻。

“大伯母……”她讷讷地喊，缓缓站起身来。

"妈，你怎么来了？"顾恒止也站起来，神色复杂地看着顾母。

顾母看了看他，又看了看阮阮，脸色非常难看。

"妈，我们出去说。"顾恒止拽着顾母，就往门外走。

走到门口，他回头望着呆怔中的阮阮，轻声说："你等我回来。"

顾恒止喜欢热闹，所以房子选在海城最繁华的地段，几百米外，就有一家环境优雅的咖啡厅。

他将母亲带到咖啡厅，要了个安静的卡座，叫了两杯茶。

顾母还没有开口，顾恒止抢先说："就是你看到的那样。"

顾母算是个遇事冷静的人，此刻也是神色大变，放在桌子下面的手指不停抖着，她双手握拳，竭力让自己冷静点，但声音里还是有了颤音："这就是你一直不肯结婚的原因？"

顾恒止看着母亲，知道自己的回答，会令她失望甚至抓狂，但他还是毫不犹豫地点头："是。"

顾母闭了闭眼，胸口起伏得厉害："你们是兄妹！"

顾恒止摇摇头，说："妈妈，你心里明知道，我跟阮阮，没有血缘关系。"

顾母惊讶地张大嘴，她没想到，这个隐藏了多年的顾家的秘密，顾恒止竟然知道。

良久。

顾母提高声音："顾恒止，就算她跟你没有血缘关系，你们也是兄妹！从顾阮阮被抱回顾家开始，她就是你堂妹，这个事实，无可更改！"

顾恒止沉默不语。他知道，在这个问题上，他是说服不了母亲的。

顾母又说："顾恒止，你给我死了这份心思。顾阮阮已经结婚了，今晚算什么？一个有夫之妇，却跟自己的哥哥……她还要不要脸了？"她满脸的鄙夷。

"妈妈！"顾恒止皱眉，"我的心思，阮阮完全不知道，你别这样说她！"顿了顿，他说："而且，阮阮要跟傅西洲离婚了。"

顾母微愣，这个事情，她还真不知道。

"然后呢？你还想跟她结婚不成？"顾母厉声说。

顾恒止说："是有这个想法。"

顾母抬手，毫不犹豫就扇了顾恒止一个耳光，她气得浑身发抖："你……你……"

顾恒止神色平静地看着母亲，说："妈妈，对不起。但这是我自己的事情，请你别插手。当我求你。"

顾母盯着儿子，从小到大，他极少对她提什么要求，这是第一次，他用如此哀求的语气，对她说话。

她可以答应他任何事情，唯独这个，不行。顾家丢不起这个脸！

她“唰”地站起来，咬牙说：“你想跟她在一起，除非我死！”说完，她转身离开。

顾恒止在座位上又坐了一会儿，沉沉叹了口气，也起身离开了。

他刚走，隔壁卡座就探出一个头来，是个女孩子，满脸都是撞上了狗血大八卦的兴奋。

“啧啧啧，刚隔壁那是什么情况？狗血兄妹乱伦剧？”她咋咋呼呼地冲坐在她对面的女友说着。

女友像是沉浸在自己的思绪里，没有接她的话。

“喂！嘉乐？你在想什么啊？跟你说话呢！”女子伸手，在对面的人眼前晃了晃。

“哦，是啊。真是一个好狗血好精彩的大八卦啊……”乔嘉乐回过神，嘴角牵出一抹诡异的笑。

“怡怡，我去下洗手间。”乔嘉乐站起来。

“哦，好啊。”

她走到洗手间，看了眼，两个隔间里都没有人，她将大门关上，然后拨通了傅云深的电话。

“傅总，有个超级大秘密，我想，你会非常非常感兴趣。”她嘴角噙着笑。

“哦？是什么？”电话那端，傅云深依旧是不急不缓的语气。

乔嘉乐也不急着说了：“明天公司见，我当面给你直播。”

“好啊，拭目以待。”

挂掉电话，乔嘉乐打开手里的录音笔，按下播放键。

“顾恒止，就算她跟你没有血缘关系，你们也是兄妹！从顾阮阮被抱回顾家开始，她就是你堂妹，这个事实，无可更改！”

……

乔嘉乐看着手中的录音笔，这是她为姐姐准备的，会随时录一些与父母在日常生活里的对话，拿去医院放给姐姐听。她没想到，这录音笔竟派上了大用场。她更没想到，为了躲避一场雨，随便进的咖啡厅，竟然还能听到这样精彩绝伦的秘密。

她对着镜子补了补口红，嘴角勾起的笑愈加得意，还带着一丝嘲讽。

顾阮阮，若你失去阮家这个背景，傅西洲还会要你吗？

第十一章 终不舍

再深的怨，
再深的芥蒂，
在一想到可能永远失去他时，
都变得无足轻重了。

顾恒止回到家时，阮阮正坐在沙发上发呆。

今晚的事情，实在太令她震惊了。

哥哥……怎么会……

“阮阮。”顾恒止在她身边坐下来，阮阮下意识便往旁边移了移。

顾恒止苦笑，走到她身边蹲下来，面对着她。

“阮阮，对不起。我说对不起，并不是为了之前我对你做的事情，而是，”顾恒止苦涩地说，“接下来我要告诉你一个被隐藏多年的秘密。”

阮阮看着他，一脸的迷茫不解。

“关于你的身世。”他微微迟疑，最终还是说了出来，“阮阮，我们并没有血缘关系，你不是我小叔小婶的亲生女儿。”

阮阮耳畔“嗡”一声巨响，喃喃地道：“你说什么……”

“我说，我跟你，并没有血缘关系。”他轻声重复着，见到她脸上震惊的神色，他心中有些许不忍，也知道自己有多自私残忍。

可之前的那一吻，他必须做出解释。

那份感情，他隐忍了这么多年，在今晚之前，他也并没有决定袒露于她面前，也许是今晚她营造出的气氛太过美好，烛光美酒，她久违的笑容，令他迷了心智。

那一吻，如此情不自禁。

但他不后悔。

“哥哥，这个玩笑一点也不好笑……”阮阮皱着眉，眼睛眨也不眨地看着他，似乎是想从他的表情里找出开玩笑的端倪，可他的神色里，是从未有过的认真与严肃。

“我没有开玩笑。”

她想起他曾对自己说过的一句话，他说：“丫头啊，就算全世界的人都骗你，我也永远不会骗你。”

阮阮的手指开始发抖，然后是腿，再是嘴唇，仿佛忽然被人丢到了冷库里，浑身不可抑制地颤抖起来。

“阮阮。”顾恒止伸手握住她的双臂，想要拥她入怀，却被她推开。

她双手紧握成拳，似乎在竭力克制自己的情绪，却没有成功，她起身时身体依旧在颤抖，她朝门口走去。

顾恒止拉住她：“你要去哪里？”

她推开他，像是喃喃自语：“我一定是喝多了，产生了幻觉，我出去吹吹风……”

今晚的一切，她都不相信。

或者说，她拒绝去相信。

顾恒止挡在门口，握住她的肩膀，让她直面他：“阮阮，对不起，你说我卑鄙也好，无耻也好，乘虚而入也好，我都承认。我今晚对你做的事，不是一时冲动。我爱你，阮阮，不是哥哥对妹妹的感情，而是一个男人对一个女人的爱。我爱你，很久很久了。”最后一句，他的声音轻得像是一声叹息。

他其实知道，这个时候说这些，并不是明智之举，可不知为何，他心里忽然生出一种强烈的感觉，如果此刻不说，以后都没有机会了。

阮阮呆呆地望着他，她从他的眼神里，看见一种很熟悉的东西，她凝视着傅西洲时，也是这样的眼神。

固执的、深不见底的深情。

她闭了闭眼，双手紧按在太阳穴上，她并没有喝醉，却觉得脑袋要爆炸了，仿佛整个世界都在旋转一般。

最后是顾恒止离开公寓，留给阮阮独自的安静，她需要空间与时间，来消化这突如其来令人震惊的一切。

他离开时，阮阮问他：“你什么时候知道的？”

什么时候知道的呢？

是十五岁那年的春天，他记得很清楚。那是清明节，全家照例去给阮阮的父母扫墓，母亲一大早就在准备祭拜的食物。他听到父母在厨房里交谈，母亲叹息着说，世钧也真是命不好啊，这么早走了，连个血脉都没留下。父亲说，阮阮去祭拜，也是一样的。母亲说，又没有血缘关系，怎么能一样。父亲就呵斥她：“管好你这张嘴，待会儿见到阮阮与阮家的人，别乱讲话。”母亲说：“当初弟妹在医院里生下的孩子没活成，你们兄弟俩就出了这个主意，抱了个弃婴来冒充亲生儿，还瞒着她与阮家，我就不太赞同，这世上哪有不透风的墙……”

那时候，他听到这个秘密时，震惊不亚于今晚的阮阮。后来他再见到她时，对她便多了一份怜惜，总想对她好一点，更好一点。那种感情，随着岁月，渐渐变成了另一种情愫。

阮阮一夜未眠。

天亮时，她去浴室洗了个热水澡，然后开始收拾放在顾恒止家里的一些物品。

打开公寓的门，她愣住了。

顾恒止竟然靠坐在门口正睡着，他睡得极浅，阮阮刚蹲在他面前，他便醒了过来。

阮阮轻问：“哥哥，你怎么……”

“我不放心你。”顾恒止凝视着她青黑的眼圈，说，“你一夜没睡吧，这么早，你要去哪里？”他看一眼她手中的行李袋。

阮阮站起来，也将他拉起来，说：“哥哥，你进去睡会儿吧，我去山庄那边收拾下东西，然后回莲城。”

顾恒止挽留的话涌到嘴边，终究没有说出来，他想起昨晚，她对他说的话。

她说，哥哥，对不起。

没头没尾的话，他却知道，她在拒绝他。意料之中的答案，可听她亲口说出来，他心里还是那样失落，那样难过。

他知道，他与她的关系，并不会因为这个夜晚，而有所改变。

顾恒止抓过她手中的行李袋：“我送你。”

阮阮说：“不用了，我自己打车。”

他蹙眉，语气有点不好：“阮阮，你以后都要跟我这么生分了吗？”

阮阮叹口气：“那你去洗个脸，我等你。”

她其实只是担心他没休息好，开车太累。如果说她心里对那个吻完全没有一点介意，那肯定是假的，可她也并不会因此而远离他，她只是太过震惊，一下子难以消化，也很尴尬。在她心里，他是家人，是包容宠爱她的兄长，是她从小到大的信赖与依恋。

她对他说对不起，是因为，哪怕明知道他的感情自己无以回报对等的爱，却也不想因此而远离他、失去他。顾恒止说他自私，她想，自己也是一样的。

从山庄收拾了行李，顾恒止开车送阮阮回莲城。

实在是累极了，阮阮蜷在后座上睡了一觉。再醒过来，车子已经抵达了阮宅。

下车时，阮阮问顾恒止：“我外公知道吗？”

顾恒止说：“应该不知道，这件事情，被我爸妈隐瞒得很死。”顿了顿，他问：“你要告诉你外公？”

阮阮闭了闭眼，轻轻“嗯”了声。

顾恒止蹙眉：“可是——”

阮阮打断他：“哥哥，你知道的，我从不贪恋阮家的一切。”

顾恒止点点头：“随你自己的心吧。”

沉默了片刻，她咬咬唇，轻声问：“你知道我亲生父母是谁吗？”

顾恒止摇摇头：“我爸也许知道。阮阮，你想找他们吗？”

阮阮掩面：“我不知道……”她打开车门下车，“哥哥，回去的路上你小心开车。”

阮家的保姆阿姨正在院子里浇花，见到阮阮，赶紧接过她的行李，上下打量一番，见她满面憔悴，心疼不已，说晚上要给她炖汤补一补。

阮阮看着这个住了十几年的地方，心里忽然生出一丝悲凉，这个家，原来也并不是她真正的家。

是工作日，预料中的，阮荣升不在家，陶美娟与阮皓天也都不在家。

阮阮没有给阮荣升打电话，回房补眠，打算等外公晚上回家再谈。

而这个时候，陶美娟正坐在傅云深的办公室里。

傅云深亲自为她泡了一杯茶，递到她面前：“陶总，喝喝看，别的不敢说，我这泡茶的手艺，可不比茶楼的差。”

陶美娟是个急性子，她抬腕看了下手表，已经进来十分钟了，可傅云深却正事不谈，慢吞吞地给她表演茶道。

她皱眉：“傅总，你约我见面，说有事情谈，不会就是喊我来喝茶的吧？我待会儿还有个会议。”

傅云深抬眸看了她一眼，心想，看来传言并非虚假。陶家也是生意人，与阮氏联姻后，因为儿子无心继承家业，阮荣升便让媳妇进了公司，这么多年，陶美娟在阮氏也有所作为，但性子急躁，不够沉稳，心胸也窄，容不了人。也难怪阮荣升虽器重她，可阮氏的大权，始终也没有交给她。

傅云深喝一口茶，然后拿起茶几上的录音笔，按下播放键。

“顾恒止，就算她跟你没有血缘关系，你们也是兄妹！从顾阮阮被抱回顾家开始，她就是你堂妹，这个事实，无可更改！”

陶美娟神色一变。

“这是……”

这个声音，她熟悉！是顾恒止的母亲。

她放下茶杯，坐直身子，问道：“傅总，录音里的内容，是真的吗？”

“千真万确。”

陶美娟双眸刹那间变得很亮，仿佛饿极了的野兽忽然看到食物：“这份录音，傅总可以给我一份吗？”

傅云深微微一笑：“当然没问题，我们即将成为合作伙伴，不是吗。”

陶美娟也笑了，端起茶杯，向傅云深致意：“傅总，合作愉快！”

十分钟后，陶美娟离开傅云深的办公室，她踩着高跟鞋，昂头挺胸，步伐迈得飞快，嘴角噙着一抹笑。

正从大厅另一边走过来的傅西洲看见她，停住脚步，蹙眉，她怎么会在这里？

他微微侧身，对身边的林秘书说：“你去查一下，陶美娟来凌天是见谁。”

傍晚的时候，那份录音文件放在了阮荣升的办公桌上。

阮荣升一连听了三遍，陶美娟就站在他的面前，她仔细看着他脸上的表情，可他脸上的神色就跟往常一样，没起丝毫变化。

“这录音哪儿来的？”阮荣升抬眸，冷厉地看向陶美娟。

“爸，您别管这是从哪儿来的，这份录音，千真万确，绝对不是伪造的。”陶美娟说。

“就凭这几句对白，你就敢断定，阮阮不是我的亲外孙女？”

陶美娟一笑：“如果您不相信，很简单啊，去做个DNA鉴定不就真相大白了。”

阮荣升猛地起身，一拍桌子，怒喝：“你是觉得阮氏前两天媒体头条没上成，想补上吗！”

陶美娟低了低头，都怪自己那个不争气的儿子，就在前两天，被记者拍到与一帮富家子在会所里干一些不法的事情。这事儿虽然后来被压了下来，可记者们最近都盯着阮氏。

“爸，我只是为我们阮家感到愤怒！这件事情，是他们顾家故意瞒着您的，他们怀的什么目的？”

阮荣升坐下来，挥挥手：“你先出去吧。”

“爸，顾阮阮既然没有阮家的血脉，她就没有资格继承阮家的任何东西……”

“出去！”阮荣升怒喝。

陶美娟想再说，但见阮荣升脸色铁青，只好不甘心地走了出去。

门被关上，房间里安静下来，阮荣升取过手机，拨通了顾恒止父亲的电话。

这通电话只有三十秒。

挂掉电话，阮荣升将身体慢慢靠向椅背，微微闭眼，双手揉上眉间。

漆黑的世界里，他仿佛看到了女儿的面容。他那么疼爱的小女儿呀，当年白发人送黑发人的痛楚，是那个才五岁的小女孩给了他一丝安慰。自此，他将对女儿所有的爱都转移到她的身上。

可是，十几年后，却抛出这样一个真相来。

活了几十年，人生起起伏伏，也算是经历了大风大浪，此刻，他表面看起来无比镇定，可心中，早已是波涛汹涌，很多很多情绪一齐涌上心头。

他起身，忽觉喉咙里涌上一股热流，接着是强烈的昏眩朝他袭来，他身体微晃了两下，倒了下去……

阮阮是被强烈的捶门声吵醒的。

她拉开门，门外站着怒气冲冲的陶美娟。

“你这个害人精，野种！你给我滚出阮家！立即，马上！”

阮阮整个人清醒过来，嘴角微动，却不知说什么好。

想必，舅妈知道了真相。只是没想到，会这么快。那，外公也知道了吧？

她深呼吸，说：“我要见外公。”

她想去找阮荣升，却被陶美娟一把拽住，恶狠狠地拉回来：“外公？谁是你外公？”她嗤笑一声，“养了你这么多年，宠得跟什么似的，结果呢，却被你气进了医院。你真行啊，顾阮阮！”

“什么……”阮阮一惊，外公住院了？她急问：“在哪个医院？”

陶美娟说：“怎么，你还想去见他，把他气死不成？”

阮阮用力甩开她，转身拿了手机，就疯跑下楼。

她还穿着睡衣拖鞋，下楼的时候差点儿跟跄摔倒，拖鞋被甩掉一只，她也顾不得了，拼命地往外跑。

她一边跑一边拨电话给阮荣升的私人医生，可是拨了很久，也没有人接。她又拨李秘书的电话，也同样无人接听。

这片是别墅区，私家路上几乎没有出租车，她跑了很远，才到大马路上，拦了一辆出租车，对司机说：“去第一医院。”

这是莲城最大的医院，可是医院的人却告诉她，没有一个叫作阮荣升的病人。她一连问了三遍，都得到同一个答案。

她站在医院门口，茫然不知所措，心里的焦急担忧仿佛随时都要涌出来。

她一遍一遍拨电话，打到第十遍的时候，那边终于接通了。

“纪医生，我外公怎么样了？他在哪家医院？”她急问。

纪医生沉默了片刻，才说：“阮阮，你别担心，阮老暂时没有性命之忧，只是，人昏迷不醒……”

“你们在哪家医院？”

“抱歉，陶女士说了，不能告诉你。”

纪医生挂掉电话，叹了口气，不能怪他，当听到陶美娟说起阮阮的身世时，他也是无比震惊。她还说，阮老之所以吐血晕倒，都是被这个事情气的。他想起陶美娟离开医院时，明是拜托实则是警告他说，坚决不能让阮阮接近阮荣升。

他是个聪明人，权衡之下，自然知道现在谁才是阮家最有话语权的那个。

他走进病房，看着病床上昏迷不醒的阮荣升。纪医生知道，他之所以昏迷，绝对不仅仅是因为忽然得知了阮阮的身世。早在前两天，他因为阮皓天的事情就气得不轻，他还特意去阮宅帮他检查了身体，开了药物。本来嘱咐他一定要好好休养，不宜再情绪激动，哪想到……

唉，阮家啊，估计有一阵动乱了。

阮阮找到阮荣升住院的医院时，已是两天后了，最后还是找了顾恒止帮忙，才查到。

顾恒止本来要陪她一起来的，阮阮拒绝了，这是她自己要面对的事情，她不想任何人参与其中，尤其是顾家的人。

她没想到，陶美娟竟然找了人守在病房门口，早就防备着她了。

阮阮先是好言好语地请他们让开，甚至恳求了他们，可那两个面无表情的高大男人始终只有一句冷冰冰的话：不行。

最后阮阮与他们争吵起来，她想要硬闯，被他们架住，粗鲁地拖离病房好远，他们恶狠狠地将她推倒在地上。

她又愤怒又委屈，忍了好久的眼泪，哗啦啦地往下掉。

当阮阮坐在病房外无助落泪时，傅西洲刚刚结束一场会议，正在办公室整理公文包，准备出发前往机场，飞往法国。

时间已经不多了，他一边看手表，一边对林秘书说："我不在的这一个月，你密切留意下傅云深与陶美娟的动作，上次他们见面，肯定在谋划什么。"

林秘书点头："请放心。"他顿了顿，说："傅总，真的不用再继续打听傅太太的消息吗？"

傅西洲手上动作微停，说："不用了。"

没有消息，就是最好的消息。此刻，她大概待在某个安静的地方散心。天知道，他多想念她，可为了长久的将来，他必须忍下立即去见她的冲动。他决定好了，等这次从法国出差回来，他的香氛系列开发案也差不多步入正轨，他将给自己放个小长假，去找她，这一次，无论如何也不会再让她离开他身边。

他走到秘书办公室时，小姚正好在整理收到的快递，看到有一封写着"傅西洲亲启"，她叫住他："傅总，有一份您的特快。"

傅西洲匆匆往外走，不在意地说："放在我办公桌上吧。"

阮阮站在病房门口，已经三天了，她什么办法都用了，却始终无法推开那两个保安进入病房，她想见外公都快要疯了，心里那样担忧，一墙之隔，犹如天涯。

夜深了，陶美娟与阮皓天带着两个来换岗的保安来病房时，远远就看见靠墙席地而坐睡着了的阮阮。

阮皓天皱了皱眉，对陶美娟说："妈，你是不是做得有点过分了？不管怎么说，她也是老头一手带大的。”

陶美娟瞪了儿子一眼：“你装什么好人！要不是有她在，老爷子会这么对你吗？”

阮皓天嘟囔：“那让她跟老头见一面也没什么啊，他现在不省人事，也做不了什么决定。”

陶美娟恨不得一巴掌拍醒自己这个草包儿子，哼道：“你想做阮家唯一的继承人的话，就给我收起你的烂好心！”

阮皓天撇撇嘴，不作声了。

阮阮被他们的动静吵醒，见到陶美娟，立即起身抓住她的手臂：“舅妈，您让我见见外公，好不好？当我求您了，舅妈，让我见见他，哪怕一眼也好。”

从小到大，她跟陶美娟的关系就一直冷淡，正常的礼节有，但绝对谈不上尊敬，也从未以这样的恳求语气跟陶美娟说过话，可她现在完全顾不了那么多了。

陶美娟似乎很满意看到她这个样子，嘴角挑起得意的笑，欣赏够了，才慢悠悠地拨开她的手，嫌弃地拍了拍自己的手臂：“我担不起这个称呼的，你可别乱叫。”

阮阮深深呼吸，说：“就算我不是阮家的血脉，但一起生活这么多年，舅妈，您一点情分也不讲吗？”

陶美娟笑了：“情分？顾阮阮，像我们这种商业世家，你跟我谈情分，不觉得有点好笑吗？”

阮阮咬唇，说：“你让我见外公一面，半小时就好。然后，我明天就搬出阮家。”

陶美娟说：“除了搬出阮家，还有，老爷子赠予你名下的房产、店铺以及基金，全部都转给皓天。”她想了想，又补充道：“哦，你现在用的手机号码也不能再用了，以后也不要再来医院。”

阮阮微微皱眉，这是让她与外公彻底断了联系是吧？她知道她打的什么主意。

陶美娟见她迟疑，嗤笑说：“你这两天不是一直嚷着说，你不贪恋阮家的任何东西吗？怎么？舍不得——”

阮阮打断她：“好，成交。”

她如此干脆利落，倒叫陶美娟与阮皓天都微微吃惊。

陶美娟原本以为将阮阮赶出阮家需要费点心思的，更别提把她手上的资产占为己有了。为此，她甚至连阮荣升病重昏迷的消息都瞒得死死的，就怕传到傅西洲耳中去。虽然他跟阮阮现在闹离婚，可毕竟夫妻关系还没结束，那么他与阮荣升签订的那份协议也就没作废，傅西洲那么心机深沉的一个人，指不定会使什么手段呢！

见阮阮进了病房，阮皓天指着她的背影说：“妈，那么多东西，她就这么轻易地送我了？”他还是有点难以置信。

陶美娟说：“别咋咋呼呼，还有，别让老爷子知道。”

虽然阮荣升因为那段录音而昏迷，但她实在也拿不准他心里真正所想，毕竟顾阮阮被他带在身边养了十多年，而且他还那么宠爱她。

阮阮坐在病床边，握住外公的手，看着他苍白的面孔，心里无比难过。

“外公，对不起……”

他待她那样好，她从未回报过他一丁一点，反而让他因她而遭罪。

“您一定很伤心吧。

“也很失望吧。

“不管您以后认不认我，在我心里，您永远都是我外公……”

半个小时很快就过去了，陶美娟一分钟都不肯多给她。

阮阮微微俯身，拥抱阮荣升，眼泪落了下来。

外公，以后，我不能陪在您身边了，请您保重，一定要长命百岁！

她转身，快步离开。

她怕自己一迟疑，便会反悔。

阮家的大房子，她名下的财物，这些她是真的不贪恋，她唯一贪恋的是，家的温暖。

她捂着嘴，快步下楼，走到医院门口，她掏出手机打电话，刚接通，她便对着那端放声痛哭：“叮当……我没有家了……我没有家了……”

风菱开车赶到医院时，被阮阮的模样吓着了，她瘦得不像样，精神极差，脸色惨白得像个女鬼。

她将她紧紧拥抱，心疼不已。

她开车载阮阮回阮家，收拾东西，立即搬去她那边。

其实也没什么好收拾的，她大部分物品都在傅西洲的公寓里，后来也没有回去取。

住了十几年的家，离开时，一只行李箱就打包装满。

保姆阿姨已入睡了，阮阮没有去吵醒她，她在她房间门口留了一只首饰盒，把告别的纸条压在下面。这些年，阿姨对她一直很好，照顾得尽心尽力。

风菱轻声问她：“傅西洲知道吗？”

阮阮摇摇头。

“发生这么大的事情，你不打算告诉他？”

“暂时不了。”阮阮微微闭眼，轻声说。

其实这几天，无数个瞬间，她觉得自己要撑不下去了，想给他打电话，想听听他的声音。她为了躲避他，换了新手机号，没有存他的号码，可那十一个数字，早已铭刻在心，一个个按完，最后又一个一个删除。

说什么呢？

告诉他：我并不是阮家的外孙女，只是个不知父母是谁的冒牌货，没有任何身家背景的我，你还会坚持不跟我离婚吗？

他会怎么回答呢？

她害怕，索性缄默。

至于她和他之间的关系，她现在已经没有力气去多想，现在，她唯一希望的就是，阮荣升快点醒过来。

夜深了，阮阮与风菱都没有入睡，躺在床上轻声说话。

阮阮把这些天发生的事情一一告诉风菱，风菱觉得这简直像是一部波折横生的狗血剧。

“没想到顾大哥对你……”风菱感叹，又怒说，“可是你舅妈也太过分了！软软，你就甘愿这么被她欺负？”

阮阮说：“那些东西，她想要就给她好了。我只祈求，外公没事。”

风菱抱抱她：“傻孩子。他一定会没事的。你就放心住在我这里吧。”风菱忽然想起一件事，说：“不过，软软，我下个月被公司派去米兰学习，要去大半年。”

阮阮由衷为她感到开心，她知道风菱凭借自己的努力与拼命，在公司甚至在业界都有着非常好的口碑与地位，看着好友越来越好，她为她骄傲。

阮阮说：“真好，叮当。总算有件开心的事情了，祝贺你。”

风菱心思一动，说：“要不，你跟我一起去？我可以带一个助理的，你就当去散散心。”

阮阮沉吟，想到目前这一团乱麻似的生活，她觉得疲惫不堪。可是，她很担心外公的病，就算见不到面，在同一个城市，离得近一点，她心里也好过一点。

她摇摇头：“算了，叮当，虽然我也很想离开这一切乱七八糟的纷乱，可是，我想等外公醒过来。”

顾恒止很快就知道了她被陶美娟逼迫着离开阮家的事情，他愤怒不已，要去找她算账，被阮阮拦住了。

她掩面，低声说：“哥哥，我很累。你就别再掺和了好吗？”

顾恒止瞪着她，有点生气，从小到大她总是这样，不愿意为自己争取，怕麻烦，所以才总是被别人欺负。

可他见她憔悴的模样，又心疼起来。

他放软声音：“好了，我答应你，尊重你的决定。可是阮阮，你跟我去海城。没有阮家，你还有我。你不是一直想要一个自己的家，我给你。”

阮阮讶异地抬头，望着顾恒止良久，怔怔地说：“哥哥……”

“你没听错，我也没说胡话。”他握住她的手臂，郑重其事地说，“阮阮，让我照顾你，好不好？”

阮阮皱眉，她以为自己之前表达得很清楚了，可哥哥似乎……

其实顾恒止何尝不知道她的答案，可人就是这样，总是不愿意死心，总有执念。

她正想开口，电话忽然响起来，是纪医生。

“阮阮，阮老刚刚醒过来了，你可以放心了。”纪医生的声音里透着欣喜，顿了顿，他又说，“我给你打这个电话，是我知道你一直为阮老担忧。陶女士现在在医院。”他言尽于此，挂掉了电话。

“哥哥，送我去医院，快。”尽管她听明白了纪医生的言下之意，知道就算去了，也未必能见到外公，但她还是必须要赶去。

她怕顾恒止与陶美娟起冲突，所以让他留在车里等她，她独自去病房。

门口的两个保安看见她走过来，神色一凛，立即进入了戒备状态。阮阮觉得好笑，她走到门口，却并没有敲门，也没有更进一步，就那样静静地贴墙站着。

她听到房间里有说话的声音，是陶美娟还有阮皓天在说话，她侧耳仔细听，也没听到阮荣升的声音，大概是刚醒来，人很虚弱。

她缓缓闭眼，她多想撞门而入，叫一声外公。

可她答应过的事情，就一定会遵守诺言。

她站了一会儿，默默离开了。

外公，只要你无事，比什么都重要。

病房里。

阮荣升觉得好吵，他疲惫地挥挥手，让阮皓天扶他坐起来，然后问陶美娟：“阮阮呢？”

陶美娟微愣，说："爸，您就别念着那个白眼狼了，您说吧，就算不是亲生的，但好歹您也养了她这么多年，她知道您是因为知道了她的身世才晕倒的，大概怕您醒来了赶走她，我让她来医院看您，她也不肯来。现在倒好，人都联系不上了，估计是躲起来了。"

阮荣升蹙眉："你说的是阮阮？"

"就是那个没良心的死丫头。"陶美娟哼道，她还想说什么，阮荣升说："我累了，你们先回去吧。"

陶美娟朝儿子使了个眼色。

阮皓天马上说："爷爷，我留下来陪您吧。"

"不用了，都走吧。"阮荣升挥挥手。

陶美娟走到门口，将两个保安叫到旁边，嘱咐他们不要再守在门口，以免阮荣升起疑，但也不能离开，站到楼梯口与电梯口那边去，要时刻防备着顾阮阮出现。

下楼时，阮皓天问："妈，您说老头相信您的话吗？"

陶美娟说："当然不会全信，但他生性多疑，我这么说，他心里多少也有了点芥蒂。只要顾阮阮一直不出现，他现在又病着，也没精力去找她。等老爷子出院了，我会联合其他股东一起召开董事会，让你进公司来。至于顾阮阮名下的公司股份，我会想尽办法拿回给你，哼，股东们都知道了她并非阮家血脉，名不正言不顺的，对公司也从没有贡献，谁会支持她。"

"还是我老妈厉害！"阮皓天笑嘻嘻的，揽住陶美娟的肩膀。

陶美娟抬手就给了儿子一掌："你啊，给我长点心！别再犯浑了！"

顾恒止送阮阮回到风菱家，她下车时，对顾恒止说："哥哥，谢谢你，对不起。"她能说的，也只有这句话了。

顾恒止微怔，片刻才反应过来她是在回答他之前的那个问题。意料之中的答案，他心里泛起苦涩，他下车来，走到她身边，为她理了理头发，又为她拉了拉衣服。

他说："天凉了，注意添衣。晚上睡觉盖好被子。"

"哥哥……"

"多吃点饭呀，你看你，瘦成纸片人了。"他捏了捏她的脸颊。

阮阮心里酸涩不已，拼命点头。

"好了，你上去吧。"

"哥哥，你开车小心。"

她转身走了几步，顾恒止忽然又叫住她。

她回头。

他遥遥地望着她，路灯下身影模糊一片，声音却清晰而郑重：“阮阮，任何时候，只要你回头看，我总是在的。”

阮阮眸中升腾起一片雾气，她挥挥手，赶紧转身。

她怕自己在哥哥面前落下泪来。

她没有上楼，而是绕着小区走了一圈，在小区花园的凉亭里坐下来。夜深了，亭子里没有人，秋风吹动着树木，簌簌作响。

她抱紧手臂，在亭子里静坐了许久。

然后她掏出手机，一个一个按下那串熟记于心的数字，这一次，她没有再删除，而是静静等待电话接通。

可回应她的，却是一句冰冷的“您好，您拨打的用户已关机”。

她挂掉电话，微微闭眼。

她好不容易下定决心给他打电话，想把所有的事情都对他诉说，这些纷纷扰扰，这些变故，以及离开他后，她一边怨恨他，却也在无数个深夜里，深深想念他。

天知道她拨出那串数字时，是多么不容易，可是，那句机械冰冷的回复，令她一下子失去了所有的勇气。

这是天意吗？

阮阮睁开眼，深深呼吸，心里做了一个决定。

她回到风菱家，对她说：“叮当，我跟你去米兰。”

傅西洲结束法国的出差，比他预期的时间短了几天。工作结束的那天晚上，他去参加了一场拍卖会。

第二天，他飞回国内。

他没有回家，直接从机场去了公司，漫长的飞行，满身疲惫，可他没有休息，立即召开了会议。

他安排完各项工作，就打算给自己十天的假期。

会议结束时已经天黑，他回到办公室，从抽屉里拿出一个小盒子，深蓝色的丝绒首饰盒，色泽不新，仿佛历经了许多时光，沾染了岁月的痕迹。这是一只古董首饰盒，打开，里面静静地躺着一枚红宝石戒指，一看就是收藏多年的古董珍品。

他在法国的拍卖会上以高价拍下。据说这枚戒指来自路易王朝的一位王妃。

他知道阮阮平日里压根就不佩戴首饰，但有一次他们深夜里一起看一档节目，是古董首饰展览专题，她指着屏幕里一款年代久远的红宝石戒指赞不绝口。

当初，他们结婚的时候，他求婚的戒指，是一枚虽昂贵却看不出心意的钻戒，后来还因为他缺席了婚礼，没有机会在祝福声里为她亲自戴上。

这一点，他始终觉得亏欠了她。

他轻轻摩挲红宝石戒指，嘴角勾起一抹温柔笑意。阮阮，如果我重新向你求婚，你会答应我吗？

他合上首饰盒，起身，打算离开。忽然，瞥见桌子上一个快递袋，他想起来，那是出差那天小姚收到的他的特快专递。

他拆开，见了里面的东西，他微微皱眉。

是一支录音笔，谁寄这样的东西给他？

他按下播放键。

“顾恒止，就算她跟你没有血缘关系，你们也是兄妹！从顾阮阮被抱回顾家开始，她就是你堂妹，这个事实，无可更改！

“然后呢？你还想跟她结婚不成？”

“你想跟她在一起，除非我死！

……

傅西洲脸色大变。

这是……

他急走出去，扬起手里那份快递，厉声问小姚：“这是谁寄来的？”

小姚被他的样子吓了一跳，仔细看了看，才回想起这份特快专递是他出差那天收到的。

她摇摇头：“没有寄件人的任何信息。”

傅西洲冷静一想，也知道自己是白问了，这份文件，寄的人肯定是别有用心的，当然不会有寄件人信息。

他回到办公室，心中涌上了后悔的情绪。如果当时自己不是因为赶时间去机场，如果当时自己拆开了这份快递……

阮阮……

他抓起车钥匙，飞快地跑出去，他从未在下属面前这样失态过，看得小姚一愣一愣的，赶紧打电话给林秘书，问他是不是发生了什么重大的事情。

傅西洲一边疾走一边拨电话，第一个拨打的是阮阮以前的号码，关机。他改拨阮荣升的，也是关机。又赶紧拨风菱的电话，无人接听。他又拨了顾恒止的，接不通。

他觉得自己像是忽然进入了一个怪异的世界，似乎所有跟阮阮相关的人，统统都联系不上。

他发动引擎，车子急速开出去。

他一边开车，再次拨电话，没有一个接起来的。

他想了想，拨了阮宅的座机号，这一次，电话很快接起来，他认出来，是保姆阿姨的声音。

“傅先生？你找阮阮吗……”阿姨顿了顿，叹了口气，“她从阮家搬走了，您还不知道吧，阮家最近出了好多事，阮老至今还在医院里静养，唉……”

傅西洲问了医院地址，立即掉头，朝医院开去。

他推开病房的门时，阮荣升刚刚接受完医生的检查，服了药物，打算睡觉。

见了他，阮荣升微微讶异，自从阮阮决定要与傅西洲离婚后，傅西洲来找过他一次，只说了一句话，傅西洲说：“我坚决不会同她离婚的。”然后，当着他的面，撕碎了他们之前签下的那份协议。

因为这个举动，他对他有点刮目相看，也因此，他也没有再插手他跟阮阮之间的事。

傅西洲问候了他的身体后，便开门见山地说：“您真的把阮阮赶走了？”

面对这样的质问，阮荣升没有生气，平静地反问：“你相信我会这么做？”

傅西洲沉默。

片刻，他又问：“您知道她在哪里吗？”

阮荣升挑眉：“你不是说过，不会放弃她吗？为什么你自己妻子的下落，还要来问我？”

“我去法国出差了很久，才回来，刚知道这件事。”他忽然对着阮荣升微微躬身，道，“您知道的，她很在乎您，我恳求您，不要抛弃她。”

阮荣升望着他的举动，内心忍不住微微震动。

傅西洲离开时，他忽然叫住他。

“你去找她那个朋友风菱，那丫头应该在她那里。”他顿了顿，叹息般地说，“那丫头啊，白养了这么多年，不相信我呢……”

傅西洲走出病房，轻轻呼一口气，他放下心来。

他知道，阮阮不会失去外公。

忽然又对她生气，发生这么大的事情，她竟然没有联系他！她是真的铁了心要把他隔离在她的世界之外了，是吗?

可是阮阮，我不答应!

当傅西洲焦急找她时，阮阮正跟风菱走在月色下的暮河边。

秋天的夜，凉风渐起。阮阮挽着风菱的手，沿着河堤慢慢散步。正是月中，夜空中月色莹莹，清冷光辉洒在水面。

她们明天的飞机离开，今天特意回暮云古镇看望风妈妈。

她们说着话，不知不觉就走到了石拱桥附近，阮阮遥遥望着月色下的石桥，此刻夜深，鲜有车辆通行。她恍惚又回到了那年的夏天，她从水底将他救起。

“你看，你不记得自己叫什么名字……我给你起一个名字好不好……十二怎么样？”

十二，拾爱。

七月十二，她捡回了他，也丢失了自己的一颗心。

一切的一切，都是从那个夏天开始。

相遇，不告而别，念念不忘，再重逢。她的执念，苦追。她如愿以偿，嫁给他为妻。自此，她简单纯粹的世界被打破，走进他复杂的世界里。纷纷扰扰的人，那些算计、阴谋、残忍、别有用心，那些伤害。

“软软，你后悔当年救下他吗？”风菱忽然轻轻问。

阮阮没有丝毫犹豫地摇头：“不，从不。”

风菱摸了摸她的脸，说：“软软，你知道吗？我最欣赏最喜欢你的，就是你这一点。”

人生一场，无愧于心，从不后悔。

简单几个字，却极少有人能真正做到。

回到家，风菱发现有好几个傅西洲的未接来电，她将手机递给阮阮，然后走出房间。

阮阮握着手机发了许久呆，最终，她没有回拨过去。

第二天，忽然下起了雨，天气一下子变得有点冷。傍晚，她们直接从暮云古镇去了机场。风妈妈一直送她们到码头上，千叮咛万嘱咐，让她们在异国照顾好自己。

同时，一份离婚协议书与一封信正由快递公司发出，目的地，傅西洲的公司。

她们是晚上的飞机，时间尚早，换好登机牌，便找了家咖啡馆吃晚餐。

咖啡馆外，林秘书正一边拖着行李箱一边打电话，走了过去，忽又退了回来，他透过玻璃望了眼靠窗而坐的人，眨了眨眼，又确定了一遍。

是傅太太，没错！

她怎么在这里？餐桌上放着的是登机牌？她要出国？

他抬脚想走进去，想了想，转身离开了。

他走到一边，立即拨通了傅西洲的电话。

“傅总，我在机场国际出发大厅看见了傅太太，她买了机票，似乎要出国。”

傅西洲心中一凛，说：“你赶紧查询一下她的航班信息，几点起飞。我马上赶过去！”

挂掉电话，他飞跑出公寓，电梯等许久不来，他转身，去走楼梯间。

这个时候正是晚高峰期，又下着雨，路上塞车厉害。他按着喇叭，焦心不已。

好不容易终于上了机场高速，他不时看时间，离她飞机起飞的时间越来越近，他心里的焦虑也越来越浓。

忽然，他的手机响起来。

他以为是林秘书，插上耳机就说：“我快到了。”

那边却传来一个焦急的声音：“西洲哥，你快来，姐姐她生病了，很严重……”

“嘉乐？”

“是我……西洲哥，姐姐病得很严重，不停地呕吐，还发高烧了。医务室的药物不管用，护士说让送去医院。”乔嘉乐的声音里带了哭声。

“嘉乐，听我说，我现在有急事，在机场这边，赶过去太远了，估计来不及。你先送姐姐去医院。”傅西洲说。

乔嘉乐仿佛没听见一般：“西洲哥，我好怕……你过来好不好？”

傅西洲蹙眉，忽然想起有一次乔嘉乐也是这样，在电话里带着哭声说乔嘉琪生病很严重，硬把他从一个重要的会议上叫过去。结果，嘉琪只不过是吃了不干净的东西，拉肚子到虚脱了。

他说：“嘉乐，我不是医生，现在最重要的是，你赶紧把你姐姐送到医院去。等我这边忙完，就过去。”

说完，傅西洲就挂了电话。

这是高速公路上，车子又多，还下着雨，讲电话并不安全。

哪知，过了一会儿，乔嘉乐的电话又追过来了。

傅西洲看了眼，没有接。

等了一阵，电话又来。接二连三，不知疲倦。

傅西洲叹口气，正打算取过电话接起，手机被他不小心碰到了脚下，他微微弯腰，想要捡起来，其实这个动作很危险。他本就焦心，又被乔嘉乐催命般的电话弄得心烦意乱的，下意识就这么去做了。

这个时候他的车已经驶出了高速，到了公路上，快要接近机场，正经过一个小十字路口。

事故总是来得那样突然。

他弯腰的瞬间，只听到"砰"一声巨响，接着他感觉到剧烈的震动与痛意，然后是强大的昏眩感。

在彻底失去意识之前，他口中发出微弱的呢喃："阮阮……"

"软软，走吧，我们去过安检。"风菱喝完最后一口咖啡，对阮阮说道。

"嗯。"她起身。

安检处人挺多，排起了长龙。

林秘书站在不远处，望着她们的背影，焦急地走来走去，一边拨打傅西洲的电话，却无人接听。

见阮阮她们就要过安检了，林秘书又拨了一次电话，依旧无人接听。他恨不得走向前去，拉住阮阮。可傅西洲说过了，什么也别做，等他来。

于是，他只能眼睁睁看着阮阮与风菱走进了候机厅。

此刻，离登机时间还有半小时。

不知道为何，阮阮忽然觉得心里有点慌，眼皮也莫名跳得厉害，手心微微出汗。

她去洗手间里，用冷水洗了把脸。那种慌乱的情绪，却并没有减少一点。

她深深呼吸，拍拍自己的脸，顾阮阮，既然做了决定，就别再犹豫了。

她走回座位，无所事事，也为了转移注意力，便抬头看起了电视。

是本地的电视台，正是晚间新闻时段。

风菱抬头看了眼，说："本市的新闻做得最没意思了，有什么好看的。"

阮阮笑笑："打发时间。"

忽然，画面切断，临时插播进来一条刚刚发生的连环车祸事故新闻，车祸现场一片混乱，警笛呜呜。

"天呐，是在机场附近！"风菱低呼。

阮阮低声说："希望没有生命危险。"

画面里，救护车也已经赶来，救护人员忙着将伤者抬上车，镜头给了伤者一个特写，当那张熟悉的血色模糊的面孔出现时，阮阮猛地站起来，抓住风菱的手，声音颤抖得厉害：“叮当！”

风菱也发现了，立即站了起来，紧紧握住阮阮的手：“别急，先别急，也许只是长得像的人呢……”

“是他，是他……叮当，是他……我不会认错……”她说着，眼泪哗哗地落下来，她终于明白自己为什么心里那样慌乱了。

她看着风菱，哽咽着说：“叮当，对不起，我不能陪你去米兰了……”

风菱帮她擦掉眼泪：“我明白的，你快去吧。”她抱了抱阮阮，“对不起，软软，接下来，你可能要独自面对很多事情，我不能陪在你身边了。你要坚强，加油！”

阮阮点点头，转身，飞奔着朝出口跑去。

她一边跑，一边眼泪在飞溅，心里祈祷，老天爷啊，我求您了，请您保佑他，平安无事。只要他平安无事，无论您拿走我什么，我都愿意。

再深的怨，再深的芥蒂，在一想到可能永远失去他时，都变得无足轻重了。

第十二章 你是我温柔的梦乡

这个世界上，

能带给我利益的女人有很多，

而能带给我快乐与安宁的，

唯有你。

阮阮，你是我温柔的梦乡。

阮阮第一次觉得时间过得这样缓慢，仿佛能听到一分一秒流逝的声音。她双手紧张地交握着，在手术室门口走来走去，抬眸盯着手术室上方的灯光，全身每一根神经都绷得紧紧的。

此时此刻，她多想有个人在身边，能让她握握手，靠一靠，拍着她的肩膀说，别怕，别怕，一定会没事的。

可没有。

医院长长的走廊上，就她一人，惨白的灯光将她瘦削的身影拉得单薄寂寥。

她掏出手机，却不知道能打给谁。

不管是他，还是她，这样的危难关头，好像都找不到一个能陪在身边的人。

他们唯有彼此。

窗外还在下着雨，秋风乍起，吹得树叶簌簌作响，令这夜，无限凄凉。

她双手合十，闭眼一遍又一遍在心里祈祷，愿他平安，愿他平安。

人在无助时，除了把希望寄托在也许并不存在的神明身上，似乎别无他法。

手术室的门在漫长至绝望的等待里，终于被打开。

阮阮冲过去，紧紧抓住医生的手臂，颤声问：“他……怎样？”

医生摘掉口罩，抹了抹额上的汗，轻呼出一口气，说：“病人虽然伤得很重，但总算从鬼门关闯了过来。”

阮阮全身绷紧的神经，在听到这个答案时，“哗啦”一下放松下来，身子微微踉跄，若不是医生扶住她，就摔倒在地了。

“谢谢，谢谢。”她眼泪落下来。

医生说：“不过，病人最重的伤在头部，颅内有积血，虽然做了手术，但能不能彻底度过危险期，术后二十四小时是关键期。”

阮阮刚放下的心猛地又提了起来。

傅西洲从手术室被转入重症病房，家属不能进入病房陪护，护士让阮阮先去休息，她们会时刻观察病人情况的，可阮阮摇摇头说，我哪儿也不去，就在这里陪他。

她隔着病房门，就那样站着，眼睛眨也不眨地看着陷入昏迷的他。

他瘦了好多，脸色苍白，除了头部的伤，全身多处骨折，包裹得像个木乃伊。

“你该有多痛啊。”她喃喃着。

夜深了，她还站在那里，最后连护士都看不下去了，劝她说：“傅太太，你这样身体会熬不下去的，你最好保持好精神与体力，等你先生醒过来，你还要照顾他呢！”

阮阮这才依依不舍地离开病房，跟着护士去休息。

可她怎么睡得着，闭眼躺一会儿，就起床，跑到病房门口去望。一晚上跑了好几次，如此折腾下来，跟没睡一样。

第二天早上，她离开医院，打车回家，那个江边公寓，曾经他们共同的家。

打开门的瞬间，她有点恍惚，想要落泪。

玄关处她的拖鞋摆在原位，鞋尖朝里，鞋口对着门。他的拖鞋静静地摆在她的拖鞋旁边，很近的距离，仿若依偎。

餐桌上玻璃花瓶里养着一捧白玫瑰，十二枝，一朵朵正在盛开，空气里有淡淡清香。这是她的习惯，每次买花，不管什么品种，总是挑十二枝，插在透明的水晶花瓶里，盛满清水，放点盐。

阳台上她种下的花草，长势喜人，绿意盎然，每一片叶子，都被擦拭得很干净，不沾尘埃。

阳台上的小圆桌上，摆着一只茶壶，两个茶杯，一杯喝掉了一半，另一杯，是满的。她微微闭眼，仿佛看到他孤独的身影，坐在藤椅上，慢慢独饮。

浴室里，一对情侣牙刷，以依偎的姿势，靠在漱口杯里。毛巾也是。她所有的物品，都静静地搁在原位。

衣帽间里，她的衣服，依旧占据着半壁江山，与他的衣服并排依偎着。

一切如旧，仿佛她从未离开过，只是早上出门上个班，晚上回家。

而她，已缺席这个家好久好久。

阮阮收拾了一些日常用品，找到车钥匙，去地下车库取车。好久不用的车，里外竟没有一点灰尘，想必他隔一段时间便会开去清洗。

种种一切，她心中明了，这些啊，都是他想念她的蛛丝马迹啊，他的温情。

她眼眶微微湿润。

她回到医院，看见傅嵘与傅凌天站在病房外。

傅嵘见了阮阮，担忧的神色中露出一丝欣慰的笑，拍了拍她的肩膀，郑重说："谢谢你，阮阮。"

傅凌天看了她一眼，依旧是命令般的口吻："我们谈谈。"

在她提出要跟傅西洲离婚后，傅凌天找过她一次，她去傅宅赴约，在他的书房里，他眼神冷厉地看着她，问她，你真的考虑好了？得到她肯定的答复后，他叹了口气，说，西洲没福气啊。

傅凌天自从那次大病，身体精神都大不如前，走路都需要用拐杖，虽然依旧坐在凌天日化董事长的位置，但公司的事情慢慢地在放权。

他们坐在楼下花园长椅上，阮阮静静地等他开口。

傅凌天直入主题："你改主意了？"

阮阮说："我没想那么多，现在只希望他平安无事。"

"你的事情，我都知道了。"

阮阮讶异抬头，随即明白过来，他指的是她的身世。既然舅妈知道了，想必这件事，在阮傅两家，都不再是秘密了。

阮阮没作声，等他继续说。

傅凌天说："我们傅家，需要的是门当户对的孙媳妇。"

阮阮一呆："您什么意思？"

傅凌天看她一眼，说："我说得不够清楚吗？"

阮阮当然明白他话中的意思，她那句话完全是脱口而出，心中震惊过后便只觉悲凉。她想起陶美娟的话，生在商业世家，讲情分，简直是笑话！而当初傅凌天那句"西洲没福气啊"在此刻回想起来，也显得多么虚伪而讽刺。他口中的福气，并不是她，而是她身后的阮氏。

“既然你决定要跟他离婚了，那就痛快一点，不要再出现在他面前。”傅凌天冷漠地说。

“他现在需要人照顾，我不会离开他的。而且，我们现在还是夫妻。”阮阮冲他的背影喊道。

傅凌天没有接腔，也没有停顿，他以一个冷酷的背影回答了她：你试试看！

阮阮双手掩面，沉沉叹气。她想起风菱临走前说的话，你要独自面对很多事情。

她起身，去洗手间洗了个冷水脸，对自己打气说，顾阮阮，现在不是哀伤的时候，打起精神，没什么大不了的，就算他们是洪水猛兽，你也兵来将挡水来土掩！加油！

术后二十四小时在忐忑焦虑中终于熬过去，医生为傅西洲再做了一个全面检查，万幸，他平安度过了危险期，只是，人还是没有醒过来。

他被转入普通病房，阮阮搬进了病房，二十四小时陪护。

本来她以为傅凌天会阻止，但傅嵘说，请她不用担心。虽然他没说，但阮阮知道，肯定是他去找过傅凌天。

如果说整个傅家，还有一个人真心对待傅西洲，那就是他这个父亲。这些年来，他们父子关系始终淡漠，傅西洲对他从来没有好脸色，但因为愧疚，傅嵘明里暗里帮了他不少。

傅家其他人，自始至终都没有出现在医院。阮阮也不希望姜淑宁母子出现，免得还要提心吊胆地防备着。

陪护一个昏迷患者是一件非常艰辛也很无聊的事情，更何况还是二十四小时寸步不离，但阮阮却并不觉得累。她甚至没有请看护，傅西洲所有的一切，包括帮他擦拭身子、清洗这些事情，都是她独自搞定。护士们私底下都说，傅太太看起来那么娇弱的一个人，做起这些事来，竟游刃有余。

阮阮也并不是天生会做这些，虽然从小就学会了自我照顾，但毕竟也是在阮家那样的家庭长大，从未干过粗活。

但因为爱他，她把一切学会。这是她目前唯一能为他做的事情。

傍晚，她回了趟家取东西，再回到病房，里面有客人。

那人正俯身把带来的鲜花插入花瓶里，听见响动回头。

阮阮见到她第一眼，便知道她是谁，乔嘉乐。

久闻，却是第一次真正见面。

乔嘉乐也正在打量阮阮，她曾在凌天日化的大厅里见过她一面，她还故意撞翻了她怀里的花，但那次，毕竟匆匆，没有来得及仔细瞧。

长相气质完全比不上姐姐！这是乔嘉乐对阮阮的第一感觉。可就是这样一个人，看起来如此平凡普通的女孩子，却让傅西洲着了魔。如果说，之前她觉得傅西洲娶她完全是因为她身后的阮氏，可当她把那份录音文件寄给他之后，他竟然还……甚至为了去机场追她，出了车祸，把自己搞成这个鬼样子。

“乔小姐，谢谢你来看他。”阮阮冲乔嘉乐礼貌却冷淡地颔首。

乔嘉乐瞪着她，眼神冷冷的，厉声说：“顾阮阮，他变成这个样子，都是因为你！”

阮阮皱眉，看了眼病床上沉睡的傅西洲，说：“乔小姐，这里是病房，请你小点声。”

乔嘉乐一噎，感觉自己一腔怒火熊熊燃烧，却一拳打在了棉花上。

她怒道：“我来看我西洲哥，怎么说话，什么音量，你没有资格干涉！”

阮阮神色不变，淡淡地说：“我是他的监护人。”

一句话，就把她秒杀掉。乔嘉乐气得咬牙切齿，半天都说不出话来。

对啊，他们并没有离婚，她是他名正言顺的监护人。

阮阮将从家里拿来的衣服挂进衣柜里，背对着乔嘉乐说：“医生说他需要静养，乔小姐探完了病，就请回吧。”

乔嘉乐又是一噎，平时她也算是伶牙俐齿，可此刻面对着顾阮阮不轻不重的冷淡，一时竟不知道该做出怎样有力的回击。

她咬牙走近她，靠近阮阮耳边说：“顾阮阮，你不过是个不知道父母是谁的野种，你嘚瑟什么呢，你以为你失去了阮家这个靠山，我西洲哥还会要你吗？”

阮阮一僵。

乔嘉乐觉得自己总算扳回了一局，踩着高跟鞋趾高气扬地走了。

隔天，病房里又来了客人。

林秘书从国外出差回来，直接从机场来医院探望，他那天没有等到傅西洲，因为起飞时间到了，他打不通电话，便直接飞了。哪里想到当天晚上便接到小姚的电话，得知傅西洲出了事。

他心里觉得后悔，如果不是自己给他通风报信，傅西洲也就不会出事。

因此，他对阮阮也心存了芥蒂。

在病房见到她，忍不住抱怨般地把她离开后傅西洲的一切举动都告诉了她。

“原来他是来机场找我……”阮阮喃喃，她一直以为，他出现在机场附近，是因为公事出差。

原来乔嘉乐没有说错。

看她如此自责的模样，林秘书也不好再多说什么，很快告辞。

林秘书走后，负责处理这场事故的警察找到医院来，归还傅西洲的东西。之前他们已经来过一次，这次是在车里又发现了一样物品，特意送过来。

是一支录音笔。

警察走后，阮阮拿着那支录音笔，想了想，最终还是按下了播放键。

当她听到顾母与顾恒止的声音时，她整个人一呆。

原来，他已经知道了啊。

原来，他知道了，却依旧在得知她要离开时，追到机场去。

“十二……”她握着他的手，泪盈于睫，“我求你快点醒来，好不好？我啊，有好多好多话想对你说呢。”

无数个深夜，她做梦都梦见他醒过来了，喊她的名字，阮阮。

可睁开眼，满室的寂静里唯有仪器的声音与他均匀的呼吸声。

她从日记本里取出数张纸条，那是他曾经粘贴在她农场宿舍外的那些纸条，每一张都写了话。

“阮阮，这里的空气真好，我也想搬到这里来住了。”

“阮阮，中午实在很累，就在办公室沙发上小睡了一觉，很短的一觉，我却梦见了你。你跟我说，你永远不想再见到我，你转身就走。我惊得立即醒过来，心里空落落地难受。”

“老婆，我想你。”

“阮阮，你给了我那么多的好时光，像清风与暖阳，你让我习惯并且依恋上这样的温柔，那么余生你都要对此负责，怎么可以半途离开。如果不能跟你共度，未来的岁月都没有意义。”

……

那时候，她在生他的气，逼迫自己冷起心肠。很多个早上，看到门上贴着的纸条，撕碎的动作总是在最后一刻又打住了，终究不舍得，将它们全部压在了日记本里。

阮阮站在病房的窗边，望着窗外阴沉的天，推开窗户，让新鲜的空气吹进来，随之而来的，也有丝丝冷风。

她抱紧双臂。

十二，你说，如果不能跟我共度，未来的岁月都没有意义。

你说过的呀，你怎么可以说话不算数呢！你睡在这里，一天又一天，把季节都睡过了一季。你看，窗外的树叶都落完了，冬天就要来临，你为什么还是不肯醒来？你说过的，要陪我看今冬的第一场雪，如果你食言，我会生你的气的！

她回转身，哀伤地望着床上的人。

敲门声忽然响起，是林秘书。

这是他第三次找来了，忧心忡忡地看着病床上昏睡的人。

“傅太太，如果傅总再不醒过来，他的位置，估计要易主了。”林秘书沉声说，“他这么多年的经营，只怕要一场空了……”

阮阮握紧手指，无声叹气。她比谁都希望他快点醒来。

她去找过傅凌天，她恳求他说：请您不要放弃他。

她还记得傅凌天的回答，他说：我说过，我们傅家，要的是门当户对的孙媳妇。同样地，傅家不需要一个活死人。

如果不是顾忌着他毕竟是长辈，阮阮真想用手中茶杯砸他。

她也找过傅嵘，可他在傅家的事业王国里，几乎没有话语权。而另一边，姜淑宁母子趁傅西洲不在公司，已经开始动手了。

“傅太太，不如，您去找下阮老……”林秘书迟疑着说，阮家的事情，她的身世，在商界，也早不是秘密，也正因此，傅西洲此番出事，原本站在他这边的股东，也开始动摇了。

阮阮沉吟良久，最终摇了摇头。

她说：“林秘书，您是他多年的伙伴，我拜托您，一定帮他。”

林秘书点头：“这是自然。只是，我毕竟人微言轻啊。”

他叹息着离开了。

阮阮拿出手机，犹豫了许久，终于拨通了顾恒止的电话。

第二天，顾恒止出现在病房。

他曾来探望过一次，见阮阮把病房当家，二十四小时守护着傅西洲，把自己弄得瘦了一大圈，精神也不好，他又生气又心疼，心里更多的是酸楚。他想骂她，却知道，自从对她袒露了自己的心迹后，他就没有资格以家人的身份来教训她。所有的责怪，都会被她当作是一个男人的嫉妒。

那之后，虽然担心她，却也不愿再来医院，看到她对傅西洲那样温柔呵护的模样，他难受。甚至连电话也很少打。

“哥哥，我有事拜托你。”阮阮请他在医院附近的咖啡厅喝咖啡，她不把他当外人，这么久没见，也不寒暄，直奔主题。

顾恒止其实猜到了，凌天日化与傅家的动态他也时刻在关注着。

“是为了傅西洲吧？”他说。

阮阮低了低头：“哥哥，我是不是很自私？”

“是，是很自私。”

阮阮头埋得更低了：“可是，我实在也没办法了，除了你，我不知道还能找谁。”她抬眸，直视着顾恒止，神色坚定：“哥哥，我请求你，帮帮他吧，好不好？”

顾恒止神色冰冷，说：“阮阮，你真的很残忍。”

她咬了咬唇，声音轻轻：“我知道……对不起，哥哥……”

顾恒止见她内疚的模样，好不容易竖起的坚硬之心不由得放软了几分，他说：“阮阮，你说过你想要一个简单的世界，讨厌商业世界的纷争与阴谋，可是，你现在算什么？你是想把自己卷入傅家的争斗里去吗？以你这个性格，人家随随便便就把你捏死了，跟掐死一只蚂蚁一样容易。就算这样，你还是愿意为他不顾一切吗？”

阮阮摇摇头：“哥哥，你知道的，从我嫁给他开始，我的世界就已经变得不简单了。就算我想置身事外，也早就不能够。我被一次又一次算计，被伤害……”她顿了顿，说：“我抗拒过，反感过，也厌弃过，甚至也逃跑了。可是最终，我还是无法逃过自己最真实的心，我放不下他。”

顾恒止微微别过脸：“好了，别说了。”

阮阮沉默着。

顾恒止叹口气，说：“我是真不想帮他，并不是因为他是我的情敌，而是，我真的不愿意看你卷进这些争斗里来。这个世界，比你想象的要更加血腥无情。”他伸出手，揉了揉她的头发，“你啊你！真是拿你没办法。”

阮阮眼神一亮：“哥哥，你愿意帮他对吗？”

顾恒止说：“傅西洲能有现在的地位，全凭他单打独斗得来，没有背景靠山。傅凌天是个利益至上的人，血脉亲情在他心中，永远不如他的商业王国来得重要。我听说，傅云深在想尽办法试图吃掉傅西洲一手缔造的版图。阮阮，我在凌天没有股份，能帮的，其实很少。”他叹口气，“我尽力吧。”

他看了眼阮阮，又说：“你找我，不如去找你外公更好。”

阮阮低声说：“我不敢。”

她从阮家离开这么久，阮荣升都没有找过她。傅西洲出这么大的事情，他肯定知情的，也知道她在医院里，可他没有找她。

她承认，自己就是个胆小鬼，怕听到阮荣升亲口说：你不是我的外孙女。

阮阮从咖啡厅离开后，顾恒止又继续坐了一会儿。

他想了想，掏出手机打电话。

“阿境，我来莲城了，今晚有空喝一杯吗？有件事情，我想拜托你帮忙。”

挂掉电话，他沉沉地叹了口气。

活了近三十年，因为家庭关系，他其实甚少求人，哪怕是向亲如兄弟的傅希境开口，他也犹豫了许久。他不喜欢欠人人情。

可是，拜托他的那个人，是阮阮。他这一生都无法拒绝的人。

阮阮回到病房，看到站在病床边的人时，她心中警钟立响，快步走过去，怒视着姜淑宁：“你来这里干什么！”

姜淑宁好笑地看着她将傅西洲挡在身后的动作，嘲讽说：“我还真是低估了你呢，他那样对你，你竟然还死心塌地地维护他。顾阮阮，你是真傻呢，还是太贱啊！”

阮阮咬牙，胸口起伏得厉害，指着门口，厉声说：“滚！这里不欢迎你！”

“啧啧，野种就是野种，就是没教养。阮老好歹也养了你十几年，他要知道你这样目无尊长，估计又要气得吐血了。”

阮阮走过去，用尽全力，将她一路推出病房，姜淑宁不承想她竟会动手，又穿着高跟鞋，差点儿被阮阮推倒。

她怒喝：“顾阮阮！”

回应她的，是“砰”的一声门重重关上的声音。

“我们走着瞧！”姜淑宁丢下这句，气呼呼地离开了。

阮阮背靠着门，重重喘着气。

哥哥，你看，就算我不想卷入他们的争夺里，他们也会主动找上我。只要我站在他身边，这场战争，就无可避免。

她闭了闭眼，疲惫感袭上心头。

她坐到病床边，久久看着他，十二，我并不惧怕为你作战，我害怕的是，我鼓起勇气、费尽心思、拼尽全力为你守护好你的世界，到最后，你却还是不肯醒来。

“你到底还要睡多久呢……”

回答她的，依旧是一片沉寂。

隔天，阮阮接到林秘书的电话，是个不好的消息，姜淑宁与傅云深申请召开董事会，会议只一个主题，那就是：罢免傅西洲在凌天日化的副总职位。而傅凌天，没有明说支持，但也没有反对，只说考虑下再做决定。估计也是不想再等了，要放弃他了。

挂掉电话，阮阮沉沉叹一口气。

到最后，终究还是不能为你守护住你的世界。

这天中午，她没有去医院食堂吃饭，坐在病床边，看着他发呆，也不觉得饿。

查房的护士来过，照例安慰她说，别气馁，傅先生的状况在渐渐好转，一定很快就能醒来了呢。

她笑笑，苍白又无力。

傍晚的时候，病房里来了一个人。

阮阮抬头看到来人，讶异地张大了嘴，心脏忽然跳得厉害，紧张又忐忑。

“阮阮小姐，好久不见了。”来人微笑着打招呼。

“张叔，你怎么……”阮阮站起来。

“阮老在楼下等你。”阮荣升的司机张叔说。

“外公他……”竟然主动来找她了，他终于还是来了。

下楼的一路，阮阮心中除了忐忑还是忐忑。

外公……会说什么呢？

阮荣升坐在车内等她，张叔为她打开车门，她紧张地握着手指，脚步竟然迟迟迈不动。

“哼，才几天不见啊，你这丫头竟然这么大牌了呀？还不上来！”老者威严中却透着调侃的声音从车内传来。

阮阮眼眶一湿，眼泪就落了下来。

这是她心里外公的语调，一如从前。

她上了车，坐定，眼睛眨也不眨地望着老人。他瘦了好多，精神也不太好。一场大病，伤了元气。

她觉得好内疚，忽然倾身抱住了阮荣升，哽咽道："外公……"

她从前虽与阮荣升亲近，但也算不得格外亲密。性格使然，她极少抱着他手臂撒娇，更别说亲密地拥抱了。

经过这一次的事情，她才明白，外公在她心里是多么重要。她始终没忘，五岁那年，父母的葬礼上，那个满脸悲痛的男人，将她紧紧地搂在怀里，说："丫头，别哭，别害怕，你还有外公呢！"

正因为依恋太深，所以才会害怕听到他说，你不是我的外孙女，害怕他放弃她。

阮荣升沉沉地叹口气，轻轻拍着她的背，一下一下地，就像小时候那样。

片刻，他推开阮阮，板起了脸孔，哼道："如果我不来找你，是不是你这辈子都不打算再见我了？"

阮阮低着头，讷讷地说："我害怕……"

"怕什么？怕我不认你？哼！真是白养了这么多年，我就这么不值得你信任？"阮荣升说。

"外公，您身体好点了吗？"阮阮问。

阮荣升瞪她："还晓得关心我的身体？"

"对不起，外公，都是我害得你……"

阮荣升摆摆手："我病倒，不全是你的原因，你就别把罪过都揽到自己身上去了。"听过那段录音后，他打电话向顾恒止父亲确认，得到了相同的答案后，那一刻，他确实心绪难平，加之那几天身体本来就不舒服，因为阮皓天的胡作非为动了气，公司里又出了点乱子，他忙于解决，没有遵医嘱好好休息，因此才会一时血压飙升，急火攻心。

他醒过来后，问起阮阮，陶美娟的回答他当然不信。那丫头是他一手带大的，什么性子他还不清楚？最是简单不过，也很傻。没有出现在病房，八成是陶美娟搞了鬼，阻止了她。儿媳妇的那点小心思，他最清楚不过。后来他让人查了查，果然，阮阮名下的一些不动产与基金，全数转到了阮皓天名下。她也已搬出了阮家，甚至躲起来，不见他。他知道她心里在想什么，不相信自己，也不相信他。这样的不信任，令他生气！所以，也就一直没有找她。

阮荣升从身边取过一个文件袋，递给阮阮，"打开看看。"

阮阮打开，里面是一份协议书，当她看清楚是什么内容后，整个人都惊呆了。

"外公，您这是……"阮阮震惊地看着他。

“如你所见。”阮荣升神色淡然地说，仿佛阮阮手中的，只是随随便便几张纸，而非一份价值不可估量的转让书。

“您为什么会……”

阮荣升接过她的疑问：“我为什么会把这么重要的股份转到一个非血缘关系的人名下，对吗？”

阮阮整个人都有点呆怔，心情复杂，只晓得傻傻地点头。

阮荣升抬手，摸了摸她的头，难得一见的柔软语气：“阮阮，不管你是不是我女儿的亲生骨肉，你都是我外孙女，永远都是。”

就连他自己也有点不明白，为什么对这丫头会宠爱到这个程度，他在商场那种尔虞我诈的冷酷世界摸爬滚打了一辈子，手段凌厉，心狠手辣。甚至对自己的亲孙子，也是诸多挑剔，非常苛刻。唯独对阮阮，他一次又一次打破自己的原则。

他在心底长叹，大概是因为这个丫头，是这个世界上唯一令他一想起来，心里就变得柔软的人了。倾注多年的爱，在心底生了根，拔除不了了，也舍不得。再坚硬的人，也是需要一个柔软的角落的。

阮阮又忍不住落下泪来，久久不能言语。

原来她的担心都是多余的，原来有的东西，真的是一辈子的，永远都不会失去。

她几乎是一路小跑着奔回病房的。

她欣喜地握着傅西洲的手，说：“十二，现在好了，你不用担心了。”她扬了扬手中那份文件。

阮荣升将他拥有的凌天日化所有的股份都转到了阮阮名下，她成为除开傅家人之外最大的股东，以她手中的股份，加上傅西洲名下的，占有的投票权足够否决掉姜淑宁母子召开的董事会决议。

阮阮想起在车上她问阮荣升为什么做出这样一个决定，毕竟，他曾经跟傅西洲有过那样一份协议书，证明他并没有把傅西洲当作自己人。

阮荣升说，因为他爱你。

然后，他告诉了阮阮，傅西洲早就将他们之间令阮阮失望伤心的协议书撕毁了。

也告诉她，在他出车祸的前一天，他拿着那份关于她身世的录音去医院找过他，他临走前，说了一句话。

他问傅西洲，既然你知道阮阮跟我没有血缘关系，我都将她赶出阮家，也就没有利用价值了，你还找她干什么？

傅西洲说，我想跟她做夫妻，跟她是谁的女儿，谁的外孙女已经没有关系，这些都不再重要，重要的是，她是顾阮阮，是我唯一想要共度余生的女人。

阮阮握着他的手低声喃喃："你真的这么说过吗？十二，那你醒过来，亲口对我说，我就相信你。"

"十二天，我给你十二天时间，如果你还不醒来，我就真的不理你了。我去米兰找叮当，听她说，她认识了好多混血美男，又高又帅，穿衣品味还超好的。"

"我说真的啊，我可没有骗你，如果你老是偷懒在这里睡觉，我就真的跑了噢！"

……

她这样细细碎碎的念叨，已经成为病房里每天必有的风景。有时候她说一些漫无边际的话，有时候读一段童话里的句子给他听，有时候趴在他身上，在他耳边轻轻哼一首小曲。

日子单调却不觉苍白，因为心存期待。

阮阮起先的焦虑渐渐平息下来，在医院里待得愈久，直面许多生死，有时候一天里会看见好几回，重症患者被蒙上白布推往太平间。她心里便升起一丝感激，至少，至少，她的十二，还好好的。

她也越来越相信，他一定会醒过来的，对她有过那样许诺的他，一定会醒过来的。

不能跟你共度，未来的岁月都没有意义。

十二，你如此，我也如此。

你一定舍不得留我一人，独自与这冰冷孤独的世界抗衡，对不对？

我知道，你不舍。

我坚信，你不舍。

当阮阮带着律师出现在凌天日化的董事会上时，所有人都惊住了。

律师当众宣布了阮荣升的股份转让书，阮阮看见姜淑宁与傅云深的脸色变得非常非常难看。

阮阮心中只觉一阵快意，也重重松了口气。

傅西洲加阮阮的股份，再有暗地里顾恒止与傅希境帮忙说服了一些股东，这场姜淑宁母子胜券在握的罢免案最终反转了局面。

姜淑宁推着傅云深离开会场时，射向阮阮的目光里全是刀光剑影，恨不得杀了她。

回到办公室，傅云深立即拨通了陶美娟的电话，怒吼："陶总，请你给我解释一下，为什么顾阮阮忽然成了凌天的大股东！！！"

"什么……"陶美娟完全呆住了。

挂掉电话，陶美娟恶狠狠地将手机甩出好远，机身跌在地上，四分五裂，她脸上的表情也是裂开的，眸中怒意翻滚，双手紧握成拳，牙齿将嘴唇快咬出血迹来。

"这个死老头！！！"

"顾！阮！阮！"

病房里。

阮阮正用棉签一点点蘸着温水，送进傅西洲的嘴里。

她温柔地为他擦拭掉流出来的点点水迹，嘴角带着笑："十二，我们打了一个漂亮的胜仗，我多想开瓶啤酒庆祝哦，可是，你不陪我喝，我觉得没劲。"

她取过床头柜上的啤酒罐，在他面前晃了晃，"先留着，等你醒来，我们一起喝。"

她起身，去把打开的窗户关上。

"天气预报说，明天可能将迎来第一场雪。"

"你答应过我的，陪我看初雪，你这个骗子！"

"哼，以后我再也不要随便相信你了。"

……

第二天，阮阮抽空去了趟商场。圣诞节即将来临，她征询了护士的同意，可以买一棵圣诞树来布置病房。买完了布置病房所需要的东西后，她又去男士专柜转了转，买了几份圣诞礼物，分别给外公、顾恒止，还有傅西洲。

她提着礼品袋走出商场，一边自言自语："你看，我连礼物都为你准备好了，你还不醒来，我就把它送给别……"

话还没说完，她的手机忽然响起，是医院来电，阮阮看着那个号码，心头一跳，迟疑了会儿，才接起。

那端护士刚说了一句，她就飞快地奔跑起来。

她将车子开得飞快，甚至不小心闯了一个红灯，停了车，她一路狂奔朝病房去，心脏都快要飞出胸腔了一般。

可她却是那样快乐，快乐得脚步生风，都要飞起来了。

猛地推开病房的门，房间里的医生与护士团团围住了病床，见了她，都笑着拍拍她的肩膀，说句“傅太太，祝贺”，便都走了出去。

她静静地站在那，与病床有点距离，望着床上睁着眼睛的那个人，视线变得越来越模糊。

“阮阮？”微弱的迟疑的声音传来。

阮阮只顾着流眼泪，久久不知应答。

傅西洲刚刚醒过来，头很晕，意识混沌，他逆光看着站在门口的那个人，只以为自己是在做梦，就好像这漫长的一个梦境里一样，无数次看见她，他叫她的名字，她却从不应答。

也许又是一个梦吧。他自嘲地想，闭了闭眼，再睁开，那个日思夜想的身影竟还在，而且，那身影忽然以极快的速度朝他奔过来，俯身将他团团抱住，灼热的液体滴落在他脸颊上：“十二……十二……”

是她，真的是她，不是做梦。

他长长地叹了口气，缓缓地、缓缓地，抬起太久没有动弹显得有点僵硬的手臂，抱着她。

阮阮哭了许久许久，眼泪打湿了傅西洲的脸庞，烫得他的意识越来越清楚，心中冒出一朵又一朵欢喜的花。

他抱着她，竭尽全力。

失而复得，最是珍贵。

天色渐暗下来，病房里没有开灯，阮阮哭得累了，忽然想起，自己这样久久地趴在他身上，他一定很难受，刚想起身，却被傅西洲拉住了。

“你上来睡，让我抱抱你。”他微微移动了身体。

病床狭窄，阮阮侧身躺上去，傅西洲伸手揽住她，紧紧地，下巴搁在她头顶，熟悉的清香幽幽传入他鼻端，久违的味道，无比想念。还有她身上的温度，彼此拥抱的姿势与身体的弧度，一切的一切，都这样令他想念。

他闭眼，轻声呢喃：“阮阮，我又想睡了。”

阮阮下意识就是一惊，说：“不准！”

他轻轻笑了：“傻瓜，我只是觉得抱着你，心里好踏实，想要睡个安稳的觉。”

阮阮嗔道：“你睡了这么久还没睡够吗？你是猪啊！”

沉吟片刻，傅西洲忽然说：“昏睡的这些日子，我好像一直在做同一个梦，梦里，你拖着行李在过安检，我在你身后大声喊你的名字，让你不要走，可是你还是头也不回地离开了……”

阮阮只觉心酸，握了握他的手。

她轻声问：“十二，你都知道我的身世了，为什么还要来追我呢？”其实她心里早就知道了那个答案，可听他亲口说一遍，感觉不一样。

傅西洲抚上她的脸，“这个世界上，能带给我利益的女人有很多，而能带给我快乐与安宁的，阮阮，唯有你。”

你曾经说过，我是你的梦想。阮阮，你知道吗，你是我温柔的梦乡。

世间唯一。

她将身体往上移了移，捧住他的脸，深深吻下去。

夜幕彻底降临时，窗外忽然飘起了雪花，天气预报终于准了一回。

阮阮将窗户推开，任细细的雪花飞舞着飘进来，她伸出手，去接那些雪花，看它们轻盈地打着转，然后在她手心，慢慢融化掉，她的心，也变得格外安宁温柔。

她转身，望向也正凝视着她的傅西洲，嘴角微微翘起。

“十二，你答应过我陪我看今冬第一场雪，你没有食言。仅仅为此，我也决定原谅你之前的所有。还有，谢谢你。”

谢谢你，醒过来。

谢谢你，没有抛下我。

第十三章 只要你在身边，我就天地不惧

就算全世界的人都不信我，
只要你信我，
就够了。

在医院又住了几天，医生给傅西洲做了一遍全面的检查，外伤在他昏迷期间早就好了，受创的头部也没有很大问题，但需要好好静养，不宜操劳。

傅西洲立即要求出院，在医院里睡了三个月，再躺下去，他会疯掉。阮阮有点不放心，但医生说在家里好好休养也是一样，定期来做复查即可。

她便尊重他的决定去办理了出院手续，说实话，这三个月来，她也待腻了，病房惨白的颜色与消毒水的味道，让这里笼罩着死亡与悲伤的气息。

“你老盯着我看干吗呀？”阮阮收拾着东西，转过身好笑地问正在换衣服视线却始终放在她身上的傅西洲。

傅西洲一边扣着纽扣，微微笑着：“总觉得看不够。”

阮阮瞪他一眼，扭过头去，脸微红，她轻声嘀咕：“从哪儿学来的这些话啊……”她想起他曾写下的那些纸条，句句都像动人的情话，从前那么冷冷清清的一个人啊，现在说起这种俏皮情话，竟又自然又游刃有余。

“你偷偷在嘀咕什么呢！”他走过来从背后拥住她。

“喂！这里是病房！”阮阮抗议，想要推开他，却被他拥得更紧。

自从他醒过来后，他就特别爱缠着她，要牵手，要拥抱，也时刻都想索吻。

“我抱我自己老婆，谁敢有意见！”傅西洲哼道，亲了亲她的脖颈，嘴唇流连般地轻轻摩擦着。

她躲避着转身，推他，“好啦，别闹了。林秘书马上就要来了。”

傅西洲顺手捧起她的脸，深深吻她。

敲门声打破了一室的旖旎气氛。

林秘书走进来，见阮阮低着头，脸红得跟番茄似的，又见自家老大满面春色，心中了然，却装作若无其事般说：“傅总，可以走了吗？”

傅西洲点点头。

阮阮皱眉：“你非要这么急着去公司吗？医生说你需要静养。”

傅西洲说：“我身体没事，别担心。我会早点回家，你等我吃晚饭，好久没吃过你做的菜了，好想念。”

阮阮叹口气，知道就算把他绑回家静养，他也是心系公司的。他昏睡了三个月，姜淑宁母子动作利落，明里暗里在他的部门做了许多手脚。

此番他回归，等待他的，又是一场硬仗。

阮阮知道在这些事上自己帮不到他任何，唯有在家做好他爱吃的菜，等他回来。

天黑的时候，她正在厨房煮“焦二仙”茶，听到门铃响起，她飞奔着去开门，以为是傅西洲回来了，结果打开门，迎面而来的一个耳光，把她整个人都打蒙了。

“你这个说话不算话的小贱人！”陶美娟骂道。

她下手很重，过了好一会儿，阮阮才回过神来，她怒视着陶美娟，冷声说：“陶女士，这一巴掌，我不还手，不是我怕你。我就当作抵了这些年来我叫你一声‘舅妈’的情分。从此，我跟你没有任何关系了。你再随便对我动手，我也不会客气！”

陶美娟嗤笑道：“哎哟，一个没爹没娘的野种，谁要跟你有关系？我看是你想死皮赖脸地赖着我们阮家不放！你答应过我的事情，是放屁吗！”

阮阮说：“我答应搬出阮家，并且将名下的不动产与基金都转给了你们，这些我都做到了！如果你记性不好使了，可以回家问问你儿子，当时他也在场！好走，不送！”

说着就要关门，却被陶美娟抵住，她被噎得脸色更加难看，说：“既然你答应过将名下的财产都转给皓天，是不是还有一项没有完成，凌天日化的股份。”

阮阮被她说得笑起来：“陶女士，你是不是太天真了点？”真把她当作孩子了呢！

“你！”陶美娟抬手又想扇过去，却被阮阮截住，她又迅速抬起另一只手，只是没能如愿，再次被人截住。

她头顶响起一个冷冷的声音："陶女士，请自重。"

是傅西洲。

他一把将陶美娟拉离阮阮身边，然后他挡在了她面前。

"阮氏酒店的理事私闯民宅，还打人。你说，这样的内容是不是足够上明天的头条了？"傅西洲面无表情地看着她。

陶美娟气得咬牙切齿，可也知道，再这么闹下去，自己捞不到半点好处。

她放下狠话，离开了。

"你有没有事？"他低头查看她，发现她脸上的掌印时，脸色变得铁青。

阮阮握住他的手，说："没事，你放心，以后我不会再让她欺负了。"

他牵她在沙发上坐好，去厨房里取了冰块来，为她敷脸。

阮阮忽然就想起一些久远的事，他们的婚礼上，她崴了脚，被外公连夜送去了宁城的酒店，他找过来，也是如今晚这般，坐在昏黄的台灯下，用冰块帮她敷伤。

"你笑什么？"傅西洲抬眼看她。

阮阮轻摇头，转移了话题："公司那边怎么样了？"

他笑说："没事，我会处理好的。"

其实有点棘手，但是他不想让她担心。

今天去公司，他做的第一件事情，就是让林秘书将整个研发部的职员名单打出来，他一一浏览过去，越看脸色越青，好个傅云深，竟然趁着这个机会，换掉了他三分之一的人，而且都是他一手培养出来的，可以说是亲信。而傅云深安插进来的人，好几个都在重要部门，甚至连他的香氛系列开发案也插手进来了。

当所有人包括林秘书都以为傅西洲会按兵不动、步步为营时，哪知道，他竟然只用了几个小时，就把傅云深安插到研发部重要部门人员的背景查了透底，但凡在一个公司待了多年的人，又处在一个较高的位置，只要用放大镜来看，总会有这样那样的小问题。他揪住这些问题，光明正大地将人从他的部门踢出去。

手段凌厉，毫不留情，连个预兆都没有，真正的快狠准，打了姜淑宁母子一个措手不及。

第一仗，傅西洲完胜！

当傅西洲早早下班，坐在餐桌上吃着阮阮亲手煮的浓汤时，姜淑宁正在傅云深的办公室里大发脾气，桌子上的文件物品都遭了殃，成了她泄愤的对象。

“妈，您歇歇吧！您摔得不累，我看得还累呢！”傅云深皱眉看着胸口起伏厉害的姜淑宁。

姜淑宁咬牙说：“那杂种！现在仗着阮氏的股份，还有顾家的支持，简直肆无忌惮了！我们好不容易布的局，他一回来就全毁了！他怎么不干脆被撞死算了！”

傅云深沉默着，眉毛紧蹙，脸色变得有点苍白，似是隐忍着痛苦。

姜淑宁说：“云深，我们不能就这样坐以待毙，现在很多股东因为顾家的关系，已经转了风向，再这样下去，我们会彻底被傅西洲击垮。你爷爷是不能指望了，他说过了，他退下去后，凌天董事长之位，谁有能力就谁坐。”

傅云深仿佛没有听到她说话，眉头愈加紧蹙，咬着唇。

姜淑宁终于注意到儿子的异样，蹲到他身边，问他：“云深，你怎么……”忽然想起什么，脸色一变：“你旧疾复发了？你是不是又没有吃药？”

当年的车祸，傅云深除了高位截肢，内脏也受到极大损伤，落下了毛病，常年靠药物维持。

姜淑宁见他脸色愈加苍白，疼痛令他额上冒出了冷汗，整张脸都微微扭曲了。

“药呢？药在哪里？”她慌乱地去翻他的衣服口袋，却被傅云深大力推开，“滚开！”

她不防备，跌坐在地。

“云深……听话，药呢！告诉妈妈，你把药放哪儿了？”姜淑宁从地上爬起来，又凑了过去，抓住他的手，像是哄小孩一般哄他求他。

“我让你滚开！你没听到吗！”傅云深怒吼，声音里是极大的痛苦。“滚啊！我不想看到你！”他的情绪因胸腔里越来越剧烈的疼痛而激烈起来。

药！药！药！

轮椅！轮椅！轮椅！

一年三百六十五天，每一天，都逃离不了这两个东西的禁锢。像噩梦，如影随形。

整整十三年！

每个深夜，他摘下假肢，看着空荡荡的下半身，他心中便恨意翻滚。

他这样活着，比死去更痛苦。

而且，只要他一想到，自己身体里，流着最最痛恨的人的血液，他就恨不得把血全放干。

他曾经也真的这么干过，当傅西洲被接回傅家，他才知道，自己是靠他的血才活下来。

他当着他的面，用水果刀，一刀一刀划下去，看着血液滴落在地板上，忍着手腕上的剧痛对他说，你的东西，我还给你，全还给你！你给我滚出去！

傅西洲站在离他几步远的地方，没有阻止他，也没有为他止血，就那样静静地看着他，冷冷的眼神，冷冷的语调，带着嘲讽：怎么办呢，就算你把身上的血液全放干，也永远改变不了一个事实，那就是，我们身上，流着同一个人的血。

因为他这句话，他活了下来。既然无法改变，那么，就拼个你死我活吧。看看到最后，谁笑谁哭。

“云深！云深！”姜淑宁惊叫，看着傅云深忽然弯下腰去，然后翻滚在地。

她抱着他的头，一边拍他的脸：“儿子，你醒醒，醒醒啊，别吓唬妈妈……”她眼泪大颗大颗落下来，颤抖着掏出手机，拨了120。

医院里。

姜淑宁站在病床前，看着渐渐稳定下来陷入沉睡的傅云深，重重地舒了口气。

她按着还在剧烈震荡的胸口，伸手轻抚傅云深的脸，低声喃喃：“儿子，你吓死我了啊。如果你出了什么事情，我也活不下去了……”

说着，眼泪无声滑落。

她站起来，前一秒还在落泪的悲伤的脸，此刻已换上了另一种神情，她手指掐进手心里，眼神锐利如箭，咬牙在心中恨恨地默念着一个名字。

傅！西！洲！

元旦过后，阮阮回到农场复工。

齐靖有心，为她办了个小小的回归仪式，中午让农场食堂的大师傅做了一桌菜，热气腾腾的羊肉火锅，摘了很多农场自种的蔬菜，十足的丰盛。

在农场做事的工人要不是齐靖家的亲戚，要不就是这周边的乡亲邻里，十分淳朴热情，吃饭的时候都问候阮阮身体好点了没有。齐靖对外都说阮阮是去休病假了。又不停给她夹菜，说她实在太瘦了，应该多吃一点。

阮阮一一接过，不停说谢谢，把自己吃到撑。

看着他们关切的眼神与笑脸，阮阮觉得，这个地方，才是她喜欢的世界，没有那么多尔虞我诈，没有那么多钩心斗角的算计，有的是浓浓的世俗人情味，平凡、普通，却也安心。

她去看她的花棚，她离开这么久，花棚里的花花草草长势喜人，齐靖照料得很好。阮阮打趣说："哎，老齐，我发现啊，农场里有我没我都一样呢！"

"那可不行！"齐靖大声嚷嚷，"你再不回来，我就真的忙到吐血殉职了！"

阮阮忍不住大笑。

齐靖也跟着笑，亲昵地拍了拍阮阮的头，"你笑起来多好看，要多笑笑，知道不！"他就像个亲切体贴的邻家大哥哥一样。

"谢谢你，齐大哥。"阮阮由衷说。

临近下班，傅西洲忽然出现在农场。

阮阮讶异地迎上去："你怎么来了？事先也没有打个电话……唔……"

她的话，被一个吻堵住。

他本想要极浅的一个吻，却在碰触到她时，情不自禁地加深了，她侍弄了一下午的花草，身上沾了花香，此刻幽幽地传入他鼻端，令他沉醉。

良久。

阮阮靠在他怀里轻轻喘气，脸又不禁微微红了。她总是这样，只要是在外面，傅西洲对她做亲密的动作，她就容易脸红。惹得他老取笑她说，你都是做了妻子的人了，怎么还跟个未经情事的小少女一样呢！末了他坏笑着附在她耳边低声加一句，不过我喜欢。

阮阮嘀咕道："傅西洲，我真的有点怀疑啊，你在昏睡的时候是不是被什么东西附体了啊……"

"什么？"他一时没明白，过了会儿才反应过来，笑问，"你说呢，我被什么附体了？"

阮阮不回答。

他追着问："是什么？"

阮阮没好气地瞪他一眼："色鬼！"

"哈哈！"他大笑，又捧住她的脸作势要亲下去，鼻尖抵着她的鼻尖，低沉的声音里满是蛊惑："那就让我名副其实一下。"

"……"

他开车来接她下班，她的车便留在了农场里。

她问："你今天怎么这么早就下班了？"

他说："其实有很多事情还没做完，但是我想跟你约会。"

阮阮好笑地看着他："约会？"他以前可从不说这样的话的。

"嗯，约会。"他一本正经的表情，"先去吃饭，你想吃什么？"

阮阮中午吃撑了，不太饿，就说："随便都可以。"

傅西洲微微皱眉："不能随便，你最想吃什么？"

阮阮觉得他今天似乎格外认真，还有点不对劲，转头仔细地打量他，但见他神色自然，也看不出什么来。

她想了想，说："那，我们去吃粤菜吧。"

吃完饭，傅西洲说："我们去看电影。"

"什么？"阮阮正在喝茶，差点呛住，不怪她，因为她记得很清楚，傅西洲最讨厌电影院那种公共场合，觉得人多空气不好，满场还飘着爆米花的香精味儿，以及吃爆米花时"咔嚓咔嚓"的声响。

傅西洲看了她一眼，仿佛没有看到她的震惊，继续说："今天有上映一部迪士尼的新片，3D版，我们去看这个？"

阮阮震惊得张大了嘴，这个……这个……他连今天上映什么片子都知道？

"十二，你……没事吧？"阮阮迟疑地问。

"没事啊。"他非常正经的模样。

"呃……"

结完账，他们去了最大的电影院。阮阮对迪士尼的动画片一直很感兴趣，本来也打算自己去看的，有他陪她一起看，当然最好不过。

这是他们第一次一起来电影院，因为是刚刚上映的新片，又是观影黄金时间，购票点排起了长龙，还有很多小孩子，在旁边大声嬉戏打闹着，很吵。

阮阮抬眸看了眼傅西洲，提议说："十二，要不，我们别看了吧，人太多了，又吵。"她知道他很烦吵闹。

"没关系。"他笑笑，神色平静，看起来也没有不耐烦。

买好票，离开场时间只有十分钟了，阮阮正准备进去，傅西洲拉住她，指了指零食窗口："我们也买点可乐跟爆米花。"

阮阮再一次久久审视傅西洲，觉得他今晚真的有点怪啊。

后来那一场电影看得阮阮都觉得有点头疼，小孩子太多了，父母又都随着他们去，熊孩子们大声笑闹，甚至有的还满场跑。

散场后，阮阮问傅西洲："是不是很难受？"

哪知他竟然说："还好。电影还不错。"

"……"

虽然惊讶，不过，阮阮觉得这样的他，似乎还蛮……可爱的。

然而当她第二天下午收到他差人送来的大捧白蔷薇花束时，彻底震惊了。

她给他打电话，哭笑不得地说："你干吗送花给我？我花棚里那么多花啊！"

他不答反问："不喜欢吗？"

阮阮嗅了嗅花香，微笑说："很喜欢。十二，这是你第一次送花给我呢。"

电话那端有片刻的静默。

"十二？"

"阮阮，对不起。"傅西洲轻轻说。

挂了电话，他转身，视线投向办公桌上的那盆茉莉，那是她送给他的礼物，她亲自培育的。

他还记得那天在楼下大厅里，她的花被人撞翻时她快哭的表情，眸中水汽氤氲。后来她把办公桌上原有的盆栽挪开，用她的茉莉霸占着。她坐在他面前，喋喋不休地跟他讲茉莉的习性，他忙于一份合作书，心不在焉地应着，都没有多看这盆小白花一眼。

后来也是让小姚帮忙照顾着，并不上心，在他看来，这不过是一盆美化环境的植物而已。

直至有一次听小姚随口提起，茉莉的花语哦，是"你是我的生命"。

他心中震动。

方才明白她送这盆花给他的含义。

电话里，她说，这是你第一次送我花呢。

她欣喜的语气，令他心酸，也心疼。

从相识到结婚一年多，他亏欠她良多。

庆幸的是，她愿意给他机会，让他一一弥补。

自从有过第一次接她下班，傅西洲就成了农场的常客，只要不加班，他都会来接阮阮下班。

虽是寒冬了，但这天天气好，气温略高，吃完晚饭，傅西洲提议去江边散步。

"听说今晚有焰火表演。"

每周五晚上，江边都会有一场焰火表演。

阮阮又一次惊讶了，要知道他从前就一工作狂，极少有闲情逸致关注这个。

"十二，我真的觉得哦，你被什么人附体了！"阮阮挽着他手臂，侧头认真打量着他，开玩笑道。

傅西洲好笑地敲了下她的额头，"又瞎说！"见她的鼻头被风吹得红红的，没戴手套的手也有点微凉，他将她裹进大衣里，面对着面，拥着她给她取暖。

“你最近，怪怪的。”她仰头望着他。

他直接以深吻封缄了她的疑虑。

“哧！”

江堤不远处，焰火表演正开始，姹紫嫣红，灿若星辰。

晚上，他又有新提议。

“明天周末，我刚好有时间，你也休息，我们去游乐园？”

阮阮也懒得讶异了，随口应着：“好啊。莲城新建的游乐园据说是中南地区最大的，我都没有去过。”

她其实对游乐园也没有多大兴趣，但是只要与他在一起，去哪儿都可以。

傅西洲去沐浴，阮阮帮他整理衣服，换下的衣服她习惯性地搜下口袋里看有没有物品。她伸手，在大衣内袋里摸出一张折叠的纸，她微微讶异，他怎么把纸放这里了？

打开，上面的文字令她一呆。

一、接送上下班。

二、找一个氛围很好她喜欢的餐厅共进晚餐。

三、送花。附言：玫瑰太俗，最好找符合她性情的。

四、陪她看电影。附言：一定要挑她喜欢的风格哦。

……

一行行列下来，娟秀的字体，看得出是出自女孩子之手。最上面，大大的字体写着：恋爱进行曲。

这是……

阮阮忽然找到了傅西洲最近如此反常的缘由。

她抱着那张纸，弯腰笑起来。

傅西洲从浴室出来，看到的就是阮阮倒在床上笑得不可自抑的模样。

“什么事这么开心……”当他看到她扬起手中那张纸时，从不脸红的男人竟然微微红了脸。

“这是什么？恋爱进行曲？”阮阮边笑边大声念出来。

“喂！”傅西洲扑过去，试图把纸条抢过来，阮阮左晃右晃，不让他抢走。

他索性俯身，将她整个人都压在身下，伸手轻而易举地抢过了纸条，然后，低头，重重吻上她的唇，吻够了，离开时还惩罚般地轻咬了下她，哼道：“让你笑话我！”

他见她有点呼吸不过来，松开她，正打算起身，她忽然伸手，钩住他的脖子，微微仰头，眸中似有雾气氤氲，他没来得及细看，就被她吻住。

在情事上，她向来羞涩，难得这样主动，他只觉胸中似有烈火，无限多的欣喜，却也不急躁，配合着她温柔又羞怯的节奏，承接着她所有的情意。

这个寒冷的夜，变得如此温情，如此温柔。

她蜷缩在他的怀里，像一只安静的柔软的猫，他一只手臂被她枕着，一只手臂搭在她腰间，一下一下摩挲着。

彼此最契合最舒服的睡姿。

阮阮忽然起身，在床两边看了看，最后在被子下面找到了那张纸条。

“哎，你！”傅西洲真是败给她了，竟然还惦记着那张纸呢！

阮阮展开纸条，趴在他身上，开始念：“……五、夜色下江边散步。附言：最好周五晚上去，有焰火表演看。六、去游乐园。七、拍拍立得情侣照。八、去旅行……啧啧，这谁写的啊，恋爱专家呀！”

“……小姚……”

阮阮板着脸，说：“嗯哼，傅西洲先生，你让秘书写这个干什么用？你还想拿着秘籍去搞婚外情不成！”

傅西洲嘴角抽了抽，举手投降：“好吧，我坦白。”他将阮阮拉回怀里，轻声说：“阮阮，认识你之前，我几乎所有的时间都放在学习和工作上，极少与女孩子接触，更别说花时间去谈恋爱了，对这些事情也没什么兴趣。后来我们重逢，你追我，约我时我总是找各种借口推托。再之后，我们直接步入了婚姻。现在想来，很多必经的过程，我们都没有。”他叹口气，声音里有歉疚：“虽然你从不说，但我知道，你心里一直有遗憾，没有享受过恋爱的过程与感觉。我也不知道，我现在一一补给你，是不是太迟了。”

她在他怀里拼命摇头，眸中已有水汽氤氲：“不，不迟。我很喜欢，十二，我很喜欢。”

其实很多事情，现在才来做，早就没有了当初的心境，而那些花哨的恋爱形式，她也并不是那么看重，但有什么关系呢，重要的是，他的心意。

一个恋爱中的女孩子，最想要得到的礼物，不过是被心上人在意。

迟来了很久，但总算，她得到了。

不多久，便是除夕夜。

阮荣升知道阮阮与陶美娟的关系如今是水火不容，也没勉强阮阮回阮家陪他守岁，只在小年夜那天，让阮阮与傅西洲陪他在酒店里吃了团年饭。

至于傅家，阮阮也是坚决不想去的，想必姜淑宁母子也不想见到他们。

这个除夕夜，只属于她自己的小家。

有他，还有他的母亲。

团年饭是在疗养院林芝的病房里吃的，本来傅西洲有想过接母亲到公寓里来，疗养院那种地方，房间布置得再舒适，那也是医院，氛围总显得清冷了。但阮阮考虑到天寒地冻的，怕林芝不舒服，所以最后还是决定在病房厨房里做。

阮阮与傅西洲一起下的厨，五菜一汤，简简单单的家常菜，却很温馨。

阮阮用拍立得给傅西洲与林芝拍了合影，又自拍了一张三人合影。

她在照片上写：我们的第一个除夕夜。

吃完饭，他们陪林芝一起看春晚。九点多，林芝喊困，阮阮便关了电视，让她休息。

离开医院的时候，天空又飘起了雪花，他将她的手放进他大衣口袋里，揽紧她肩膀，走向停车场。

车子往家的方向驶，快接近公寓的时候，阮阮终于还是开口了："十二。"

"嗯？"

"今晚……你不去帮乔嘉琪过生日吗？"

她记得明天是乔嘉琪的生日，也记得他们之间的那个关于零点的约定。

傅西洲说："我跟嘉乐说好了，明天一早过去。"

其实这是他单方面的决定。下午，乔嘉乐就打电话问他什么时候过去，他直言说：对不起，嘉乐，今晚我去不了了，但是我一定会去帮嘉琪过生日，明天一早就过去。

乔嘉乐当即就生气了，说了很多难听的话。晚上在疗养院，她再次打来电话，先后打了好几个，语气从最初的强势，到最后带了恳求之意。见她那个样子，傅西洲心里其实并不好过。

可有什么办法？除夕夜的守岁，这么重要的时刻，他不能再次抛下阮阮，去到另一个女人身边。

乔嘉乐说得对，他确实自私。

"你有过约定，还是去吧。"沉默了片刻，阮阮忽然说。

傅西洲讶异地看她一眼，他将车停在路边。

“阮阮，你说的真心话？”他握住她肩膀，让她直视着他。

阮阮在他的眼神下败下阵来，叹口气：“……假话。”

他笑了，亲亲她额头：“我不要你觉得有一点点委屈。好了，我们回家。”

她点点头。

终究也是自私的啊。

他们回到公寓，阮阮取出一瓶红酒，点上蜡烛，熄掉灯，两人就窝在沙发上，细细碎碎地说着话，喝酒，静待新年。

当窗外此起彼伏的焰火声响起，他俯身亲吻她。

“新年快乐，阮阮。”

“新年快乐，十二。”

新年快乐，岁岁有今朝。

在城市的另一端。

莲城精神病院的病房里。

当零点的钟声敲响，乔嘉乐看着姐姐不安地在房间里走来走去，神色中带了慌乱与狂躁，口中念念有词：“西洲，西洲。西洲怎么还不来？西洲去哪里了……”

她开始揪扯自己的头发，恶狠狠的。

乔母去拉她，她暴躁地挥着手臂，一巴掌就甩到了乔母脸上，很重，她痛呼出声。

“妈，你走开，别靠近她。”乔嘉乐将母亲拉开。

乔母捂着脸，坐在床上，唉声叹气，默默垂泪。

“姐。”乔嘉乐慢慢走近她，轻声哄她，“我们吃蛋糕好不好？我买了你最喜欢的栗子蛋糕，很好吃的。”

乔嘉琪却置若罔闻，依旧在扯着自己的头发，手中已扯下了很多断发，忽然她蹲下身子，开始用头撞墙，一遍一遍地呢喃着：“西洲怎么还不来，他怎么还不来……”

乔嘉乐忽然冲过去，抓住她伤害自己的双手。乔母也跑过去帮忙。可失控中的乔嘉琪力气极大，恶狠狠地把她们两个人撞倒在地。

乔嘉乐坐在地上，咬着唇，指甲掐痛了手心。

她起身，走到桌边，将桌上的蛋糕“哗啦”一下，狠狠地扫在地上。

“嘉乐！你干什么！”乔母惊道。

“傅西洲！傅西洲！乔嘉琪，你给我醒醒！醒醒！他就是个无情无义之人，早就把你忘记了，忘得一干二净！”乔嘉乐冲过去，死死抓着姐姐的手臂，怒吼着，“你给我打起精神，你给我死心，他不会来了！不会来了！”

被她这样一吼，乔嘉琪忽然捧着头尖声大叫起来。

“乔嘉乐，你走开！别再刺激她了！”乔母将乔嘉乐拉开，将情绪失控的乔嘉琪死死搂在怀里，拍着她的背，轻声安抚着，“好了，好了，嘉琪，乖孩子，别怕别怕，她骗你的呢，西洲明天就来看你了，他明天就来了。”她朝乔嘉乐使眼色，让她去喊护士来。

乔嘉琪在母亲的怀里，终于慢慢安静了下来，打了镇静剂，陷入了沉睡。

乔母默默收拾完地上的狼藉，她走到站在窗边的乔嘉乐身边，轻轻揽住她肩膀，“别哭了，嘉乐。”

满脸泪痕的乔嘉乐，转身将母亲抱住，张大嘴，无声哽咽。

“你也别怪你西洲哥，这么多年了，他对嘉琪，对我们家，也真是尽心尽力了。感情的事，勉强不了。而且，他也有了自己的家庭。在除夕夜这么重要的时刻，他以家为重，是人之常情。只怪我嘉琪，命不好啊……”乔母叹气，眸中是浓浓的无奈与悲伤。

乔嘉乐用力摇头，抽泣着说：“我恨死他了，妈妈，我不原谅他，我不原谅他……”

乔母拍着女儿的背，只当是小女孩的气话，没再多说什么。

她不知道，正是这个除夕夜，女儿的心里，因为恨意，升起了怎样可怕的罪恶之念。

春节过后，傅西洲进入了超级忙碌期，他的香氛系列即将推向市场，新品发布会定在二月十四情人节。

他每天都忙到很晚才回家，有时候出差，一走就是好几天。年前那些每天到农场接她下班再一起吃晚餐的时光再也没有了，起先阮阮有点不适应，人就是这样，当一种生活成为习惯后，忽然改变，心里总会有点空。

傅西洲觉得抱歉，对她说，怎么办，情人节都不能陪你过了。

阮阮就说，傅西洲先生，我是你妻子，又不是你情人，过什么情人节呀。

他失笑，动容，她总是这样善解人意。

情人节那天，阮阮特意请了假，悄悄去了他的新品发布会。之前其实他有邀请过她，但她拒绝了，因为想到他那天一定很忙，还要分心照顾她。

见到秀场的布置时，阮阮微微一愣，然后心中便涌起丝丝欣喜，整个秀场像是春天的花园，契合了他的香氛系列以纯天然花香为基调的主题。

当阮阮看见模特最后展示此次的主打产品“蔷薇系列”时，她心中微动，想起他曾问过她，如果你用香水或者身体香氛乳，最喜欢什么花香味的？她说，蔷薇花，白色的蔷薇。

蔷薇香氛系列，从香氛基调到包装设计，无一不与白蔷薇相关。

他问的用意，原来如此。

阮阮扬起嘴角，动容不已。

发布会很成功，如潮的掌声里，阮阮鼓得最起劲。

这是他的事业王国，她不了解，也没有参与，但这荣耀，她与有荣焉。

她没有去找他，但让人将她亲手做的一只小花篮送到后台。

晚上，傅西洲回到家时已很晚，喝得微醺，还是林秘书亲自送上楼来。

阮阮扶他上床，心疼他胃不好，还喝那么多酒，但想着这是庆功酒，想必他心里很开心。

她拧来热毛巾，给他擦脸。

又将早已准备好的“焦二仙”茶端到床边，扶着他的肩喂他喝下去。暖暖的温度，令他胃里好受许多，他缓缓睁开眼。

“是不是把你吵醒了？”阮阮说。

他笑：“我没醉。”

他只是享受被她照顾的感觉。

阮阮明白过来，瞪了他一眼。

他起床，去客厅取过林秘书带上来的一个纸袋，递给她。

“情人节礼物。”他看了看手表，“嗯，还没过十二点呢！”

她打开，如她所料，是发布会上那套主打产品“蔷薇系列”，有香水、固体香膏、身体香氛乳等。

“其实，礼物我早就收到了。”她微微笑。

“嗯？”

“我去过发布会。”

“你去了？怎么没找我？”

“你忙嘛。”

她伸手钩住他脖子，吻了吻他的嘴角，“十二，祝贺你。你这么用心研发的产品，一定会大卖的。”

如阮阮所说，他的花香香氛系列上市一月，市场反应非常好，令凌天日化的业绩与口碑再创新高，更重要的是，香氛系列的推出，昭示着凌天在日化界拥有了更全面的产品线。

傅凌天与股东们都很满意，对傅西洲大加赞赏。

股东会议上傅凌天对傅西洲毫不掩饰地大力赞赏，令姜淑宁的脸色十分难看。尤其当傅凌天看似无意地说了句：看来，我这老骨头是时候退出江湖喽！

姜淑宁心中警钟立响。

云深才是傅家名正言顺的继承人！凌天必须是云深的！他失去了一切，不能连最后的东西也被那个野种抢走！

绝对不行！姜淑宁握紧拳头，眼中划过一抹狠绝。

一个念头从她心底一闪而过。

阮阮最喜欢的季节是春天，因为百花盛开，风中有花香。

这天午后，齐靖忽然找她。

“阮阮，可以麻烦你去阳光福利院走一趟吗，与那边约定好要给他们送大米与蔬菜，可是李叔忽然身体不舒服，去不了了。我有事走不开，其他人又不会开车。”齐靖说。

李叔是农场的司机。

阮阮说：“没问题，你把要送的东西搬到我车上吧。我就过去。”她把车钥匙递给齐靖。

阮阮忙完手上一点活，脱掉工作服。走到花棚门口，又转身，用袋子装了两盆白茶花带走。

阳光福利院离农场不是很远，齐靖心善，常年给福利院的孩子们送一些大米与蔬菜。

阮阮开车抵达时，福利院门口已有人在等待，是个中年女人，福利院的王院长。她很瘦，短短的发，皮肤微黑，但人很精神，笑起来很爽朗。

王院长再三对阮阮道谢，见她还特意带来了自己种植的茶花，更是感谢，非要留她吃晚饭。

阮阮也想看看孩子们，就没有推辞。

阳光福利院不大，两栋平房，前后带院子，一共收留了30多个孩子。福利院的各项设施都有点陈旧了，但很整洁干净。

天气好，孩子们都在后院里玩耍，他们穿着陈旧的衣服，但好在都干净，也保暖。

有两个小孩正在追赶着吵闹，忽然跑在前面的小女孩跌倒在地，追她的小男孩跑过去，站在她身边拍掌笑起来。

那跌倒的小女孩也不哭，自己爬起来，对着笑话她的男孩子推了一把，又快速跑开了。小男孩叫一声，又去追她。

阮阮站在不远处，静静看着，心中升起一丝感伤，如果自己不是被父母抱养了，是不是也跟他们一样，从小会在福利院长大？

晚餐算得上丰盛了，荤素搭配，有米饭，还有馒头。

孩子们十人分成一桌，吃饭时倒也安静，阮阮与他们同桌，她身边的孩子们一边埋头吃饭，一边忍不住偷偷瞧她，她回以一笑。

遗憾的是，她从农场直接过来，没能给他们带点小礼物过来。不过她决定了，以后会多来这边看望。

饭后，阮阮主动承担了收拾餐桌与洗碗的任务，王院长见她坚持要做，也就随她去了。

做完一切，她离开了厨房，去与王院长告了别，走到门口，想起自己把手机落在了厨房。她折身回去拿，刚走进厨房，就与人撞了个满怀，是个小小的身子，被她撞倒在地，一声痛呼声与什么东西落地的声响也随之响起。

阮阮打开厨房的灯，走到那个被她撞倒的小男孩身边，急问："你没事吧？你怎么不开灯？"

然后她愣住了。

小男孩的手里拿着一个馒头，地上还滚落了一个，水杯跌落在地，水洒了一地。

"你怎么……"她讶异地望着也正惊恐地抬眼看着她的小男孩。

小男孩咬着唇，不作声。

阮阮将他扶起来，"晚餐你没有吃饱吗？"她记得，这个小男孩是跟她同桌吃饭的。

小男孩摇摇头，说："姐姐，你别告诉院长，好吗？"

阮阮了然，王院长看起来随和，但对孩子们很严厉，这个小男孩的行为，已算是偷窃，虽然只是食物，可被王院长知道了，肯定会被责罚。

见阮阮不作声，小男孩埋下头去。

阮阮蹲下身，柔声问他："你叫什么名字？"

"小和。"

阮阮摸摸他的头，严厉地说："小和，这一次我可以帮你保密，但是，以后你不能再这样了，知道吗？你需要食物，可以跟院长说。"

小和点点头："我以后不会了，谢谢姐姐。"

他走到门口，忽然又跑回来，抓住阮阮的手，抬头望她时眸中竟然带了泪，恳求说："姐姐，你可以帮帮哥哥吗？哥哥他，流了好多好多血……"

阮阮一惊："你说什么？"

小和拉着她的手就跑。

福利院的后院里，有一间小小的杂屋，用来放一些工具杂物、坏了的桌椅与冬天用的木炭等。

小和将阮阮带到了这间杂屋，刚推开木门，就听到一个微弱的声音问："是小和吗……"

"石其哥哥，是我。"

屋子里没开灯，此时天已全黑，只有窗口泄进来的一点点微弱的天光，阮阮要适应好一会儿，才终于看到屋子的角落里，靠坐着一个人，她看不清楚他的长相，但知道他受伤了，因为，她闻到了淡淡的血腥味。

那人也感觉到阮阮的存在，急问："小和，我说过不可以告诉任何人，你怎么还带人来了……"他的声音里带着气喘，有点恼怒。

小和讷讷地说："顾姐姐是个好人。"

"你知道什么是好人，什么是坏人……"

"我觉得你还是省点力气的好。"阮阮打断他，快步走到他身边。她虽然不知道发生了什么事，但心里多少有点明白，这个叫作石其的男孩子受了伤，他应该无处可去，所以躲到了福利院的小杂屋，却又不想让王院长知道他受伤的事。想必之前小和拿的馒头与水，也是要给他的。

走得近了，血腥味更浓，阮阮也终于看清楚，他伤了右腿，用布条随便缠了下伤口，太暗了，看不清楚他伤得到底有多重，但他脸色惨白，说话气喘，想必不轻。

"你需要去医院！"阮阮说。

"我不去！"石其想也没想就拒绝了。

"石其哥哥，你还是去医院吧，你流了好多好多血啊。"小和站在他身边，快要哭了。

“我说了不去！”他不耐烦地道。

阮阮心里明白了，想必他惹了什么事，有不能去医院的理由。

“不管要面对什么后果，总比不过性命。”阮阮说。

“你这女人是谁啊？怎么这么啰唆，多管闲事啊？吃饱撑的啊！我不用你管，赶紧走！”石其挥挥手，语气很差。

任凭阮阮这样好的性子，也被他气到了。她还没开口，小和忽然紧紧地抱住她的手臂，像是怕她生气离开，哭着说：“顾姐姐，你别生哥哥的气，你帮帮他吧，好不好？小和求你了！小和求你了！”

阮阮叹口气，摸摸小和的脑袋，然后对石其说：“我帮你找个偏僻的诊所，送你到诊所后，我就离开。什么也不做。”

她的意思表达得很清楚了。

石其沉默了。

没有反对，即表示同意。

阮阮蹲下身，对小和说：“小和，你乖乖地回宿舍，放心吧，你哥哥会没事的。”

小和离开后，阮阮朝石其伸出手，他迟疑了片刻，握住她的手，借力站起来。

他的伤真的很严重，阮阮费了好大的力，才把他扶上车。

她将车开得很快，找到最近的诊所。

医生拆开石其腿上的布条时，阮阮忍不住别过头去，不忍直视！

医生说，是刀伤。他看了眼石其满头漂白的不羁头发，心里明了，估摸着又是一个不良少年。

阮阮留下了医药费，什么都没问，准备离开。

石其忽然叫住她，说：“谢谢。”

她没有回头，说：“我是因为小和。以后做任何事情，也为关心你的人想想吧。”

走出诊所，阮阮轻轻叹了口气，也不知自己这么做，到底是对是错，他受伤的前因后果她一点都不知情，看他的状态，肯定是惹了事。但她还是救了他，不仅仅因为小和哭着的哀求，更多的是，她做不到见死不救。

晚上回家阮阮把这个小插曲讲给傅西洲听，她说：“万一他是个杀了人的逃犯，我是不是就成帮凶了啊？”

傅西洲笑她想象力太丰富，末了又板着脸教训她说："善心是好事，但是阮阮，以后还是谨慎点。"

她点点头。

后来再去福利院的时候，阮阮单独找过小和，问起石其，才知道这个十九岁的男孩子也是自小在福利院长大，没有念书，早早进入了社会，说是要去找自己的亲生父母。他偶尔会回福利院，所有孩子里，他对小和最亲切，来的时候总给他带礼物。小和也跟他很亲厚。

"姐姐，谢谢你救了哥哥，这个给你。"小和从口袋里掏出一块巧克力，巧克力有点软了，估计被他留了很久，自己舍不得吃，作为谢礼送给她。

阮阮收下，抱了抱他，对他说谢谢。

这只是生命中一个无足轻重的小插曲，阮阮渐渐也就忘记了。

五月份，风菱终于从米兰归来。

阮阮开车去机场接她，两人紧紧拥抱在一起，好久不见，甚是想念。

阮阮打趣她："不是说在那边认识了很多蓝眼睛高鼻梁穿衣品位极佳的美男嘛，怎么也不见你带一个回来？上次跟阿姨通电话，她对你的终身大事深表担忧啊！"

风菱笑："我还是更喜欢土生土长的，我爱国！"

阮阮哈哈大笑。

阮阮订好了餐厅，为风菱接风，傅西洲下班后也会过来。

可是她们等到上了菜，傅西洲也没出现，电话也一直打不通。

风菱倒也没介意，说："没事，他肯定是公事耽误了，我们两个人吃更好啊，有他在，我都不能无所顾忌地跟你聊天了。"

阮阮又打了几次电话，始终都无人接听。

不知怎么的，她心头一跳一跳的，有点慌。

这样的慌乱，直至很晚，终于等到他的电话，他的声音无比的疲惫，"对不起啊，阮阮，我失约了。还有，今晚我不回家了。"

"怎么了？"她急问。

他柔声说："公司出了点事情，你别担心，先睡，乖。"

阮阮一夜没睡好。

第二天一早，她给林秘书打电话。

林秘书的声音也是无限疲惫，看来也是一夜没睡，"是傅太太啊。"

阮阮开门见山问他公司到底出了什么事情，他先是迟疑，后来想着，这件事已经闹得很大，很快报纸电视都会出新闻，想瞒也瞒不住。

林秘书沉沉叹气，说："公司新开发的香氛系列被曝有质量问题，有两个顾客用了身体香氛乳，全身皮肤过敏，很严重，现在已起诉公司。"

阮阮一惊。

她再不关心商界，也知道这件事情将带来多么严重的后果，对一个产品的信誉，可以说是毁灭性的打击。

很快，各大媒体都曝光了这一事件。

一时间，凌天日化被推至风口浪尖，不仅仅是香氛系列在全国商场被全线下架，凌天日化旗下的所有日化产品都受到了严重的影响，顾客纷纷要求退货。

凌天集团的股票因这场风波大跌。

傅凌天震怒，当着秘书的面，手中拐杖扬起来就砸到傅西洲的身上，他躲闪不及，生生地受了那一下。

身上的痛不算什么，这一拐杖，狠狠打在了他脸上，也打掉了他苦心经营的一切，之前的所有的成绩，都付诸东流。

整个集团，岌岌可危。

傅凌天怒火攻心，住进了医院，身体每况愈下。

"傅总，我确认过了，那两名全身过敏的顾客，确实是因为用了我们的'蔷薇系列'香体乳。"林秘书匆匆走进来，向他汇报。

傅西洲站在窗边，看着玻璃外灯火阑珊的夜色，喧闹的车水马龙依旧如故，而里面这个世界，已是翻天覆地。

"奇怪了，那名顾客并非过敏性肤质，我们的原料都是纯天然的，绝对不可能造成这样严重的过敏。"林秘书继续说着。

良久。

傅西洲淡淡地说："只有一个可能，那两名过敏的顾客，被人收买了。"

"什么？"林秘书震惊地睁大眼，谁如此胆大包天？

傅西洲冷笑："就有人这么胆大包天，不要命了。"

同一时间。

傅宅，傅云深的卧室里。

轮椅上的男人将一瓶香体乳重重一摔，玻璃瓶四分五裂，溅起了一地的碎片，吓得站在一旁的姜淑宁浑身打了个颤。

傅云深指着自己的母亲，嘴角都要气歪了："你！你！你怎么这么愚蠢啊！"

如果不是顾及人伦，他真的恨不得扇她一巴掌。

愚蠢至极！

竟然收买顾客，在她们使用的"蔷薇系列"香体乳中加了别的成分，才导致全身肌肤过敏。

事已至此，姜淑宁还嘴硬："我这都是为了你！你没瞧见老爷子那个态度吗，因为香氛系列的成功，那野种成了他心中继承人的不二人选。"

傅云深胸膛起伏得厉害，咬牙切齿："你难道不知道，牵一发而动全身吗！凌天是做产品的，只要一个东西出了质量问题，其他的还能不受影响吗？凌天垮了，我就算坐上那个位置，还有意义吗！"

他真的很不明白，姜淑宁生在商业世家，从小耳濡目染，嫁到傅家后，进入了凌天挂了理事之名，怎么会做出这样愚蠢的事情来？

其实，当一个人被仇恨与欲望的心魔占据时，是会疯狂得不顾一切的。

她只有一个目的，那就是：整倒傅西洲！

一念间，覆水难收。

傅云深深深呼吸，让自己平静一点，然后取过手机，打电话给秘书，吩咐道："利用一切资源，不管用什么手段，做好这场危机公关！"

一直站在房间外面，听到了所有谈话内容的傅嵘，悄然离开。

傅西洲已经有整整五天没有回过家了。

阮阮做好晚餐，用保温盒装着，送到傅西洲的办公室去。

他低头吃着饭，吃着吃着，就走了神。

阮阮看着他满脸疲惫的模样，眼周青黑，想必没有睡过一个好觉。她十分心疼，却无能为力，什么也帮不到他。

"阮阮，对不起。今晚又不能回家了。"他送她下楼，抱了抱她。

阮阮摇摇头："我知道你心烦，但是十二，身体要紧，只有睡好了，吃饱了，才有力气打仗！我相信你，你也要对自己有信心，这场危机一定会很快过去。"

她没有回家，而是去找了阮荣升，又打了电话给风菱。

第二天，各媒体都收到了同一个消息，凌天日化集团的大股东之一、集团副总傅西洲的妻子、阮氏酒店董事长阮荣升的外孙女顾阮阮女士要针对"凌天日化旗下产品致使顾客皮肤严重过敏事件”召开一场记者招待会。

傅西洲正好出差在外地，得到了消息后，打电话给阮阮：“你这是在干什么？”

他知道她的，连商界宴会都极讨厌参加的人，竟然公开露面，心里该有多大的压力。

“十二，你别担心，叮当会陪着我的。”她轻松地说着，“我要向大家证明，你的产品没有任何问题。”

“阮阮，这些事情，我会解决的。你不用管。”他皱眉。

阮阮沉吟了片刻，才轻声说：“十二，让我为你做点事，好吗？这是我能想到的，唯一能为你做的事情了。你别阻止我。”

傅西洲久久无言。

阮阮看不到，电话那端的他，闭了闭眼，一滴泪，悄然滑落。

好多年了，他没有掉过眼泪了。此刻，因为她如此轻巧的一句话，心里发酸，眼泪情不自禁。

他多想立即飞回她身边，紧紧拥抱住她，拼命汲取她身上的温度，就那样靠在她怀里，沉沉睡一觉。

这些天，他承受了前所未有的压力，很累，身心疲惫，却无人可以诉说，也不忍心对她讲，怕她担心。

够了，足够了，就算全天下的人都不信他，只要她相信，只要她在身边，他就天地不惧。

第二天下午两点，蓝晶酒店。

阮阮的记者招待会如期举行，当顾恒止出现在阮阮面前时，她心里有点内疚又有点安心。

顾恒止板着脸说：“怎么，还想瞒着我是吗？”

“哥哥，对不起。”她怕哥哥担心所以没有告诉他，也对，这么大动静，他不可能不知道的。

顾恒止说：“阮阮，你怎么这么傻啊，就算你做这些，也许对这场危机也起不到什么大作用。”

阮阮说：“我知道。但是，这是我想到的唯一能为他做的了。”

顾恒止最终只是叹了口气，拍了拍她的肩膀，“别怕，我陪你。”

“哥哥，谢谢你。”

她握拳，给自己打气。

她站在台上，看到下面大片的人，相机“咔嚓咔嚓”闪个不停，她握紧手心，深深呼吸，在心里对自己打气：别怕，顾阮阮，没什么的。

她没有说客套的开场白，而是在环视了人群一周之后，低下头，拧开桌子上的凌天日化新开发的香氛系列的所有产品，慢慢地往自己脸上、手臂上、腿上一一抹开。

下面的记者哗然一片。

所有人都没有想到，她召开记者招待会，却一句话也不说，竟当着所有的镜头，试图告诉大家一个事实——凌天日化的产品没有任何问题。

阮阮抹完之后，起身，对着记者们深深鞠躬：“谢谢诸位前来，现在，请大家给我五分钟，五分钟就好。”

如果一样护肤品过敏，基本擦上就会有反应，五分钟，足够看得出身体是否过敏。

“作秀！你们都是一家人！谁知道有没有搞鬼欺骗消费者！我们不相信！”

一声女声大喊着，随即就有东西朝阮阮砸过来，她来不及避开，那东西直直在她脸上砸开，液体流了一脸。

有人朝她丢鸡蛋！

接着，又一枚鸡蛋朝她砸过来，却被飞奔过来的顾恒止用背挡住了。

下面又是一片哗然。

顾恒止护着阮阮，大喊：“保安！保安！”

门口的保安闻声急跑过来，将那两个闹事的女人抓了出去。

风菱从包里掏出纸巾帮阮阮擦拭脸上的液体，一边握紧她在微微发抖的手指，说：“没事了，没事了，别害怕。”

等脸上的蛋液擦干净后，顾恒止正准备揽着她离开，哪知阮阮却站着不动，她推开顾恒止与风菱，转身，再次面对着七嘴八舌讨论着的媒体。

记者们全都一静。

阮阮嘴角扬起一抹微笑，抬起手臂，声音冷静：“诸位，五分钟已到，大家请看，我的脸、手臂、腿，都没有任何过敏现象，我们凌天日化的香氛产品，没有任何质量问题，如果各位不相信，可以把我用的这些东西，拿去检验一下，看成分是不是跟我们商场里出售的一样。”

她微微倾身，说：“谢谢大家前来，辛苦了。”

她转身，从容离场。

回到酒店房间，她将自己关在浴室里，放了热水，泡在浴缸里，闭眼。

她摸了摸脸颊，被鸡蛋砸到的地方很疼，那一刻，既惊愕又觉得屈辱，可她咬紧牙关，忍住了眼泪。

这一刻，独自在安全的空间里，她最终也没有落泪。

十二，我做到了。

离酒店不远处，同保安纠缠了许久最终还是被放走的两个女人，此刻正在给人打电话。

“事情办完了，剩下的尾款，什么时候付？”

“放心，今晚就打到你们账户上。”

蓝晶酒店一楼的咖啡厅里，乔嘉乐正坐在角落里，接着电话。

挂掉电话，她端起咖啡杯，轻轻抿一口，脸色微沉，可惜啊，顾阮阮竟然没有落荒而逃，撑到了最后！

可恨！

记者会上的事情，傅西洲很快就知道了，他将工作丢给林秘书，连夜赶回了莲城。

这晚本来有一个重要的约，他离开时，林秘书让他三思，说：“傅总，现在是关键时刻，你在这时候离开……”

他第一次在这个跟了他多年的下属面前说了一句与工作无关的私人情绪，他说：“她一定很难过，她做这一切，都是为了我。如果这个时候我不回到她身边去，我一辈子都不会原谅我自己。”

林秘书没再多说一句。

当傅西洲出现在公寓时，阮阮微微吃了一惊，她开口的询问，被他紧紧的拥抱阻挡住。

什么都不用再问，无须言语，他温暖的怀抱，已足够安抚她所有的害怕与难过。

她用力回拥他。

只要有你在啊，我就不会再害怕。

第十四章 南风知我意，吹梦到西洲

春花，
秋月，
夏日清风，
冬日暮雪。
这些都很美，
但唯有你心里，
才有我想去的四季。

傅西洲从未想过，这辈子还会有跟傅云深一起联手的机会。

明知挑起这一切事端的是姜淑宁，可在凌天的危机没有得到解决之前，他没有心思来追究，也不能动她。

此时，最重要的是，想尽一切办法度过眼前的危机。

而跟傅云深联手，别无选择。

凌天日化的公关部不愧为业界数一数二的，打了一场还算漂亮的仗。

渐渐地，风波渐平。

只是，被毁坏的信誉，想要重建，还需要时日。

虽然大伤元气，但总算，没有被彻底打垮。只要有了喘息的机会，未来就有无数种可能。

傅凌天的身体一日不如一日，一直住在医院里，被医生下了数次病危通知书。

这夜凌晨一点，傅西洲接到电话，来自医院。

他听完，立即起身。

阮阮被他的动静弄醒，问他："怎么了？"

“我爷爷估计熬不过今晚了，医院来的电话，让家属赶紧过去。”

阮阮坐起来，被他按住，“你睡吧，别去。”他沉吟，说：“场面估计不会太好看。”

阮阮了然。

如果傅凌天一走，关于凌天的继承者，也将公开。

阮阮还是起来穿衣服，握了握他的手：“我陪你去。”

不管傅凌天对她怎样，礼仪上，她也必须到场。

病房里。

傅凌天已经说不出完整的话来了，他让秘书守在门口，一个个单独召见，连阮阮都见了，唯独不肯见姜淑宁。

姜淑宁心中明白了什么，在门口大喊：“爸，爸，让我见见你！我要见你！”她想闯进去，被秘书拦住。

她求助地看向傅云深，又把目光投向丈夫，傅嵘回给她的，是转过身去。

她就绝望地知道，大局已定。

凌晨两点一刻，傅凌天去世。

律师在病房里当众宣布了遗嘱，傅家老宅的别墅与他名下其他房产，全归傅云深。他名下的店铺、基金等，给傅嵘与姜淑宁。而众人最关心的，他在凌天的股份，给了傅西洲。

凌天日化新任董事长人选，已毫无悬念。

傅云深面色冷冷，滑动着轮椅，率先离开了病房。

姜淑宁脸色十分难看，瞪了眼傅西洲，又恶狠狠地瞪了眼傅嵘，追着儿子去了。

傅嵘闭了闭眼，脸上全是悲痛。

他在心里说：爸，您追求了一辈子的名利，钩心斗角，尔虞我诈，到最后又怎样，无非一场空，什么都带不走。

可是，还有人不明白，还是要继续为此，争个你死我活。

他离开了病房。

傅西洲看着他微佝的背影，嘴角微动，最后还是什么都没有说。

他知道，他之所以能得到这个位置，是因为傅嵘。

他把姜淑宁做的事，告诉了傅凌天。傅凌天对她失望，连带着对傅云深，也失望。公司，是他一辈子的心血，动什么，都不能动他的心血。

傅凌天的葬礼过后，公司召开了股东大会，傅西洲被正式任命为凌天日化的最高执行人。

那天傍晚，他去疗养院看林芝。

他蹲在她面前，握着她的手，轻声说：“妈妈，我一步一步，终于走到了这个位置。可是，为什么，我并不觉得多开心呢？”

一路走来，失去的，远比得到的更多。

他终于不再是那个无助的除了哭泣什么都不能做的十四岁少年，他终于强大到能保护他所在乎的人，可是，很多东西，再也回不来了。

他刚离开，林芝的病房门再次被推开。

本来，傅西洲为母亲请了两个看护，二十四小时轮流着陪护，也有点保护之意在里面，就是怕姜淑宁母子动她。

这晚因为傅西洲的到来，他让看护出去吃饭了，他走的时候心想她应该很快回来，也就没有打电话催她。

病房门被猛地推开的时候，林芝正坐在阳台上，沉浸在自己的思绪里，对即将到来的危险没有一点感知。

姜淑宁喝了酒，带着满身的酒气，她怒气冲冲地在客厅里转了一圈，最后找到阳台上，见到林芝，她就冲过去，恶狠狠地掐住她的脖子，喊着：“贱人，你去死吧！去死吧！你死了，一切的罪恶之源就都没有了！”

林芝被她掐得快要喘不过气来，脸色瞬间变得惨白，她睁大着眼睛，看着来人，眸中出现了巨大的恐惧之意，她早就不认识任何人，但这张脸，像是身体里最自然的反应一般，令她深深恐惧。

林芝挣扎着，倒在了地上。

姜淑宁压在她身上，满是醉意的眸中，尽是狠戾，手中力气更重。

“傅先生……”

吃完饭的护士终于回来了，她的话还没落，就大声尖叫起来：“天啊！”她也算是反应迅速之人，扑过去，大力将姜淑宁拉开。

林芝都快窒息了，脸上全是青白之色，脖子上的红痕极为明显，她躺在地上，大口大口喘着气。

护士也坐在地上，挡在林芝面前，一边防备着姜淑宁再扑过来，一边掏出手机打前台电话。

傅西洲很快折返回来。

姜淑宁被医院的人扣留住，傅西洲二话没说，掏出手机报了警。

林芝的病房里装有摄像头，姜淑宁的所作所为，全被拍了下来。

杀人未遂罪，证据确凿。

他坐在派出所的时候，忽然想起，十多年前的那个午后，母亲与姜淑宁在楼梯间争执，她自己滚了下去，却以“杀人未遂罪”将母亲起诉，她一生悲惨，从那一刻开始。

姜淑宁的律师团很快赶来，还有傅云深与傅嵘。

傅西洲看着这么大的阵仗，心里冷笑着，又浮起一丝悲凉。

如果当年，母亲也有这么多人护着，又怎会落得如此悲惨的下场。

傅云深对傅西洲说：“我们谈谈。”

在傅西洲的印象里，他与傅云深，像如今这样安静地坐在一个车里，这是第一次。

“把我手里股份的一半，转给你，够不够？”傅云深是个何其聪明之人，他知道的，就算他再如何恳求，傅西洲也绝不会轻易放过姜淑宁。

他也绝不会低下头对他恳求，那么，以他想要的，来换取母亲的安宁。

傅西洲笑了，冷冷的，极为嘲讽：“在你们眼中，任何人的生命，都是可以明码标价来交易的，是吧？”

说完，他径直下车。

“西洲。”在门口，傅嵘叫住他。

傅西洲面无表情地看着他：“我知道你想说什么，我劝你，最好别说。”

“当我求你，放过她，好吗？”傅嵘依旧说了。

傅西洲瞬间怒起，双手握成拳：“十八年前，你为什么不说这句话！”

傅嵘闭了闭眼，“对不起，西洲。”

一句对不起，实在太过轻薄，一句对不起，就能挽回母亲失去的一切吗？

他抬脚就走。

傅嵘拉住他手臂：“西洲，冤冤相报何时了？你将来，也会有孩子。你想把这些仇恨，都转移给你的孩子吗？”

傅西洲顿住脚步。

他想起，那个失去的孩子，心中一痛。

他拨开傅嵘的手，头也不回地离开了。

他离开派出所，开车回到疗养院。

阮阮坐在病床前，守着林芝。

他在林芝身边坐下来，久久凝视着她。

“阮阮。”他转身，看着阮阮。

“嗯。”

“你告诉我，我要不要放过姜淑宁？”他问，眼神中带了一丝迷茫。

阮阮握住他的手，微微笑了：“你心中有答案了，不是吗？”

他没作声。

她轻声说：“那就跟随你自己的心去做，十二，不管你做何决定，我都是支持你的，相信你的。”

他点点头。

转过身，他看着母亲，在心里说：妈妈，对不起，请您原谅我。我不是心软，他说得对，我以后也会有孩子，我不想让我的孩子，背负着仇恨，一生都像我一样，活得如此痛苦。

以前，他孑然一身，没什么好失去的，也就无所畏惧。而现在不同了，他紧紧握住阮阮的手，他不能再让她受到伤害。

人一旦有了想要保护的人，会变得无比强大，但心中也会有惧怕。

她是他的软肋。

他最终取消了对姜淑宁的起诉，但也没那么轻易地放过她，让她在派出所里被关了数天，那女人一生尊荣，哪里受过这样的对待与煎熬，被放出来后，整个人的精神都有点恍惚，大病了一场。

傅西洲去她的病房，冷声警告说，再敢动林芝与阮阮，绝对会让她付出比这更惨重的代价。

那个心狠手辣的女人，躺在病床上的模样，仿佛霜打的茄子，再也不复往昔的不可一世。

另外，傅西洲拿走了姜淑宁手中的股份，既然傅云深想要以此为交易的筹码，他也不想做圣人，这是对她的惩罚。

至此，姜淑宁母子手中的股权，至少在很长时间内，都无法再撼动傅西洲的位置。

等林芝的身体恢复后，阮阮提议，带她去海边散散心。她听傅西洲说过，林芝最喜欢大海，可是，莲城没有海，她也从未见过海。

傅西洲对这个提议有点犹豫。

阮阮说：“我问过主治医生了，她因为受到了惊吓，最近情绪不太稳定，出去散心也许对她有所帮助。只要时刻陪在她身边，就没事。我们可以把看护也带上，方便照顾她。”

最近发生了一系列纷杂的事情，傅西洲也好久没有放松过，甚至连他们的结婚纪念日都没有好好过。

六月天，开始热起来了，但阮阮选的目的地岛城，初夏时节的气温很宜人。

岛城的海岸线极美，他们的酒店就在海边，每天清晨，看着朝阳从海平面上缓缓升起，一点点地，将天空与大海擦亮，霞光万丈，心情也变得格外愉悦。

傍晚的时候，傅西洲与阮阮推着林芝，沿着海岸线慢悠悠地散步。一路上会碰到很多散步的人，有年轻的情侣，也有一家三口，还有老头牵着老太的手，颤颤巍巍地相伴走着。

夕阳很美，玫瑰色的晚霞铺在天边。

“十二。”

“嗯。”

“你说，我们老了，也会像他们一样吧。”阮阮看着牵手走过身边的老夫妻。

傅西洲牵起阮阮的手，放在唇边轻吻，“当然。”

阮阮微笑，眼神温柔。

跟你一起变老，想一想，都是无比美好的事呢。

不知道是不是忽然换了个环境，林芝的心情也变得比之前好了许多，胃口也变好了。她很喜欢吃阮阮做的菜，对她的态度，也比从前亲近了一些。要知道，以前除了傅西洲，她谁都不搭理的。现在阮阮跟她讲话，她会认真听着，偶尔还会笑一笑，拍拍她的手。

阮阮无比开心，有一种被接纳被认同的喜悦。

那是他唯一的亲人，他那么在乎的人啊，她也非常非常看重。

从岛城回去后，阮阮只要一有时间，便去疗养院陪伴林芝，为她做饭，帮她洗头，陪她说话。

这天傍晚，阮阮下了班，打电话给傅西洲，他要加班不能一起吃晚饭，她索性从农场带了点新鲜蔬菜与一捧鲜花，决定去疗养院探望林芝。

车子开出一段路后，在一个小路口转弯时，忽然冲出来的自行车吓得阮阮魂飞魄散的，连忙踩刹车。

她急忙下车，跑到摔倒了的自行车旁边，问倒在地上的男孩子：“你要不要紧？”

“哧！”一声，一直跟在她车子后面的那辆面的停了下来，从车上跑下来几个人，快步走到她身边。

阮阮回头的瞬间，嘴已被人捂住，然后迅速带上了面的，车门关上，车子飞驰出去。

面的离开后，躺在自行车旁边的男生翻身坐起，他将自行车推到公路下面的田野里，然后走到阮阮的车边，上车，发动引擎，将车开走了。

整个过程，两分钟。

路面归于平静，仿佛什么都没有发生过。

阮阮是被摔在地上时痛醒的，她睁开眼，发现自己的手脚都被绑了，后脑勺很疼，被带上车后，她就被人打晕了。

她快速打量了下身处之地，地上堆了很多砖头，还有很多垃圾，应该是一个废弃了的工厂。

她抬眸，对上几个戴着口罩的人，从衣着与身形看，都很年轻。

见他们看她的神情，她便知道接下来会发生什么。

她爬起来，想跑，却被人恶狠狠地推倒在地。

她继续爬起来，再被推倒。

她再一次爬起来，又被推倒。

如此反复了数次。

地板上的沙砾，令她脸上、手臂上、腿上，全受了伤，头昏目眩，可她死咬着唇，逼迫自己清醒。

阮阮坐在地上，一步步往后挪，浑身开始发抖。

眼见着那些人慢慢朝她围拢过来，她心中漫过绝望的情绪。

她被逼至墙角，再也无路可退。

她绝望地闭上眼。

“哎，外面似乎有响声？不会是有人追来了吧？”有人忽然说，吩咐同伴，“你们几个都出去看看。”

几个人骂骂咧咧地走了出去，空间里一时安静下来。

阮阮忽然睁开眼，绝望的眼神里，闪出一丝希望。

那人蹲下身，开始解她身上的绳子，动作虽急切却不粗鲁，当脚上的绳子被解开后那人又去松她手腕上的绳子时，阮阮心中掠过一丝惊讶。

最后，那人撕开她嘴上的胶带，将她拉起来。

接着，他做了一个更令她震惊的事情，他竟然从地上捡起一块小砖头，对着自己的额头就敲了一下，立即，额上有鲜血流下来。

“还不跑！”那人低声对她说，然后指着一扇破掉的窗户，“快跑！”

阮阮也顾不得心中的浓浓疑虑，她打起精神，转身就往窗户边跑，她个子娇小，又穿着牛仔短裤与球鞋，很便捷地从窗台上跳了出去。

此时天已经黑了，这废弃工厂在荒郊，一眼望去，辨不清方向。阮阮也顾不得那么多了，只拼命地就着微弱的光沿着一条小路往前跑，脸颊、手臂、腿上的擦伤火辣辣地痛，她也无暇顾及，心中只一个念头，快逃！

这一片都没有路灯，小路又狭窄，天越来越黑，她跑着，忽然踢到了什么东西，身体一歪，整个人侧滚到路旁的田野下面。

刺痛与昏眩感令她久久不能动弹，等意识稍微清醒一点点，她慢慢坐起来，支撑着爬上去。

腿在流血，估计是被什么东西划破了，她没有办法再奔跑，心里急迫，扶着腿，以最快的速度，疾走。

她怕那些人追上来。

不知过了多久，她终于走到了公路上。

确定身后没有人追过来后，她力竭，跌坐在地，大口喘着气。

她又走了很远，终于看到了灯光，她身无分文，只能恳求公路旁的小卖部老板娘借用一下电话。

电话那端傅西洲的声音响起来时，阮阮终于忍不住，失声痛哭起来。

当傅西洲赶过来，看到浑身是伤神色恍惚的阮阮时，他脸色大变。

他抱她上车，他刚转身，就被阮阮拉住，喃喃："十二，别走，我害怕……"

他心中一痛，她到底经历了怎样的恐惧。

他拥紧她，轻拍着她的背，柔声安抚："我在，别怕，没事了，没事了。我们回家。"

傅西洲将阮阮送到医院。

医生为她检查，身体多处擦伤，大腿被石头刺破，万幸的是，没有骨折。

"傅太太受了很重的惊吓，情绪不稳，需要静养。"医生说。

那一整晚，阮阮无数次从梦中惊醒，嘴里喃喃着："不要，别过来！别过来！"

傅西洲也是一夜未合眼，将她搂在怀里，轻声哄着她。

他心中怒意翻滚，她遭遇的事，绝对是有人故意为之，不管是谁，他都会让对方付出代价！

他第一个想到的，就是姜淑宁母子，他吩咐林秘书立即去查。

第二天，傅西洲没有去公司，在医院陪阮阮。

下午，阮阮的情绪终于平复了一点，把前后经过想了一遍，对傅西洲说："你去找一个叫作石其的人。他在阳光福利院长大。"

她终于记起那个对她说"快跑"的声音。

很久前她在福利院帮助过的那个男孩子，对，是他，虽然戴了口罩，但那满头漂白的头发她记得。

如果没有他，自己只怕……

她闭了闭眼，心有余悸。

她没想到，无意中的一次善举，会救了自己一次。

有了这条线索，很快便找到了那群人。

都是在社会边缘混着的不良少年，年纪都不大，出入派出所如吃家常便饭。

只是，阮阮跟他们无冤无仇，他们为什么要对她做那样残忍的事情。

毋庸置疑，他们是受人指使的。

起先这些人死活不肯供出幕后指使者，只说，见一个女孩子开着车，就想抢劫。

最后阮阮去派出所见了石其。

沉默良久，他告诉她，是一个女人找的他们。他将她的来电录了音。

阮阮听到那个声音，脸色一白。

乔嘉乐。

而阮阮被带去的那个废弃工厂，正是当年乔嘉琪出事的地方。

一切不言而喻。

傅西洲将电话录音甩在乔嘉乐面前时，她脸色惨白。

傅西洲扬手，恶狠狠的一个耳光扇过去。

"你真是胆大妄为得不要命了！"他无比失望地看着她，这个女孩子，算是他看着长大的，因为乔嘉琪的关系，他也一直把她当作妹妹对待，虽然不十分亲近，但在他心里，总有一丝情分在。

乔嘉乐捂着脸，看着傅西洲，眼神越来越冷，良久，她昂着头，冷冷地说："对，是我，一切都是我做的！我也让顾阮阮尝尝被人侮辱的滋味！我姐姐所承受过的痛苦，她也要感受一遍！只可惜啊，那贱人那么好运！"

傅西洲见她一点悔意都没有，心中最后一丝情意都消失得一干二净，他冷酷地说："别以为仗着你姐姐，我就不敢对你怎样！"

乔嘉乐尖叫："别提我姐姐！傅西洲，你心里还有我姐姐吗？她因为你变成那样，你却活得心安理得！"

傅西洲没再看她，转身，掏出手机，拨了110。

乔母找来，傅西洲一点也不惊讶。

乔母哭着对他说："西洲，我已经失去了一个女儿了，不能再失去剩下的一个。阿姨求你了，看在我与你妈妈的情分上，看在嘉琪的情分上，饶嘉乐一次，好吗？是她做了愚蠢的事，我保证，以后绝对不会再让她做出伤害你太太的事。"

傅西洲转过身，久久不语。

人世间的情分就是这样令人左右为难，他欠了嘉琪，也欠了乔家诸多，可是，阮阮受的伤害，又怎么算？

在他犹豫不决时，阮阮的话，令他几乎落下泪来。

阮阮说："十二，这件事情，算了吧。"

他什么都没说，只是紧紧拥抱住她，久久的。

得妻如此，夫复何求。

她知道，他心中对乔嘉琪与乔家有多愧疚，背负了十几年，那份债，是再多的物质都偿还不了的。

那就一债还一债吧。

亏欠也好，愧疚也好，纠葛也好，爱恨也好。所有的一切，都到此为止吧。

她唯愿，她的放下，能令乔嘉乐也放下心中那可怕的执念。

乔嘉乐被释放后，从凌天设计部辞了职。

她没有去见傅西洲，只让人送了一封信过去。

她在信上说，打算出国念书。

最后她写，西洲哥，对不起。还有，我恳求你，多去看看姐姐，她实在太可怜了。

我答应你。傅西洲在心底默默说。

乔嘉乐千错万错，也不过是为了姐姐。

只是，她的方式，太过极端。

我们很多人总是这样，以爱之名，做着伤人伤己的事。

八月，莲城迎来了最热的盛夏。

那件事情虽已过去一段时间，但阮阮总是做噩梦，从梦里尖叫着惊醒。

那样的恐惧，一生难忘。

这晚，她再次从噩梦中惊醒，傅西洲拧了毛巾来，给她擦拭额上细密的汗珠，心疼地抱着她。

他想了想，说："阮阮，请几天假，我们去宁城郊外那个寺庙住几天，好不好？"

阮阮点点头。

他们第二天，飞往宁城。

阮阮自从毕业后，就没有回过母校，他带她回学校转了转，正值暑假，学校里人不多。阮阮去了以前上课的教室，又去了花圃培育基地，她想起，他们新婚时，也是这样走在学校里，只是，那时候的他，走在她身边，总隔着一肩的距离，不像如今，他将她的手，紧紧牵在手心。

阮阮往他身边靠了靠，嘴角扬起微笑。

那时候的自己啊，心里对这份感情，这桩婚姻，虽诸多期待，更多的却是忐忑，不知能否走下去，能走多远。

两年多后，时光流逝，庆幸的是，他仍在身边。

下午，他们前往郊外竹林深处的那座千年古刹。

他希望，古刹的沉静力量，能给她一点安宁。

古刹一如既往地安静，寥寥几个香客，在大堂里安静又虔诚地磕头。

两年多了，住持师父仿佛没有一丝变化。

他为阮阮泡茶，他对这个女孩子，特别有眼缘。平日里甚少接待香客的，却轻易地应允了阮阮在禅房留宿几日的请求。

坐在大殿外的石凳上，喝着住持师父泡的茶，耳畔传来屋檐上的铜铃声声，山风从四面八方吹拂而来，更远处，是青山环绕，林间有鸟儿扑棱着翅膀飞过的隐约踪迹。

阮阮只觉，心，在这一刻，变得格外安宁。

入夜，傅西洲将她带去竹林。

一切仿佛时光倒流，两年多前的画面再次重现，在手电筒光的照耀下，林间飞舞起成千上万的萤火虫，星星点点的光芒，如梦似幻。

唯一不同的是，傅西洲从怀里掏出一枚红宝石戒指，在这片璀璨微光下，凝视着她的眼睛，问她："阮阮，你愿意嫁给我为妻吗？"

当初没能在婚礼上对她说这句话、亲手给她戴上戒指，是他最大的遗憾。

她眸中升腾起大片的雾气，仰头迎视着他，说："傅西洲先生，据我所知，你已经结婚了，现在是怎样，想犯重婚罪吗？"

他勾了勾嘴角，眸色如这夜幕："如果重婚的对象是你，我不介意犯下这个罪。"

她的眼泪落下来。

他为她戴上戒指，捧着她的脸，深深吻她。

他们回到寺庙，他牵着她跪在殿前，仰头望着大殿上高高在上的神明。

他轻声而郑重地说："神明在上，我傅西洲，愿娶顾阮阮为妻，这一生，不离不弃，爱若生命。"

阮阮双手合十，将想说的所有的话，都默念在心。

十二，谢谢你，愿意爱我。

同样的，这一生，对你，我也将爱若生命。

几天后，他们回到莲城。

傅西洲的车却没有往家开，而是去往另一个方向。

看着越来越熟悉的路，阮阮好奇地问他："怎么去农场了？"

他笑着卖关子："待会儿就知道了。"

车子却没有开进阮阮工作的农场，而是继续朝前开了一会儿，然后转入一条小石子路，最后在一个院墙外停了下来。

他牵她下车。

院门是那种极古朴的双扇木头门，上面缀着古色古香的黑色圆圈门把手，再无别的装饰。

阮阮讶异地望向他，他也正微笑着看她："礼物。"他说着，用眼神示意她推门进去。

阮阮心中微动，似乎明白了什么，眸中蔓延上一丝惊喜。

她伸手，推开了院门。

走进院子的那一刹，她的眼泪簌然滑落。

"我啊，我想在山间，拥有一幢玫瑰色的房子，覆着深色的屋瓦，屋顶上落满白鸽，窗口盛开着天竺葵，每一个房间都有壁炉，冬天的夜晚从不熄火。"

她想起自己在托斯卡纳的那个夜晚，喝得微醺，对他提起她心中的家。

而此刻，她置身的这个院子，面前、左、右三排屋子，都刷着玫瑰色的外墙，屋顶覆着深色的瓦片，屋顶上，无数只白鸽因他们忽然闯入的声音，扑棱着翅膀飞了起来。窗台上，天竺葵在阳光下，盛开得那样美。

院子里，花草丛生，树木葱茏。

他牵着她的手，推开每间房间的门，一一参观。

她看到了，每间房子，都装了壁炉。

他在她耳边轻说："关于你喜欢的小萨，我只能陪你亲自去选一只了，要选合你眼缘的。"

他似有遗憾，没能全部满足她的心愿。

阮阮转身，抱着他的脖子，泪眼模糊，又哭又笑地说："够了，够了。十二，我喜欢死了。”

他俯身，亲吻她的眼泪。

“最近发生了这么多事情，你哪来时间准备这些的啊？很累吧？”阮阮问他。

他轻描淡写地说：“还好。”

能得她欢喜，也不枉费他用心一场。

这个院子，他花了一年多的时间来准备，是从托斯卡纳回来之后就开始的。那个夜晚，她醉意醺然地对他说着心目中的家的模样，他便放在了心上。

之所以会将地址选在这里，一是这边空气很好，最主要的缘故还是，她工作的农场就在附近，日后上班就不用辛苦开很远的车了。

开始得并不顺利，光买下这个地，都费了好大的劲，最后还是找齐靖帮的忙，才最终与地皮的主人谈妥。后来又找设计师，亲自沟通，亲自选购一切建材、家具等，连种植的花草树木的品种，都由他亲自过问。

种种细碎，确实很花时间与精力。

后来，她决绝地要跟他离婚，他们之间关系最僵持的时候，他始终都没有放弃这个院子的建造。

他深知，在她心里，对家，有多渴望。

他能送给她最好的礼物，就是一个温暖安宁的家。而比之他这份礼物，她带给他的，更珍贵。

对他来说，有她在，即是家，即是生命里最好最好的礼物。

阮阮看着他，说：“我也有礼物送给你。”

她牵过他的手，轻轻覆在她的腹部上。

傅西洲一怔，然后，心中被狂喜充满，他眼睛刹那间变得很亮很亮，颤声问：“真的吗？真的吗？”连问了好几遍。

阮阮微笑着点头，“在寺庙的时候，我有点不太舒服，就找主持师父把了下脉。”

他开心得像个孩子，对着天空、白鸽，院子里的花草树木，激动欣喜地喊道：“我要做爸爸了啊！我要做爸爸了！”

阮阮微笑着，轻轻抚摸着自己的腹部，眼神变得又明亮又坚定，宝宝，这一次，妈妈拼了命也会护你周全。

下午，他带她去医院做检查，医生恭喜说，宝宝四十天了，很健康。

阮阮的预产期在来年四月。

人间四月天，春暖花开，她最喜欢的春季，真好。

他们从江边公寓搬到了郊外的小院来居住，傅西洲每天需开很久的车去上班，但他从不觉得遥远，也不觉得辛苦。

傅西洲原本要请个人照顾阮阮起居，她不让，说怀孕初期，行动还算方便，没有关系，等大腹便便再说。她不希望他们的二人世界，哦，不对，三人世界里，有外人打扰。

她享受这样的时光，远离了城市的纷纷扰扰，心变得格外宁静。

她依然去农场上班，农场的同事知道她有了身孕后，都对她特别照顾，轮番给她送好吃的。

风菱只要周末有时间，便过来看她，她喜欢阮阮的院子，仿佛回到了暮云古镇那个家。她最爱干的事情就是将脸贴在阮阮的肚子上，跟宝宝说话：宝贝，我是你风阿姨啊！不对不对，将来你要叫我干妈的！快，现在叫一句来听听。

顾恒止也来过她的小院，唯有一次，那时候阮阮孕期五个月了，肚子变大，走路要微扶着腰。

刚入秋，气候不冷不热，他们坐在院子里，阮阮给他泡茶喝。

顾恒止看阮阮满脸安宁幸福的模样，脸胖了一点，气色也很好，他放下心来，同时心里也蔓延过一丝淡淡的哀伤。

他说："我问过我爸，他也不知道你的亲生父母是谁，只知道，你母亲似乎是未婚先孕，生下你后，就离开了……"

阮阮微怔。

"你想找她吗？"

沉吟了片刻，她摇了摇头："不了，哥哥。"

不必了，很多事情，追根究底下去，也许你会发现，并不是你所期待的那样。二十多年过去了，想必，那位也有了全新的人生。而她，现在这样，很好，觉得很幸福。又何苦硬要去揭开一段久远的过去。

她啊，这一生，最渴望的，不过是一个温暖的家。现在，她得到了。

人生再无奢求。

冬天悄无声息地来了。

一场大雪，世界银装素裹，白鸽躲在鸽房里不再在屋顶上飞来飞去，花草树木都开始冬眠。

但这个冬天，阮阮觉得一点都不冷，家里的壁炉整夜都不熄火。

她时常坐在壁炉旁，抚摸着腹部追问傅西洲："十二，你喜欢女儿，还是儿子呢？"

他将脸贴在她腹部上，听着生命里最神秘最美妙的声音，微笑说："都喜欢。"

"我喜欢女儿呢！"她说。

她跟他说着说着，就睡了过去。

他温柔地将她抱回房间。

这样的日子，简单、安宁又富足。

来年四月，如阮阮所愿，她在医院产下一女。

傅西洲抱着那个小小的婴孩，手指微颤，紧紧地搂在怀里，亲了又亲。

他俯身，亲吻累极了满头大汗的她，"谢谢你，老婆。"

他将女儿递到她眼前。"你看，她多漂亮。眼睛像你，又大又清亮。"

阮阮心中好笑，刚刚出生的婴儿，眼睛都没有睁开呢，净瞎说！

她将女儿抱在怀里，轻轻地，又紧紧地，她微微低头，亲吻她的眼睛。

宝贝，谢谢你，来到我的生命里。

她眼角有泪水滑落。

他也躺到床上去，伸出手臂，拥抱着他生命中无比重要的两个女人："来，你给小家伙取个名字。"

她脱口而出："蔷薇。"

傅蔷薇。

四月天，春色盎然，小院里的蔷薇花，应该开好了。

院子里的花，都开好了吧。

那些白鸽，都扑棱着在天空中飞翔了吧。

春天的花，夏日里的清风，秋夜里的月色，冬日里的白雪。

那些，都很美很美。

但是啊，唯有你心里，才有我想去的四季。

她抬头，看向身边的男人，他也正温柔深情地凝视着她。

她嘴角的笑慢慢扩大，心中满溢的，全是感激，全是幸福。

——十二，因为有你陪我一起领略，这四季美景才变得生动起来。

——阮阮，未来的岁月有你共度，我的余生再无遗憾。

—全文完—

后记 但愿我和你，是一支唱不完的歌

写这个故事的尾声时，我在一个僻静的果园住了几天，房间有两个窗户，一扇窗外是一片小小山坡，树木葱茏，另一扇窗外，是可以垂钓的水库。工作日的果园里，几乎看不到人，清晨树林里的鸟叫声像是曼妙的晨曲，将人从睡梦中叫醒。这样的好景致，我却一直将自己关在房间里，除了吃饭睡觉，所有的时间，我都用来打字。

有个夜晚，下了雨，天气骤冷，我将带去的所有衣服都裹在了身上，还是觉得凉意袭人，才八点多钟，却像是万籁俱寂的深夜。我从电脑前抬头，四顾一圈，昏黄的灯光下，只有自己的影子与自己相伴。

忽然地，我被一种叫作孤独的情绪击中。

我停下来，看着电脑屏幕上打开的文档，有点儿想哭。

我拍下了那一刻的光影，有点矫情地在朋友圈发了一段文字——

那个世界再多的悲欢与热闹，其实都与你无关。你始终是被隔离在外的孤独者。

我静坐了许久，喝一杯水，继续为与我无关的那个世界谱写。

那种孤独感，我并不陌生，很多个时刻，它忽然就把你击中——在汹涌人潮里，在观看一场美丽绝伦的日出时，在深夜漫天的星辰下。

我想，你一定也有过这样的时刻吧。

我们其实很清楚，作为单独的个体，孤独这件事，是我们无可避免又必须接纳的。

大多时候，我是个悲观主义者，见多了令人唏嘘的情感，让我觉得没有什么会永垂不朽，也没有人真的能陪伴我一生一世，曲终人会散，唯有自己学会与自己的孤独相处。可我一边又非常渴望，能得一知心人，陪我领略这一生四季风光，每一个清晨和日落，甚至他能懂得我心中所有的渴望。

这样的矛盾，我想不仅仅只我一人有。

正是这样的渴望，让我们心存希望，得以泅渡无数次的心灰意懒。

《南风知我意》连载以来，很多读者控诉我，这是个太虐心的故事。其实并不是，这个故事在我心里，从头到尾，它都是温情的。那些温柔，几乎遍布每一个章节。

而我想表达的，是一个关于孤独与陪伴的主题。有着那样灰暗过去的傅西洲，从一开始不相信爱情，到最后依恋上阮阮给出的温柔，并且一想到他的余生里不再有她的陪伴，便心生恐慌。

我们每个人，再强大的人，都会渴望，在孤独时有人陪伴，无助时有个怀抱，淋雨时有人撑伞，天冷时有人提醒你添衣，生病时有人握一握你的手，快乐时有人分享，不管多晚回家屋子里有一盏灯等候你。

人生而孤独，但没有人喜欢孤独。

孤独清冷的傅西洲，遇见温暖的阮阮，是他一生之幸。

而阮阮，这个傻傻痴爱的女孩，在她身上，我看见了年少时的自己，也看见了正在为爱傻傻付出的你。

所有深爱过的女孩，都是她。

我们都知，并不是所有的深情，都能得到对等的厚意。

但她不问值不值得，只问愿不愿意，并，不悔。

也许我们都没有阮阮的好运气，能以深情换深情，能得一心人，白头不相离。所以我唯有祝愿，每一个深爱过的女孩儿，都在爱里有所得，哪怕有伤口，也希望那些伤害，最终开成岩石上的鲜花，令你成为更坚韧、更好的自己。

故事结束了，可属于他们的温柔时光，还有一生那样漫长。

再见了，我的稀粥先生&软软小姐。

我愿你们，是一支唱不完的歌。

我愿你们，风中有花香，夜空中有星，心中爱永存，不惧时光。

七微

2014年4月27日于长沙